WINTER RENSHAW

Rixton Falls

Rules

WINTER RENSHAW

RIXTON FALLS

Rules

Roman

Ins Deutsche übertragen
von Silvia Gleißner

LYX

LYX in der Bastei Lübbe AG
Dieser Titel ist auch als E-Book erschienen.

Die Originalausgabe erschien 2016 unter dem Titel »Bachelor«.

Textredaktion: Stephanie Röder
Umschlaggestaltung: © Andrea Janas, München,
unter Verwendung eines Motivs von © depositphotos/nordx
Satz: Greiner & Reichel, Köln
Gesetzt aus der Adobe Caslon
Druck und Verarbeitung: GGP Media GmbH, Pößneck
Printed in Germany
ISBN 978-3-7363-1464-1

1 3 5 7 6 4 2

Sie finden uns im Internet unter lyx-verlag.de
Bitte beachten Sie auch: luebbe.de und lesejury.de

PROLOG

Ich, Derek Rosewood, werde niemals heiraten.

Nie. Wieder.

Gerade raus aus einer bitteren Scheidung, gibt es nur drei Dinge, die mir noch wichtig sind: meine Tochter, meine Karriere und mein Junggesellendasein.

Als Anwalt von Beruf und glücklich verheiratet mit meinem Job hebe ich mir das Drama für den Gerichtssaal auf und halte mir Frauen vom Leib. Ist sicherer für ihre zerbrechlichen, paillettenbesetzten Herzchen. Und außerdem bin ich in keinerlei Verfassung, ihnen die Liebe und Aufmerksamkeit zu bieten, die sie so töricht bei mir suchen.

Glaubt mir, ich bin nicht das, was sie brauchen. Nicht nach allem, was ich hinter mir habe.

Erst als ich als Finanzverwalter für das Vermögen einer unnahbaren, mysteriösen Erbin eingesetzt werde, muss ich erkennen, dass meine professionellen – und persönlichen – Grenzen beiseitegeschoben werden. Wir sind beide die Falschen füreinander. Emotional unerreichbar. Verbittert. Erschöpft. Und ich soll ihre Interessen vertreten. Sie schützen.

Aber *das* hätte nie passieren sollen. Und aus diesem Grund verweigere ich die Aussage.

1. KAPITEL

Derek

»Sie empfängt heute keine Besucher.« Die Frau mit den dünnen roten Lippen und dem rabenschwarzen Dutt streicht ihr Kleid glatt und drückt den Rücken durch. »Sie werden zu einem anderen Zeitpunkt wiederkommen müssen.«

Sie will die Tür wieder schließen, bevor ich protestieren kann, aber ich stelle die polierte Spitze meines schwarzen Oxfordschuhs in den Spalt.

»Ich bin ihr vom Gericht bestellter Vermögensverwalter.« Ich hole eine Visitenkarte aus der inneren Brusttasche, weiß mit dem Logo von Rosewood & Rosewood oben drauf. »Derek Rosewood, Anwalt. Sie erwartet mich.«

Die Frau verzieht die Lippen und nimmt vorsichtig die Karte entgegen. Ihr scharfer Blick huscht zwischen dem aufgeprägten Logo und meinem Gesicht hin und her.

»Sie ist indisponiert.« Die Frau gibt mir die Karte zurück, als wäre ich irgendein Staubsaugervertreter. »Bitte melden Sie sich telefonisch an, bevor Sie das nächste Mal vorbeikommen.«

»Meine Sekretärin hat angerufen. Gestern. Sie hat mit einem Hauswirtschafter namens Thomas Gambrel gesprochen.« Ich blicke zu der Monstrosität von Gutshaus auf. Der Vordereingang wirkt wie ein großes Maul, das mich komplett zu verschlucken droht. »Man hat mir gesagt, ich solle um zwei Uhr hier sein.«

Ich hebe das Handgelenk und ziehe meinen Anzugärmel etwas zurück, um ihr meine Uhr zu zeigen.

»Drei Minuten zu früh«, sage ich. »Aber ich bin mehr als willens zu warten, falls Ms Randall mehr Zeit benötigt, um sich vorzeigbar zu machen.«

Ich behalte eine neutrale Miene und eine selbstsichere Haltung bei sowie meine Meinung für mich. Niemand weiß, wie lange dieses Mandat dauern wird, aber wenn ich regelmäßigen Kontakt zu Serena Randall pflegen soll, ist es unerlässlich, dass ich mich gut mit ihrem Personal stelle. Das Letzte, was Rosewood & Rosewood LLP gebrauchen kann, sind alberne Gerüchte, die unseren guten Namen beschmutzen. Zu viele Anwälte haben ihre Karriere schon im Winde verwehen sehen, weil sie in schwierigen Momenten ihr Ego nicht im Griff hatten.

Ich suche mir meine Schlachten selbst aus. Schon immer. Und werde es auch immer so halten.

»Verzeihen Sie, ich glaube, Ihren Namen kenne ich noch nicht.« Ich lasse ein wenig Leichtigkeit in meinen Tonfall einfließen, in der Hoffnung, ihre törichte Abwehrhaltung zu überwinden. Ich bin ja nur hier, um Ms Randall und ihr Vermögen zu schützen.

Die Frau zögert, holt kurz Luft und stößt dann den ganzen angehaltenen Atem aus. »Eudora Darcy.«

Sie tritt einen Schritt zurück und hebt das Kinn.

»Also gut. Kommen Sie herein und warten Sie im Salon. Ich werde sehen, was ich tun kann.« Eudora schwingt die schwere Tür weit auf und bedeutet mir einzutreten. Sie versucht nicht, ihr Missfallen zu verbergen, aber davon lasse ich mich nicht stören. Außerdem braucht es mehr als eine selbstgefällige Miene in einem sauren, faltigen Gesicht, um mir die Laune zu verderben.

Ich lege meinen Hut ab und warte, bis meine Augen sich an die trübe Beleuchtung gewöhnt haben. Draußen ist ein Apriltag wie für ein Postkartenmotiv. Eichen knospen, Rotkehlchen zwitschern, Tulpen blühen. Wie ein gottverdammter Disneyfilm.

Aber hier drin kann ich kaum weiter als meine ausgestreckte Hand sehen.

Staub und feuchte Kälte füllen meine Lungen, kitzeln mich in der Nase, und ich unterdrücke ein Husten. Soweit ich erfahren konnte, ist dieses Familienanwesen Jahrhunderte alt, und Serenas Eltern fordern, dass sie für die Dauer der finanziellen Sachwaltung hier ihren Wohnsitz hat.

»Warten Sie bitte dort drin.« Eudora zeigt auf ein Zimmer mit schattenhaften Umrissen von Möbeln, bevor sie ein paar Schritte geht und eine kleine Lampe einschaltet. »Ich werde mein Bestes tun, um Ms Randall in Kürze zu Ihnen zu schicken.«

Mit gefalteten Händen entschwebt sie, und ihre Schuhe tappen fast lautlos über den Marmorboden.

Also warte ich.

Eine Minute vergeht, noch eine, und dann noch zehn. Ich hole mein Handy heraus und blicke blinzelnd auf den hellen Bildschirm in dem finsteren Zimmer. Nur ein einziger armseliger Netzbalken. Ich versuche es und schicke meiner Sekretärin in der Kanzlei eine Nachricht zu einem Stapel Akten, den ich heute Morgen auf meinem Tisch liegen gelassen habe. Zweimal klappt es nicht, aber beim dritten Versuch geht die Nachricht raus.

Mein Handy pingt, und eingehende Nachrichten füllen augenblicklich den Bildschirm. Innerhalb von Sekunden schwebt mein Daumen über zwei Selfies ohne Kopf von irgendeiner Frau, die ich vor einer Woche aufgerissen hatte. Wieso denken Frauen immer, dass ein Selfie ohne Kopf alles in Ordnung bringt? Ich habe sie aus gutem Grund nicht angerufen. Und der Grund ist, dass mir unser kleines Rendezvous nichts bedeutet hat. Wir hatten Spaß, aber jetzt liegt das hinter mir. Ich hätte schwören können, dass ich mich absolut deutlich ausgedrückt habe, als sie in jener Nacht zum dritten Mal an meinem Schwanz gelutscht hat. Wiederholungen gibt es bei mir nicht. Beziehungen auch nicht. Und das ganze Ding von wegen Freunde sein auch nicht.

Verdammt, hab doch ein wenig Selbstachtung, Amanda.

Ich lösche ihre Fotos und sehe auf dem Beistelltisch eine Ausgabe von *Great Expectations* von Charles Dickens liegen. Dem Buchdeckel nach zu urteilen möchte ich wetten, dass es eine Erstausgabe ist. Das Ding ist wahrscheinlich einhundertfünfzig Jahre alt, und die Randalls haben es hier auf einem Beistelltisch liegen wie ein x-beliebiges Buch, das sie bei Barnes and Noble bestellt haben.

Belcourt Manor liegt mitten im Nirgendwo, irgendwo zwischen Rixton Falls und Manhattan und eindeutig abseits ausgetretener Pfade. Umgeben von üppigem, grünem Dickicht und Hainen aus majestätischen Eichen liegen seine wilden Tage auf jeden Fall in der Vergangenheit.

Obwohl es aussieht wie ein Ort, an dem Jay Gatsby eine geradezu lachhaft unglaubliche Party geschmissen hätte, kann ich mir nicht vorstellen, dass dies ein Ort ist, an dem eine zwanzigirgendwasjährige Erbin ihre Tage verbringen möchte. Aber jedem Tierchen sein Pläsierchen.

»Kann ich Ihnen etwas zu trinken bringen, Mr Rosewood?«, fragt Eudora, als sie zurückkommt. »Ms Randall hat ihre Meinung geändert. Sie wird in Kürze hier sein.«

»Was trinkt denn die Dame des Hauses?« Ich stecke mein Handy in die Tasche und räuspere mich.

Eudoras Lippen verziehen sich kurz zu einem Lächeln, bevor ihre Miene wieder leer wird. »Ich schätze, das hängt von der Tageszeit ab. Zu dieser Stunde nimmt sie ihren Tee ein. Möchten Sie Ihren heiß oder mit Eis?«

»Mit Eis. Vielen Dank.«

Sie verschwindet wieder, und ich blicke mich prüfend im Salon um. Das schwache Licht der Lampe genügt, um die dicken Wandbehänge zu betonen, die das zweistöckige Fenster hinter dem Sofa verdecken, sowie einen vergoldeten Spiegel an der Wand hinter mir. Ich streiche mit der Hand über das Sofa unter meinen Beinen. Knautschsamt. Weich wie Pelz.

Der Versuch, in all der Dunkelheit etwas zu erkennen, langweilt mich nicht nur langsam, es nervt mich, also stehe ich auf, gehe zum Fenster und ziehe den Wandbehang zur Seite. Licht und Staubflecken fluten das Zimmer, und mir brennen kurz die Augen. Ich blinzele, schirme die Augen mit der Hand ab und drehe mich wieder zur Tür.

Und das Erste, was ich dann sehe, ist ihr Haar.

Goldrot. Üppig.

»Dieser Wandbehang ist ein Auclair. Sechzehntes Jahrhundert. Er heißt *Die Jagd des Pegasus.* Aber bitte, fassen Sie ihn unbedingt *überall* an.« Ihre Stimme schneidet durch die dicke Luft.

Und dann sehe ich ihre Augen.

Blauestes Blau. Von innen leuchtend.

»Serena.« Ich gehe auf sie zu, die Hand ausgestreckt, und ringe bei ihrem Anblick um Atem. »Derek Rosewood. Ihr Verwalter. Sehr erfreut, Sie kennenzulernen.«

»Mein *Finanz*-Verwalter«, korrigiert sie mich. Wir geben uns die Hände, und ihre sind zart und nicht an harte Arbeit gewöhnt. »Ich brauche keinen Aufpasser. Tatsächlich brauche ich auch keinen finanziellen Aufpasser, aber offenbar trifft man ein paar schlechte Entscheidungen, und das Nächste, was man weiß, ist, dass der Vater einem den Geldhahn zudreht und einen zu einem Leben in diesem Verlies verurteilt und die Stiefmutter per Kurzwahl ihren Anwalt kontaktiert.«

»Wollen wir?« Ich zeige auf das Sofa und lasse sie zuerst Platz nehmen.

Eudora kommt um die Ecke und stellt ein kleines Tablett auf den Beistelltisch vor uns. Auf einer Seite stehen eine dampfende Teekanne aus Porzellan und ein Aufgussbeutel mit Tee, und auf der anderen Seite ein Glas Tee mit Eis in einer Kelchhalterung aus Kristall.

»Zucker?« Serena begegnet meinem Blick.

»Ja bitte.«

Sie nimmt mit einem winzigen Löffel ein Zuckerstück auf, gibt es in mein Glas und rührt kurz um. Als sie fertig ist, klopft sie mit dem Löffel dreimal an den Rand des Glases und legt ihn zur Seite, bevor sie mir das Glas reicht.

Ich sehe zu, wie sie sich ihr Getränk mit langsamen und bedächtigen Handgriffen bereitet, als hätte sie alle Zeit der Welt.

Und ich nehme an, genau die hat sie.

»Hm.« Sie hebt die Teetasse an den Mund, nippt vorsichtig, und mir wird klar, dass ich noch gar nicht getrunken habe. »Dieses Sofa gehörte einst Wallis Simpson, der Herzogin von Windsor. Sie war eine Familienfreundin meiner Urgroßeltern. Wissen Sie, König Edward hat für sie seinen Thron aufgegeben. Was irrsinnig ist. Und romantisch.«

»Ich denke, davon habe ich einmal gehört. Ja«, lüge ich. Ich habe keine Ahnung von der Geschichte des britischen Königshauses, aber ich kann auch den Besten noch Blödsinn erzählen.

»Die Königinmutter hasste Wallis. Drama kennt keinen sozialen Status.«

»Oder manche Menschen fühlen sich davon angezogen. Wie Motten vom Licht. Sie können nicht anders.«

Serena verdreht die Augen.

»Wissen Sie eigentlich, warum ich Ihnen das alles erzähle, Derek?«, fragt sie, mit wachsamem Blick und hochgezogenen Brauen.

Ihre rosa Lippen sind zu einem halben Lächeln verzogen, und ich werde das Gefühl nicht los, dass sie mir zwei Schritte voraus ist und mich auf die Probe stellt, mir regelrecht auf den Zahn fühlt. Ich kann mir nicht vorstellen, mit dieser Art von Reichtum und Privilegien aufzuwachsen, aber ich kann mir vorstellen, was das mit einem Menschen machen kann.

Nichtsdestotrotz kann ich diese junge Frau nicht durchschauen, und wenn es um mein Leben ginge. Sie webt ein Netz aus Faszination, und ich bin vollkommen darin gefangen. Meistens kann ich andere in weniger als zwei Minuten durchschauen. Ein paar Worte, ein wenig Beobachtung der Körpersprache, und man kann Absichten oder einen Modus Operandi entdecken.

Aber Serena ist nicht so einfach.

»Ich habe keine Ahnung, Serena.« Ich ahme sie in Tonfall und Haltung nach. Sie ist ganz besonders wachsam, und ich muss sie besänftigen, wenn ich kann.

»Weil ich mich langweile.« Sie steht auf, atmet aus und streicht die Vorderseite ihres seidigen, lavendelfarbenen Bademantels glatt, der ihren schlanken Körper umhüllt. »Wenn man in sozialer Isolation in einem verdammten Museum lebt, wird man zu einer Quelle unnützen Wissens.«

Und offenbar überaus verbittert.

»Und *Sie* helfen dabei überhaupt nicht.« Ihre blauen Augen richten sich auf mich.

»Ich?« Ich versuche, nicht zu lachen. Stattdessen mahne ich

mich, dass sie nicht ganz richtig im Kopf ist. Wäre sie es, wäre ich nicht hier.

»Allein wie Sie mich anstarren.« Sie rümpft die perfekte Nase und gibt ein kaum zu vernehmendes Seufzen von sich, bevor sie wieder an ihrem Tee nippt. »Starren ist unhöflich, Derek Rosewood.«

»Ich starre nicht.«

»Doch, tun sie. Sie hätten sehen sollen, wie Ihnen der Mund offen stehen blieb, als sie mich hier vor einer Minute stehen sahen.«

Sie ist eine schöne Frau. Ungemein attraktiv. Blendend. Sie anzusehen ist, wie in die Sonne zu starren. Wenn ich zu lange hineinblicke, werde ich nichts anderes mehr sehen können. Sie ist exquisit, von Kopf bis Fuß. Das muss ich ihr lassen. Aber diese Arroganz hängt alles ein paar Ebenen tiefer. Eitelkeit sieht an niemandem gut aus.

»Wovon reden Sie?« Ich stehe auf, gehe aber nicht zu ihr.

»Sie haben mich angestarrt, als wäre ich jemand … Verrücktes.« Serenas Blick fällt auf den dicken Teppich zu unseren Füßen.

Und da verstehe ich.

Hier geht es ganz und gar nicht um ihre Schönheit.

Sie streicht sich eine glatte, rote Strähne hinters Ohr. Doch der untere Teil der abgeteilten Partie liegt weiter schwer auf ihrer Schulter. Das helle Kupferrot hebt sich vom Lavendel ihres Bademantels ab, und die warme Nachmittagssonne lässt ihren milchweißen Teint schimmern.

»Serena.« Ich räuspere mich und mache zwei Schritte auf sie zu. »Ich denke nicht, dass Sie verrückt sind. Ich kenne Sie nicht. Noch nicht jedenfalls. Ich bin nur hier, um meinen Job zu machen. Ich bin hier, um Ihr Vermögen zu schützen und dafür zu sorgen, dass Ihre Finanzmittel angemessen zugewiesen werden, bis die Sachwaltung beendet ist. Das ist alles. Ich bin nicht hier, um über Sie zu urteilen. Ich bin nicht als Störer oder Eindringling hier. Ich möchte, dass Sie es angenehm haben. *Sie* sind meine Priorität.«

Ihre blauen Augen sehen in meine, und ihre Miene wird sanfter. Serenas herzförmige Lippen entspannen sich, aber nur für den Bruchteil einer Sekunde.

»Verzeihen Sie mir, wenn ich … das alles Unsinn nenne.« Die Frau hat ein freches Mundwerk und keine Angst, es zu gebrauchen. Das kann ich absolut respektieren. Sie steckt die eine Hand unter den anderen Ellbogen und blickt aus dem Fenster. Sie sieht aus, als könnte sie einen Drink und eine Zigarette gebrauchen. »Sie stehen auf der Gehaltsliste meines Vaters. Und Sie arbeiten für *sie*.«

»Sie?«

»Meine *böse* Stiefmutter.« Sie verdreht erneut die hübschen blauen Augen, und in ihrer Stimme liegt unverhohlene Verärgerung. »Die *unvergleichliche* Veronica Kensington-Randall.«

Der Name kommt mir bekannt vor, und ich bin sicher, dass ich ihn flüchtig gelesen habe, als mein Vater mir heute früh das Mandat als Finanzverwalter in den Schoß hat fallen lassen, aber dass ich für irgendjemanden arbeiten würde, das stimmt nicht.

»Die Person kenne ich nicht«, sage ich. »Serena, ich arbeite für *Sie*. Für *Sie* und niemand anderen. Der Richter hat einen Finanzverwalter für Ihr Vermögen bestimmt. Rosewood & Rosewood wurden als unparteiische Lösung gewählt. Und hier bin ich.«

»Sie halten mich für paranoid, nicht wahr?«

»Ganz und gar nicht.« Ich lüge. Irgendwie. Ich habe keine Ahnung, was ich von dieser Frau halten soll, aber ich bin vollkommen gefangen von allem an ihr. Von ihrer Art zu sprechen.

Ihren fließenden Bewegungen. Ihrem Talent für dramatisch hochgezogene Augenbrauen und der Art, wie sie ganz ungeniert voreilige Schlüsse zieht und sich weigert, sich dafür zu entschuldigen.

Sie hat meine volle Aufmerksamkeit, im Guten wie im Schlechten.

»Veronica hat die ganze Welt davon überzeugt, dass ich verrückt bin. Ich kann keinen Fuß mehr nach Manhattan setzen. Kein einziger meiner Freunde hat bisher auch nur einen Genesungswunsch geschickt. Nicht dass ich krank wäre, aber Sie wissen schon.«

»Mit solchen Freunden …«

Sie sieht mich an und lässt den Blick an mein Revers gleiten, langsam wie Honig, bevor sie ihn wieder hebt. »Sind Sie sicher, dass Sie noch nie von Veronica gehört haben?«

»Nie.«

Serena atmet leise aus, und ihre rosigen Mundwinkel gehen hoch, als wäre sie amüsiert. »Unter welchem Stein haben Sie denn gelebt?«

Sie gleitet zurück auf das Sofa, das einst einer Frau gehörte, deren Name mir gerade entfallen ist, setzt sich und umfasst die Teetasse mit beiden Händen. Ich nehme neben ihr Platz, langsam und vorsichtig.

»Meine Prioritäten beinhalten nicht, dass ich mich über das *Who's who* auf dem Laufenden halte. Das Leben der Reichen und Berühmten interessiert mich nicht. Nichts für ungut.«

»Kein Problem. Und warum auch?« Sie lächelt flüchtig, und in ihrem Tonfall liegt ein unerwarteter Anflug von Mitgefühl. »Glitzer und Glamour sind lediglich eine Fassade. Unser Leben ist unglaublich banal, und wir wenden eine tragische Menge an Geld für den Versuch auf zu beweisen, dass wir etwas Besonderes wären.«

Sie lacht. Einmal.

»Halten Sie sich für etwas Besonderes, Mr Rosewood?«, fragt sie.

»Ich halte mich für nicht qualifiziert, ein solches Urteil zu fällen.« Ich streiche meine schmale, schwarze Krawatte glatt. »Ich kann Ihnen sagen, wer für mich etwas Besonderes ist, aber ich kann Ihnen nicht sagen, ob ich, *ich selbst*, etwas Besonderes bin. Das zu entscheiden ist nicht an mir.«

»Weiser Mann.« Sie nippt an ihrem Tee und starrt geradeaus.

Ein Gärtner mit einer großen Gartenschere schneidet den wuchernden Buchsbaum vor dem Panoramafenster des Salons in Form und widmet sich dabei besonders sorgfältig den Rändern. Wir sehen schweigend zu, bis er die Pflanze zu einem makellosen Rechteck getrimmt hat und weiterzieht.

»Ihr Zuhause ist reizend«, sage ich. »Die Anlage, die Gärten. Makellos. Sie haben großes Glück, dass Sie sich an einem so wundervollen Ort erholen können.«

»Dieses Anwesen ist eine verkappte Gefängnisfestung. Hier sollte niemand unter siebzig Jahren leben müssen.« Sie schnaubt, und ihr Tonfall mir gegenüber wird schärfer. »Kein Internet. Unregelmäßiger Handyempfang an den besten Tagen. Ich bin vollständig von der Außenwelt abgeschnitten.«

Ich räuspere mich und wende den Blick ab.

»Es tut mir leid.« Sie wendet sich mir zu. »Die Medikamente, die ich nehme, machen mich gereizt und bringen meine Gedanken durcheinander. Ich kann nicht einen Gedanken zu Ende verfolgen, bevor er mir entgleitet. Ich schwöre, meine Stimmung ist völlig chaotisch, und ich bin nicht ich selbst.«

Jetzt ist ihre Stimme sanft wie ein Kissen, und ihr Gesicht sieht erschrocken aus.

»Und dann diese Kopfschmerzen. Gott, die sind schrecklich. Deshalb halte ich das ganze Haus so dunkel.« Ihre Stimme wird zu einem entschuldigenden Flüstern.

Ich stehe sofort auf und ziehe den jahrhundertealten Wandbehang wieder zu. »Besser?«

»Danke.« Ihre dramatisch schönen Züge sind nun zu Schatten in der Dunkelheit reduziert, aber das verbirgt ihre Schönheit nur wenig. »Ich entschuldige mich dafür, dass ich so schroff zu Ihnen war, Derek. Sie sind der erste Mensch, mit dem ich seit über fünfundvierzig Tagen gesprochen habe, der seinen Gehaltsscheck nicht persönlich von Veronica unterzeichnet bekommt.«

»Ist das so?«

Sie nickt, schlägt elegant die Beine übereinander und legt die Hand aufs Knie. Ihr Blick ist fixiert auf eine vergoldete Uhr auf einem Marmorkamin. Das Ziffernblatt der Uhr schimmert weiß im dämmrigen Zimmer. Ich wage zu vermuten, dass die Minuten hier ein wenig langsamer vergehen, und das allein kann jeden normalen Menschen ein wenig verrückt machen, alles andere mal beiseitegelassen.

»Früher hatte ich ein Leben«, sagt Serena. Ihre Lippen verziehen sich zu einem lauwarmen Lächeln, als sie auf ihre reglosen Hände starrt. »Ein wundervolles, beglückendes, erfüllendes Leben. Ich hatte Freunde. Und einen Verlobten. Und eine Wohltätigkeitsorganisation. Menschen, die von mir abhängig waren. Einen Lebenszweck. Ich hatte ein gutes Leben, Derek. Und dann habe ich es verloren. Ich habe es bis zum letzten bisschen verloren, und ich weiß nicht, wie das passieren konnte. Dann hieß es, ich sei verrückt, und jetzt sind Sie hier, und ich weiß nur noch, dass nichts mehr einen Sinn ergibt.«

»Warum erzählen Sie mir nicht, was passiert ist? Ihre Version von allem. Ganz von Anfang an.«

Sie wirft mir einen Blick aus den Augenwinkeln zu, schürzt die Lippen und schüttelt den Kopf.

»Bei allem gebührenden Respekt, aber das möchte ich lieber nicht«, antwortet sie. »Ich durchlebe diese Momente jeden einzelnen Tag wieder. Außerdem sollte sich alles, was Sie wissen müssen, in der gerichtlichen Anordnung befinden. Ich habe mich vor einigen Monaten leichtsinnig verhalten, was völlig untypisch für mich ist. Der Psychiater meiner Stiefmutter hält mich für instabil genug, um mir selbst Schaden zuzufügen. Und der Zukunft meines Vermögens. Also hat Richter Harcourt angeordnet, dass ich derzeit nicht in der Lage bin, meine Finanzen zu regeln, und nun sind wir hier.«

»Ich bin nicht daran interessiert, was *die* denken.« Meine Feststellung weckt ihre Aufmerksamkeit, und sie wendet sich mir zu. »Ich will *Ihre* Version des Ganzen erfahren. Ich stehe in Ihrer Ecke des Rings, Serena. Alles, was Sie mir sagen, bleibt unter uns. Ich kann meinen Job nicht angemessen machen, wenn ich nicht alle Fakten habe.«

Serena ist still, und ich erkenne Nachdenklichkeit in ihren leuchtend blauen Augen. »Sie müssen nur mein Vermögen managen, Finanzverwalter. Sie brauchen keine Fakten. Sie brauchen ein Budget.«

Bevor ich ihre Aussage widerlegen kann, gähnt sie, steht auf und zieht den lavendelfarbenen Bademantel eng um sich.

»Es tut mir leid, Derek. Ich bin erschöpft.« Serena zwingt sich zu einem höflichen Lächeln. »Ich nehme an, Sie wollten sich heute nur vorstellen? Vielleicht können Sie ein andermal wiederkommen und wir können uns eingehender über meine Finanzen unterhalten. In der Zwischenzeit lassen Sie Eudora oder Thomas wissen, was sie brauchen, und ich bin sicher, dass sie es an Ihr Büro weitergeben.«

Eudora huscht heran aus der Ecke, in der sie gelauert hat, und hakt Serena am Ellbogen unter, um sie wegzugeleiten.

»Kommen Sie, Ms Randall. Bringen wir Sie zurück zu Bett, *wo Sie hingehören.*« Eudora flüstert, aber laut genug, sodass ich sie hören kann.

Eine Schwere macht sich in meinem Bauch breit, als ich zusehe, wie die beiden gehen.

»Serena«, rufe ich.

Sie bleibt stehen und dreht sich zu mir um. »Ja?«

»Ich komme morgen wieder. Werden Sie hier sein?«

»Morgen ist Samstag. Sie arbeiten samstags?« Sie zieht die linke Augenbraue hoch.

»Nicht üblicherweise.«

»Ich möchte nicht, dass Sie meinen Fonds mit Rechnungen für belanglose Wochenendstunden belasten.« Sie steht kerzengerade.

»Das geht aufs Haus«, antworte ich.

Sie zieht die Nase kraus. »Ich verstehe nicht.«

»Ich mache Sie zur Priorität«, erkläre ich mit einem Blick auf Eudora. »Meiner Priorität Nummer eins.«

Eudora zupft an Serenas Arm, und sie gehen einen Schritt weiter.

»Ich möchte sicherstellen, dass Sie alles, was Sie vielleicht benötigen könnten, so bald wie möglich haben«, fahre ich fort, bevor sie zu weit weg ist.

Mein Blick geht zwischen ihrem neugierigen Blick und Eudoras missbilligender Miene hin und her.

»Ich komme morgen Vormittag wieder. Zehn Uhr«, sage ich.

Unsere Blicke begegnen sich im Dunkeln, und ich schwöre, dass ich ihre Lippen beim Aufflackern eines halben Lächelns zucken sehe. Oder vielleicht bilde ich mir das auch nur ein.

»Ich werde Sie erwarten.«

2. KAPITEL

Serena

»Er war ein hübscher Anblick, nicht wahr?« Ich lege mich in mein Himmelbett, und Eudora schüttelt hinter mir die Kissen auf. Es ist nicht so, dass ich sie dafür brauchen würde. Ich bin nicht hilflos. Aber sie umsorgt mich gern und besteht immer darauf. »Ich meine, er trägt das Wort *Anwalt* schon recht arrogant im Gesicht geschrieben, und ich denke, er ist allergisch gegen Lächeln, aber er war ganz nett.«

Eudoras Miene ist verkniffen. Sie teilt mir ihre Meinung nicht mit.

»Komm schon«, sage ich und ziehe die Decke auf meinen Schoß. Ich ziehe sie gern ein wenig auf, denn sie kann so unglaublich verkrampft sein. »Sei ehrlich.«

»Dass er gut aussieht, lässt sich nicht leugnen. Aber wenn ich ehrlich sein soll, halte ich nicht allzu viel von ihm.« Ihre Worte sind hastig, und sie meidet meinen Blick. Dann zeigt sie auf die Lampe auf meinem Nachttisch, und ich nicke. Sie macht sie aus und sieht sich im Zimmer um.

»Irgendein spezieller Grund?«, ködere ich sie.

Eudora hört auf herumzuwuseln, lässt die Hände sinken und atmet zwischen ihren dünnen roten Lippen aus. Ihre grauen Augen finden meine in der Dunkelheit, und ihr rundes Gesicht neigt sich zur Seite.

»Ich will Sie nur beschützen. Das ist alles.« Sie schnalzt mit der Zunge. »Ein großer, dunkler und gut aussehender Anwalt im schicken Anzug stolziert hier herein, und Sie sind einsam, haben ein gebrochenes Herz und ein großes Vermögen. Für mich ist das schlichtweg ein Rezept für das Unaussprechliche. Sie sind nicht wie andere Mädchen, Serena. Das sage ich Ihnen schon Ihr ganzes Leben. Sie können gar nicht vorsichtig genug sein. Sie müssen sich vor Männern wie ihm schützen.«

Männern wie ihm.

Wir wissen beide, dass sie damit meinen Ex-Verlobten meint. Ich kenne Mr Rosewood noch nicht, aber ich weiß genug, um ihr zu beteuern, dass er keinerlei Ähnlichkeit mit Keir Montgomery hat.

»Süß, dass du dir solche Sorgen machst.« Ich lasse mich in die sorgfältig arrangierten Federkissen hinter mir sinken. Eudora ist schon bei unserer Familie, seit ich acht Jahre alt war, dem Jahr, in dem meine Mutter starb. »Aber ich habe nur sein gutes Aussehen gewürdigt, nicht ihn als potenziellen Ehemann taxiert.«

Manchmal war Eudora für mich das, was einer Mutter am nächsten kam. Und deshalb tut es mir weh, ihr in die Augen zu sehen und ihr auch das geringste Vertrauen zu verweigern. Veronica hat sie auf Kurzwahl, und ich bin absolut überzeugt, dass Eudora Buch führt über alles, was ich täglich so tue, und ihr berichtet. Sie ist nicht mehr als ein zusätzliches Paar Augen und Ohren – ein pflichtbewusster bezahlter Lakai.

Aber das kann ich ihr nicht vorwerfen. Sie braucht diesen Job, und Veronica bezahlt sie großzügig.

Mein Vater geht auf Ende achtzig zu und wird zusehends dement. An dem Tag vor drei Jahren, als er Veronica heiratete, übernahm sie das Management seines Personals und gab allen eine großzügige Gehaltserhöhung, mehr Urlaub und Urlaubsgeld.

Seitdem fressen sie ihr aus der Hand wie Vogelküken.

Eudora tut nur, was man ihr sagt. Aber das ist wirklich bedauerlich, denn bis Veronica auftauchte, habe ich Eudora geliebt wie ein Mitglied der Familie.

Sie *war* meine Familie.

»Denkst du, ich war zu hart mit ihm? Gott, wahrscheinlich hat er jetzt die schillerndsten Gedanken über mich.« Ich kichere amüsiert.

»Sie machen es niemandem bei der ersten Begegnung leicht.« Eudora zuckt mit den Schultern. »So sind Sie nun einmal, Serena. Sie stellen Menschen auf die Probe. Sehen, wie weit Sie gehen können. Das haben Sie schon als kleines Mädchen gemacht. Glauben Sie mir. Ich spreche aus Erfahrung.«

Eudora streicht mir über die Stirn, als sei mein angeblicher Zustand physisch und nicht psychisch.

»Gute Nacht.« Ich ziehe mir die Decke bis an den Hals.

Sie kichert belustigt. »Es ist erst vier Uhr, Liebes.«

»Gute Nacht, *vorerst*.«

»Ich wecke Sie gegen sieben Uhr. Dann ist es Zeit für Ihre Medikamente.«

Ich schließe die Augen und tue, als würde ich schlafen, bis ich die Tür zugehen höre. Rasch fahre ich mit der Hand unter mein Kissen und finde die Tabletten von früher. Ich wollte sie die Toilette hinunterspülen, aber als Eudora hereinplatzte, um mir zu sagen, dass mein neuer Anwalt hier sei, um mich kennenzulernen, hatte ich keine Chance, es zu tun.

Ich bin noch ganz durcheinander von meinem Treffen mit Mr Rosewood, aber es war nicht seine Schuld. Diese Medikamente machen mich manchmal vergesslich.

Eudora hat darauf bestanden, ihn wegzuschicken, aber das wollte ich nicht zulassen. Jemand von »draußen« ist in diesen Tagen ein Geschenk Gottes.

Ich warte noch eine Minute zur Sicherheit, bevor ich mit den Pillen in der Hand auf Zehenspitzen in mein Bad schleiche und sie in die tadellos saubere Toilette werfe. Rasch abziehen, und sie sind für immer verschwunden, verloren in den antiken Gedärmen dieses uralten Anwesens.

Die letzte Dosis nicht einzunehmen gab mir das Gefühl, wieder etwas zusammenhängender denken zu können, als würde mein Verstand Stück für Stück zurückkehren. Und ich will meinen Verstand zurück. Ich *brauche* meinen Verstand. Ich kann nicht länger wie irgendeine Kriminelle hinter diesen Steinmauern gefangen bleiben.

Ich muss hier raus. Ich muss meine finanzielle Freiheit zurückgewinnen. Meine Unabhängigkeit. Meinen guten Namen. Und dafür tue ich alles, was nötig ist.

3. KAPITEL

Derek

»Bleiben Sie nicht zu lange.« Gladys, meine Sekretärin, steht in der Tür, die gebeugte Schulter hängt tief unter der schweren Handtasche. »Soll ich Ihnen etwas zum Abendessen holen?«

Sie blickt prüfend auf ihre Uhr und ich auf meine.

Freitagabend, sieben Uhr.

Wäre es mein Wochenende mit Haven, wäre ich schon längst weg, würde mich mit meiner Lieblingsvierjährigen auf dem Wohnzimmerboden wälzen und mit ihr Barbies oder ihr Lieblingsmemory von Doc McStuffins spielen, während wir auf unsere Pizza, halb Käse, halb Supreme, warten. Das ist unsere Tradition am Freitagabend.

Also, jeden zweiten Freitagabend.

Ich lebe für meine Wochenenden mit Haven.

Wahrscheinlich arbeite ich deshalb so viel. Mich in der Kanzlei zu verkriechen und in meine Karriere zu vertiefen lässt mich den Klang der Stille vergessen, die an den meisten Abenden der Woche zu Hause auf mich wartet.

»Ich mache nur noch hier fertig.« Ich nicke ihr mit schmalen Lippen zu, und sie winkt kurz.

»Als hätte ich das nicht schon unzählige Male gehört.« Sie klimpert mit ihren Autoschlüsseln und schlendert über den Fliesenboden des Flurs davon. Einen Moment später hallen das Klappern der Tür und das Klicken des Schlosses durch das leere Gebäude.

Vor mir liegt Serena Randalls gerichtliche Anordnung, zusammen mit dem Rest ihrer Akte. Über den Details brüte ich schon, seit ich heute Nachmittag von Belcourt Manor zurückgekehrt bin.

Auf den ersten Blick wirkt sie gesund. Etwas müde. Ein wenig schnippisch. Aber das ist verständlich. Die meisten Fälle, in denen ein Finanzverwalter bestellt wird, sind etwas extremer als ihrer. So was brauchen im Allgemeinen Menschen, die mental oder physisch beeinträchtigt sind, nicht eine steife Erbin mit Hang zu dramatischem Augenbrauenhochziehen und schonungsloser Aufrichtigkeit.

Ich reibe mir die müden Augen und lasse die Papiere auf meinen Schreibtisch fallen, bevor ich meinen Laptop zu mir heranziehe. Bewaffnet mit nichts als Zeit und Google, plane ich, tief zu graben und diese ganze Sache zusammenzupuzzeln. Ich habe das Gefühl, Informationen von ihr zu bekommen wird wie Zähne ziehen. Aber das ist nichts, was sich nicht mit ein wenig gutem, altmodischem Cyberstalking beheben lässt.

Ich beginne mit einer Suche zu ihrer Stiefmutter, Veronica Kensington-Randall – und dann trifft mich die Erkenntnis. Ich *habe* schon einmal von ihr gehört. Sie spielte in irgendeiner Justizdramaserie in den Neunzigerjahren mit. Mein Vater war besessen von der Sendung. Er nahm sie immer auf Videokassetten auf, schaute sich die Episoden wieder und wieder an und zitierte die Figuren bei jeder Gelegenheit.

In ihren besten Jahren war sie eine Schönheit. Lange, wohlgeformte Beine. Kalifornische Sonnenbräune. Glänzende, blond gebleichte Locken. Ein Lächeln wie für einen Schönheitswettbewerb.

Laut Wikipedia war sie viermal verheiratet und ist dreimal geschieden. Anscheinend mag sie die Männer alt und kränkelnd.

Ich klicke auf »Bilder« und rufe eine Menge neuerer auf. Anscheinend kämpft sie derzeit mit Spachtelmasse und Shapewear von Spanx gegen ihren fünfzigsten Geburtstag an. Und es sieht so aus, als sei sie – bis vor Kurzem – nur selten gesehen worden ohne ihren liebenden Ehemann, Harold Randall, der locker alt genug ist, um ihr Vater zu sein.

Der Klassiker.

Das ist nicht ungewöhnlich, vor allem nicht entlang der blaublütigen Küste des Geldadels der Neu-England-Staaten.

Älterer Mann heiratet jüngere Trophy-Wife. Kinder fühlen sich bedroht. Ehefrau will ihren Anteil am Familienvermögen sichern. Und schon folgt das Justizdrama.

Ich grinse.

Das wird leicht.

Sobald Serena sich zu einhundert Prozent gut fühlt, müssen wir nur beweisen, dass sie bei klarem Verstand ist, und dann werde ich persönlich dafür sorgen, dass ihr Anteil am Familienvermögen intakt bleibt, all ihre finanziellen Mittel wieder vollständig unter ihre Kontrolle gestellt werden, und dann bin ich wieder weg. Vermögensrecht ist sowieso ein kleines Hobby von mir. Nichts macht mir mehr Freude, als dafür zu sorgen, dass gierige, egoistische Ärsche am Ende *nicht* am längeren Hebel sitzen.

Geld – oder die Angst, keines zu haben – kann schlimme Dinge mit guten Menschen anstellen. Das konnte ich schon bei vielen Gelegenheiten aus erster Hand mitansehen.

Mein Handy in der Tasche pingt, und ich hole es heraus und lese eine Nachricht von einer meiner Schwestern.

DEMI: Hey, komm doch heute Abend rüber zu uns. Royal will dich in Schiffe versenken schlagen. Er sagt, du schuldest ihm noch ein Spiel.

ICH: Ja, das war vor fünfzehn Jahren. Sag ihm, er soll es gut sein lassen. Das ist Vergangenheit.
DEMI: Er sagt, du hast nur Angst zu verlieren.
ICH: Ich verliere nie.
DEMI: Er will wissen, ob du aufgibst.
ICH: Niemals. Gib mir eine Stunde.

Ich lege das Handy weg und klicke mich durch die Fülle an Bildern von Veronica, die meinen Bildschirm überfluten. Sie sind alle gleich – aufreizende Körperhaltung, die Hand an einer knochigen Hüfte und die Lippen zu einem durchtriebenen Lächeln verzogen.

Als ich davon genug habe, schließe ich diesen Tab und starte eine Googlesuche nach Serena. Aber auf die Schlagzeilen, die auf meinem Bildschirm erscheinen, bin ich nicht vorbereitet.

SALONLÖWIN FÄLLT IN UNGNADE

DIE WAHRHEIT ÜBER ERBIN
SERENA RANDALL

WAS HAT SERENA RANDALLS
NERVENZUSAMMENBRUCH VERURSACHT?

CHRONIK VON SERENA RANDALLS
ÖFFENTLICHEM ZUSAMMENBRUCH

IN UNGNADE GEFALLENE ERBIN IN BITTERE
TRENNUNG INVOLVIERT – GEFAHR FÜR
EIGENES LEBEN

»Scheiße, Serena.« Ich brumme die Worte in meine Handfläche, mit der ich über meinen Bartschatten reibe. Ich klicke sofort alles an, öffne mindestens ein halbes Dutzend Tabs und mache mich bereit, alles zu inhalieren.

Laut diesen Artikeln von vor etwa zehn Wochen hat Serena ihren Verlobten mit nicht nur einer, sondern gleich zwei anderen Frauen im Bett erwischt. Freundinnen von ihr, auch das noch. Später in jener Woche nahm sie eine Handvoll Tabletten, schluckte sie mit einer Flasche Rotwein und ließ sich von ihrem Chauffeur am Flughafen JFK absetzen. Dort wollte sie ein Erste-Klasse-Ticket für den nächsten Flug nach London, Heathrow, bekam aber keines, da sie sich nicht ausweisen konnte. Und offensichtlich betrunken war.

Die Flughafensecurity wurde gerufen, und Serena leistete körperlichen Widerstand. Sie schrie Obszönitäten, machte eine Riesenszene und riss sich ihre Extensions aus. Kurz danach wurde sie verhaftet und gegen ihren Willen in psychiatrische Haft genommen, nachdem sie gedroht hatte, sich selbst und ihre Stiefmutter, die offenbar an ihre Seite geeilt war, zu verletzen.

Ein Gutachten über ihren Geisteszustand wurde angeordnet, und Serena wurde für acht Tage eingewiesen. Zwei Tage nach ihrer Entlassung fuhr sie mit ihrem Wagen in einer kleinen Stadt nördlich des Anwesens Belcourt von einer jahrhundertealten Brücke. Offenbar war das Wasser unter der Brücke nicht tief genug, um sie mitzureißen, aber der Aufprall war doch so heftig, dass sie sich den Kopf ans Lenkrad schlug und das Bewusstsein verlor.

Ein einheimischer Farmer, der gerade vorbeikam, fand und rettete sie.

Nach einem einwöchigen Aufenthalt in einer geheim gehaltenen privaten psychiatrischen Einrichtung in einem entlegenen Teil des Staates New York wurde sie entlassen und zum Familienanwesen Belcourt geschickt, um dort zu leben. Sie tätigte fortlaufend eine Menge teure Einkäufe. Italienische Luxusautos. Diamanten. Mode. Angebote für unbesehene Immobilienkäufe. Innerhalb von vier Tagen gab sie über elf Millionen Dollar aus.

Ihre Stiefmutter beantragte eine Notfallvormundschaft. Sie wollte Serenas Vormund werden, wurde aber abgelehnt, aufgrund nicht näher bezeichneter Anschuldigungen, die in Serenas Namen von ihrem damaligen Anwalt ausgesprochen wurden.

Der Richter bestimmte, dass ein Finanzverwalter für Serenas Vermögen ihren Treuhandfonds und die Zuweisung von Geldern für die Instandsetzung und Pflege von Belcourt Manor während ihres Aufenthalts dort verwalten solle. Rosewood & Rosewood LLP wurde von einem Richter empfohlen, der mit meinem Vater Jura studiert hatte, und die Randalls stimmten zu.

Ich klappe meinen Laptop zu und blättere den Stapel Dokumente auf meinem Schreibtisch durch, auf der Suche nach dem Gutachten über ihren Geisteszustand. Die Notizen des Arztes erwähnen ihre Selbstmordgedanken und beziehen sich auf ihr »manisches und leichtsinniges« Verhalten, aber eine Diagnose bipolarer Störung wird nicht erwähnt. Es gibt eine Notiz, die sich auf akute Angstzustände und die Möglichkeit einer kurzzeitigen, situationsbedingten Depression bezieht, aber die besagt eindeutig, dass Serena keine Vergangenheit mit Problemen geistiger Gesundheit hat. Es sieht auch so aus, als hätte der Arzt ihr ein paar Allerwelts-Antidepressiva, verschreibungspflichtige Schlafmittel und Benzos nach Bedarf verschrieben.

Kein Wunder, dass sie sich derzeit nicht wie sie selbst fühlt.

Mein Handy in der Tasche pingt wieder, und ich sehe noch eine Nachricht von Demi.

DEMI: Kommst du jetzt oder was? Eine Stunde ist schon lange vorbei.

Ich hole tief Luft, atme wieder aus und schaue auf die Uhr. Mist. Sie hat recht. Es ist schon über eine Stunde vergangen, und ich war so in diese Artikel über Serena vertieft, dass ich es gar nicht bemerkt habe.

Ich schreibe zurück, dass ich unterwegs bin, und mache die Banker-Lampe hinter meinem Laptop aus.

Eine Minute später fahre ich in den Osten der Stadt, wo meine Schwester und ihr Freund wohnen, bis er sein Jurastudium beendet hat. Zwanzig Minuten später fahre ich in ihre Einfahrt.

Demi begrüßt mich an der Tür, noch bevor ich klingeln kann, legt mir die Arme um die Schultern und zieht mich hinein.

»Du tust ja so, als hättest du mich seit einer Ewigkeit nicht mehr gesehen.« Ich ziehe die Schuhe aus, als ich drin bin.

»Ich bin einfach nur sehr, sehr froh, wenn wir alle mal wieder Zeit verbringen. Es ist wie in alten Zeiten.« Sie macht einen kleinen Freudensprung, und ich folge ihr ins Wohnzimmer, wo mein bester Freund aus Kindertagen schon zwei Plastiksets Schiffe versenken aufgestellt hat und bereit ist, loszulegen.

»Was ist in letzter Zeit los bei dir?« Demi lässt sich auf das Sofa fallen und winkelt die Beine an. »Irgendwelche aufregenden Prozesse, von denen ich wissen sollte?«

Ich setze ein künstliches Lächeln auf. »Wenn es irgendwelche laufenden Fälle gäbe, könnte ich dir gar nichts erzählen, aber heutzutage wird alles außerhalb des Gerichtssaales geregelt. Ist weniger kostspielig. Ob du es glaubst oder nicht, aber es gibt keinen großen Bedarf an Strafverteidigern in Rixton County.«

Früher einmal war unser Vater Bezirksstaatsanwalt, aber die aufreibenden Arbeitsstunden hielten ihn von seiner Familie fern, also baute er mit den Jahren Rosewood LLP auf, und ich stieg nach dem Jurastudium ein. Jetzt machen wir ein bisschen von allem, aber sein Ruf aus seinen Tagen im Gerichtssaal hat seinen Ruf als einen der begehrtesten Strafverteidiger des Staates gefestigt. Ich bekomme häufig die Fälle, die nach unten durchsickern, mit denen er sich nicht befassen kann. Und ich akzeptiere sie mit einem Lächeln, denn so läuft es bei Robert Rosewood. Du nimmst, was du bekommst, und du beschwerst dich nicht, bis du dir das Privileg dazu verdient hast.

So ist Serenas Akte auf meinem Schoß gelandet.

»Also, womit vertreibst du dir die Zeit?«, fragt Demi.

»Ich nehme ein paar Nebenprojekte an. Vermögensrecht. Familienrecht. Nichts übermäßig Aufregendes.« Ich setze mich Royal gegenüber.

»Bereit, dich in den Arsch treten zu lassen?« Royal schiebt meine Hälfte von Schiffe versenken über den Tisch.

»Ich kann dir *versprechen*, dass das heute Abend nicht passieren wird.« Ich setze mich ihm gegenüber auf den Boden.

Demi springt auf, läuft in die Küche und kommt mit zwei Heineken und ihrer *US Weekly* zurück.

»Liest du immer noch diesen Schund?«, ziehe ich sie auf.

Sie stellt unsere Flaschen auf den Tisch, rollt sich wieder auf dem Sofa zusammen und blättert in die Mitte ihres Magazins, denn Gott bewahre, dass sie ein Mal im Leben mit irgendetwas am Anfang anfängt.

»Nur Gott kann mich verurteilen.« Ihr Gesicht verschwindet hinter dem aufgeschlagenen Cover, und da fällt mir ein Foto in der Ecke ins Auge.

»Hey, lass mich das mal sehen«, sage ich.

Demi lässt das Hochglanzrevolverblatt sinken und zieht eine Augenbraue hoch. *»Das?«*

»Ja.« Ich nehme es ihr aus der Hand und sehe mir die Schlagzeile an.

SERENA RANDALLS VERZWEIFELTE ZEITEN

»Kennst du sie?« Ich deute auf das Titelbild einer in Tränen aufgelösten Serena, ziemlich wahrscheinlich der am traurigsten aussehenden Frau, die ich je gesehen habe.

»Ob ich sie kenne? Hm, nein«, zieht Demi mich auf. »Ob ich etwas über sie weiß? Ja. Wer nicht?«

»Ich«, meint Royal. »Nie von ihr gehört.«

»Was weißt du über sie?«, frage ich.

Demi legt die Zeitschrift weg und setzt sich anders hin. Sie beugt sich vor und grinst, als würden wir ein Fachgespräch führen. Tagsüber erzieht sie Kindergartenkinder. Abends ist sie eine Liebhaberin von Klatsch und Tratsch über die Reichen und Schönen. An breit gefächerten Interessen ist wohl nichts auszusetzen, schätze ich.

»Also«, fängt sie an. »Sie ist eine wunderschöne Erbin. Ich glaube, ihrem Vater gehört eine große Stahlfirma? Oder ist er Reifenfabrikant? Keine Ahnung. Irgendwas mit Industrie. Multi-multi-multi-Millionär. Sie ist ein Einzelkind, und ihre Mutter starb, als sie noch klein war. Auf jeden Fall war sie verlobt mit Keir Montgomery, also dem jüngsten Sohn des Präsidenten der Vereinigten Staaten. Es war so eine stürmische Romanze. Ging superschnell. Die Klatschblogger drehten regelrecht durch. Die Paparazzi sprangen darauf an. Sie waren hinreißend zusammen. Wie im Bilderbuch. Sie war noch nie so verliebt gewesen, und jeder dachte, dass sie diejenige wäre, die seinen Tagen als Frauenheld ein Ende bereitet. Er wurde sanfter für sie, weißt du? Alle dachten, sie würde ihn dazu bringen, sich niederzulassen und sich zu ändern. Und auf dieselbe Weise hat er auch sie verändert. Sie war berüchtigt dafür, dass sie nie Dates hatte oder zur Ruhe kam. Aber von ihm war sie total bezaubert. Hals über Kopf. Aber dann erwischte sie ihn im Bett mit zwei ihrer besten Freundinnen. Und damit meine ich ihre besten Freundinnen von Kindheit an. So was muss doch wehtun, oder etwa nicht? Zuerst ging sie damit um, so gut sie konnte, aber dann fingen die Leute zu tratschen an und über sie zu schreiben und machten die ganze Situation noch schlimmer, als sie schon war. Sie wurde öffentlich gedemütigt, und dabei hat sie doch gar nichts Falsches getan. Sie hat lediglich ihr Herz dem falschen Typen geschenkt.«

Demi drückt sich die Hand aufs Herz, und ich verspüre einen Stich von heftigem Mitleid, der mir ein Gefühl der Enge in der Brust beschert. Die Onlineartikel haben alles zur Sensation aufgebauscht, aber Demis Wiedergabe macht die Sache menschlich.

»Auf jeden Fall wollte sie nur ein wenig raus aus der City. Dem Medienrausch Zeit geben, um sich abzukühlen. Aber ich glaube, dann tauchte sie völlig betrunken auf dem Flughafen auf, hatte ihre Brieftasche vergessen, und man ließ sie nicht ins Flugzeug, und von da an ging alles bergab.« Sie lässt die Schultern hängen und kneift die Augen zusammen. »Aber es ergibt keinen Sinn.«

»Was ergibt keinen Sinn?«

»Serena Randall war niemals so. Sie war nie dramatisch. Sie war der Inbegriff von Klasse. Nie eine Person, die eine Szene machen würde. Ich meine, sie hat versucht, von all dem wegzukommen. Warum sollte sie alles noch schlimmer für sich machen?« Demis Miene ist ein einziges Fragezeichen.

»Menschen treffen ständig falsche Entscheidungen. Vorübergehende Beeinträchtigung des Urteilsvermögens«, sage ich. »Vielleicht war sie verletzt und verzweifelt.«

»Ich weiß nicht.« Meine Schwester lässt sich wieder nach hinten sinken, zieht die Zeitschrift auf ihren Schoß und kaut an ihrer Lippe. »Für mich passt das alles einfach nicht zusammen. Aber was weiß ich schon?«

Royal räuspert sich. »Wie auch immer. C4.«

»Daneben«, sage ich. »A1.«

»Treffer.« Royal stöhnt und ich grinse. Sieben Jahre später, und er platziert seine Schiffe immer noch in den Ecken. Manche Dinge ändern sich nie.

Ich spiele das Spiel, lande jede Menge Treffer und streue dazwischen ein paar Fehlschläge ein, aber meine Gedanken sind woanders.

Nachdem ich drei von Royals Schiffen versenkt habe, spiele ich nur noch ganz mechanisch weiter, denn mein Kopf ist damit beschäftigt, dieses Puzzle namens Serena Randall zusammenzusetzen.

»Wir müssen nicht weiterspielen, wenn du dich langweilst«, meint Royal.

Ich schüttele den Kopf, gähne und nehme einen tiefen, belebenden Atemzug. »Das sagst du jetzt nur, weil du am Verlieren bist. Komm, lass uns weitermachen.«

»D5«, sagt er.

»Treffer.« Ich stecke einen roten Stift auf mein Schiff und sehe die Schadenfreude meines Gegners. »Ja, ja, E7.«

Noch ein paar Züge, und ich habe das Spiel gewonnen, wie versprochen.

»Ich gehe zu Bett, Jungs.« Demi steht auf, streckt sich und wirft ihre Zeitschrift auf die Seitenlehne des Sofas.

»Ja, ich sollte auch gehen. Ich muss morgen früh einen Klienten treffen.« Ich stehe auf.

»Du arbeitest an einem Samstag?«, fragt Royal.

»Ja, aber das ist nichts. Ich stelle es nicht einmal in Rechnung.«

»Erzähl das nicht Dad.«

Royal steht auf, bleibt neben Demi stehen und legt ihr die Hand an den Rücken. Sie reibt die Wange an seiner Brust und summt mit diesem unsagbar verträumten Ausdruck im Gesicht. Viel zu niedlich, meine Schwester und mein bester Freund aus Kindertagen, und ich muss das nicht sehen.

»Ich lasse mich selbst raus«, kündige ich an und greife mir das Klatschblatt. »Danke für das hier.«

»Hey«, protestiert Demi.

Aber zu spät. Ich nehme es mit. Keine zehn Pferde bringen mich dazu, so etwas in der Öffentlichkeit zu kaufen.

»Ich bringe es zurück«, verspreche ich und ziehe die Haustür zu. Sobald ich im Auto sitze, mache ich das Licht an und suche den Artikel über Serena.

Er ist zwei Seiten lang. Die linke Seite zeigt sie in besseren Tagen, und die rechte Seite zeigt, wie sie in Handschellen vom Flughafen JFK abgeführt wird, mit einem feuerroten, verfilzten Chaos von Haar und verlaufenem, nassem Mascara unter den Augen. Der Kommentar darunter fasst die berichteten Ereignisse zusammen, die zu diesem schicksalhaften Abend führten, und es werden mehrere »Quellen« zitiert, dass »Serena seitdem nicht mehr sie selbst war« oder dass man »sich Sorgen um die Erbin mache« oder dass man »hoffe, dass sie daraus stärker als zuvor hervorgehen kann«.

Was komisch ist, denn ich erinnere mich deutlich, dass Serena erwähnt hat, dass keiner ihrer alten Freunde sie besucht habe, seit sich die Dinge für sie zum Schlechteren wendeten.

Ich werfe die Zeitschrift beiseite als das Schundblatt, das es ist, und fahre aus der Einfahrt. Demi muss Besseres zu tun finden in ihrer Freizeit.

Dieses Zeug besteht sowieso nur aus Lügen, und daran habe ich kein Interesse.

Mich interessiert nur die Wahrheit.

4. KAPITEL

Serena

Um neun Uhr dreißig bin ich angezogen, habe ein leichtes Frühstück und einen Anflug unerwarteter Schmetterlinge im Bauch. Die Tabletten von heute früh sind die Toilette hinuntergespült und längst weg. Ich fühle mich wach, geistig präsent und bereit, Derek zu treffen und ihn selbst sehen zu lassen, wie vollkommen unnötig diese ganze Chose ist.

Ich tigere unruhig durch die nördliche Halle des Hauses, in der sich etwa fünfzehn nutzlose Zimmer voll mit nutzlosen Kunstgegenständen befinden. Vor einigen Jahren sah der Plan vor, Belcourt als Museum mit wechselnden Ausstellungen zu einer Einnahmequelle zu machen. Veronicas Idee. Abgesehen vom Personal, das das Haus instand hielt, stand es leer, bis ich zu einem Leben hinter diesen Mauern verurteilt wurde, dank der Manipulationen meiner reizenden Stiefmutter aus dem Hintergrund.

Ich hasse Veronica, und ich hasse eigentlich niemanden.

Moment.

Das nehme ich zurück.

Keir. Keir hasse ich auch.

Das Haus riecht so alt, wie es aussieht. Manche mögen darin Trost finden. Ich nicht. Dieses Haus erinnert mich nur an die Sommer, die wir in meiner Kindheit hier verbrachten, bevor Mom starb. Zugegeben, es sind gute Erinnerungen, aber sie erfüllen mich mit Trauer.

Und Schuld.

Denn je älter ich werde, umso weniger erinnere ich mich an sie, und dafür verabscheue ich mich selbst.

Und wenn ich diese vertrauten Gerüche rieche, vermisse ich sie so sehr, dass es mir körperlichen Schmerz bereitet.

Ich schlüpfe durch die Doppeltür ins Magnolienzimmer. Ein Zimmer, das Vaters zweite Ex-Frau benannt und eingerichtet hat. Ich mochte Catherine. Königlich, still und mit einer leisen Stimme. Ihre Ehe dauerte ganze zwei Jahre, bevor er sie für eine zwanzigundirgendwasjährige Hostess in seiner Lieblingstrattoria in NYC verließ.

Arme Catherine. Sie hat meinen Vater wirklich geliebt. Sogar so sehr, dass sie zustimmte, keinen Ehevertrag zu unterzeichnen.

Närrin.

Menschen mit Geld führen ein Leben voller Annehmlichkeiten. Und wenn man alles Geld der Welt hat, fällt Liebe häufig in diese Kategorie.

Ich stehe vor einem Panoramafenster, blicke hinaus auf die kreisförmige Auffahrt und warte auf Dereks Ankunft.

Einen Moment später trete ich zurück und gehe nach unten. Es gibt sicher bessere Möglichkeiten, um mir die Zeit zu vertreiben.

»Ms Randall.« Eudora hält mich unten an der Treppe auf. »Mr Rosewood ist gerade vorgefahren. Wo möchten Sie ihn heute Morgen empfangen?«

Meine Schultern heben und senken sich, als ich über meine Antwort nachdenke. Der Raum sollte nicht zu intim sein. Und gut beleuchtet. Neutral. Professionell.

»Bring ihn ins Speisezimmer. Wir treffen uns am Tisch. Und schick bitte nach Tee«, sage ich. »Danke.«

Ein paar Minuten vergehen, und ich nehme Platz am Kopfende eines Tisches, der mindestens so alt ist wie dieses Haus und dabei noch fast wie neu. Könige und Königinnen haben an diesem Tisch diniert, so sagt zumindest die Geschichte. Schritte hallen aus dem Eingangsbereich, und ich räuspere mich und streiche eine Haarsträhne über meine linke Schulter.

»Gleich hier entlang bitte«, höre ich Eudora sagen.

Derek erscheint einen Moment später, und ich versuche, seine lässige Aufmachung in dunkler Kakihose und marineblauem Poloshirt zu ignorieren. Er sieht mehr nach einer Runde Golf aus als nach einem Treffen mit einer Klientin. Andererseits, es ist Samstag. Wäre ich gestern nicht so hart mit ihm gewesen, könnte ich ihn vielleicht ein wenig aufziehen. So oder so, er sieht gut aus, und ich hasse es, dass ich so denke, denn das ist das Letzte, was mein Verstand braucht.

»Serena, guten Morgen.« Dereks schokoladendunkles Haar ist perfekt gekämmt, keine Strähne fehl am Platz, und er kommt auf mich zu und streckt die Hand aus. »Schön, Sie wiederzusehen.«

Ich stehe auf und schüttele ihm die Hand, entschlossen, ihn mit demselben Maß an Respekt und Höflichkeit zu behandeln, das er mir gestern entgegengebracht hat.

»Ebenfalls«, antworte ich. »Bitte, nehmen Sie Platz.«

Eudora bleibt ein paar Sekunden zu lange hier, als sei ich unfähig, irgendetwas allein zu machen. Ich werfe ihr eine wortlose Forderung nach Freiraum in Form eines kurzen Blickes zu, und sie geht leise.

»Also.« Derek holt ein Notizbuch und einen Stift in der Farbe von poliertem Onyx heraus und hebt den Blick zu mir. »Was ich heute gern tun würde, Serena, ist eine Ahnung von Ihren regelmäßigen Ausgaben zu bekommen. Von dort können wir ein Grundbudget festlegen, und sobald das erledigt ist, können wir ein Budget für die Extras bestimmen. Ich würde sagen, als Ihr Finanzverwalter, dass ich empfehlen möchte, bei bescheidenen Beträgen zu bleiben, angesichts Ihres … labilen Zustands.«

Meine Zunge fährt über meine Unterlippe, und ich schenke ihm ein Lächeln mit schief gelegtem Kopf. »Wirke ich labil auf Sie?«

»Nein«, sagt er. »Aber in den Augen des Gesetzes sind Sie im Augenblick nicht ganz Sie selbst. Ich werde derzeit keine Gelder für größere Erwerbungen zuweisen können.«

»Das war es dann mit dem Aston Martin, den ich im Auge hatte.«

Er lächelt, und mein Blick fällt auf das Grübchen an seiner linken Wange. Er hat nur dieses eine, aber es ist irgendwie perfekt, da, wo es ist.

»Darf ich?« Ich deute auf sein Notizbuch und den Stift, und er schiebt beides über den Tisch. Der Stift liegt warm und glatt in meiner Hand. Ich drücke die Spitze auf das gelbe Papier, versuche, ein paar Schätzungen zu notieren – und erstarre.

Vor Monaten hatte ich eine PR-Vertreterin unter Vertrag. Ich hatte Rechnungen für Textilreinigung und wöchentliche Maniküre und Pediküre. Ich hatte wöchentliche Friseurtermine und mindestens zwei Mal pro Monat Reisen ins Ausland. Ich hatte eine Mitgliedschaft im Fitnessclub und ein Apartment zur Miete in der Lexington Avenue in Manhattan.

Ich führte ein beschämend extravagantes Leben, und ich bin nicht sicher, ob ich mich damit wohlfühle, derart exorbitante Zahlen vor einem Fremden niederzuschreiben, Anwalt hin oder her.

Ich schreibe also ein paar unsinnige, gemäßigtere Zahlen hin. Ein wenig ist besser als nichts, und wenn das Geld auf der Bank liegt, dann soll es so sein, aber zumindest bin ich dann wieder frei und ganz meine eigene Herrin. Es ist ja nicht so, als bräuchte ich im Augenblick dringend eine PR-Vertreterin. Und ich könnte auch gar nicht sagen, wo hier in der Gegend das nächste Nagelstudio ist.

»Da.« Ich schiebe den Block zurück zu ihm, und er überfliegt das Papier stirnrunzelnd.

»Okay«, sagt er dann und hebt die Hand ans Kinn. »Das ist machbar, wenn man Ihren Lebensstil bedenkt, bevor alles schiefging. Sagen Sie mir nun, wie viel sie zusätzlich zu dem hier gern hätten. Ich möchte es nicht als Taschengeld bezeichnen, sondern ... betrachten Sie es einfach als Geld für Ihr Vergnügen.«

Vergnügen. Das ist etwas, das ich schon lange nicht mehr gehabt habe.

»Wie viel halten Sie für vernünftig?« Ich lehne mich zurück und überkreuze die Beine. Als ich in der Stadt lebte, war es typisch für mich, wöchentlich vierstellige Beträge für gehobene Küche zu verpulvern. Weitere vierstellige Beträge – oder mehr – für regelmäßige Einkaufstouren. Und dann waren da natürlich noch die Reisen. Manche Reiseziele sind offensichtlich teurer als andere. »Zwanzig-, dreißigtausend pro Monat?«

Ich sage es, um seine Reaktion zu testen.

Derek verschluckt sich, und das ist genau die Reaktion, die ich erwartet hatte.

Um fair zu sein: Dies war das Leben, das mein Vater für mich erschaffen hatte. Er ist ein kontrollsüchtiger alter Bastard mit einer Schwäche für seine Tochter und der lebende Beweis dafür, wie Geld die Realität verzerrt. Nach Moms Tod füllte er mein Leben mit den schöneren Dingen, als könnten hübsche Kleider, Teeservices und wertvolle, reinrassige Ponys die finstere Leere füllen, die sie hinterließ. Nach dem College bestand er darauf, dass ich in der Stadt lebe und mir die Zeit nehme, um herauszufinden, was ich in dieser Welt sein will, und er finanzierte jede meiner Launen.

Trotzdem hatte ich mich nie so leer gefühlt.

Bis ich Keir begegnete.

Ich unterdrücke ein Lachen. »Sie müssen denken, dass ich von einem anderen Planeten komme.«

Er gewinnt die Fassung wieder, atmet scharf ein und kräuselt die vollen Lippen. Gottverdammt, er ist der schönste Mann, den ich je gesehen habe. Es ist nicht fair, dass ein Mann so gut aussieht. Er ist jenseits von allem, was normal ist. Diese dunklen Wimpern. Das markante Kinn. Sein intensiver Blick.

»Na ja.« Sein Blick ist eindringlich und unbewegt. »Irgendwie sind Sie das.«

»Wir können nichts daran ändern, wo wir hineingeboren werden.« Ich spreche keine Entschuldigungen aus. Ich stelle nur Wahrheiten fest.

»Da haben Sie absolut recht.« Er greift nach seinem Stift und tippt damit leicht auf den Rand des Notizbuchs. »Ich versuche das lediglich zu begreifen und zugleich herauszufinden, was ein Richter wohl denken könnte, wenn ich ihm diese Zahlen vorlege. Ich möchte, dass Sie sich wohlfühlen, aber ich kann nicht zulassen, dass meine Firma beschuldigt wird, genau die Gelder zu veruntreuen, zu deren Schutz wir bestellt wurden.«

»Sehen Sie. Ich will nur in der Lage sein, ab und zu hier wegzukommen. Ich möchte mich wie ein normaler Mensch fühlen. Ich habe kein Auto. Es gibt kein Internet hier, denn Gott bewahre, dass wir die antiken Kranzprofile anbohren und einen Graben durch den englischen Garten buddeln, um ein paar Kabel hierher zu verlegen, und es wäre schon schön, hier in irgendein Zimmer zu gehen und wenigstens zwei Empfangsbalken am Handy zu haben. Ich habe kein Geld. Mein Vermögen ist eingefroren. Veronica hat meine Kreditkarten.

Für mich fühlt es sich so an, als würde ich gegen meinen Willen hier festgehalten, und jedes Mal, wenn ich dagegen protestiere, sagt man mir, dass es mir dadurch aber besser gehen wird und dass es nicht für immer ist, aber das geht schon seit über zwei Monaten so, Derek.«

»Serena. Serena.« Er hebt die Hand, aber ich kotze immer noch die Worte aus, die ich unbedingt loswerden will, seit ich hierherkam. »Serena. Okay. Ich verstehe.«

»Nein, das tun Sie nicht. Denn dann würden Sie sich weniger um meine Finanzen kümmern, sondern mehr darum, zu beweisen, dass ich nicht verrückt bin. Sie stehen in meiner Ecke des Rings, richtig?«

»Absolut.«

»Dann. Helfen. Sie. Mir. Mein. Leben. Zurückzubekommen.« Und mit jedem Wort presse ich den Finger auf den Holztisch.

Derek drückt sich Daumen und Zeigefinger an die Schläfen und atmet hörbar ein und aus, bevor er über den Tisch auf das starrt, was meiner Überzeugung nach ein armseliger Anblick ist. Für gewöhnlich zeige ich niemandem meine Karten oder lasse mich von meinen Emotionen hinreißen, und Verletzbarkeit ist nicht wirklich mein Ding, aber verzweifelte Zeiten …

»Sie wollen ein wenig hier raus?«, fragt er.

Meine Anspannung in Nacken und Schultern verschwindet, und ich kämpfe gegen den Drang an, lauthals »JA!« zu schreien.

»Wenn es Ihnen angenehm ist, können wir eine Fahrt mit meinem Wagen unternehmen«, meint er. »Nur eine kleine malerische Überlandfahrt. Die frische Luft könnte Ihnen guttun.«

Ich sitze kerzengerade und zwinge mich, langsam darauf zu reagieren, um nicht wie ein eifriger Hundewelpe zu wirken und meine ganze Glaubwürdigkeit zu verspielen.

»Das wäre schön. Ja.« Ich zähme meine Aufregung, stehe vom Kopfende des Tisches auf und hole einen grauen Tweedmantel aus der Garderobe.

Derek wartet an der Tür auf mich, aber da höre ich rasche Schritte, die meinen rasenden Herzschlag stillstehen lassen.

»Wohin glauben Sie beide denn, dass Sie hinlaufen können?« Eudora ist außer Atem und hat ein Tablett mit Tassen und verschüttetem Tee in den Händen. Für eine Frau mit einer so schmalen Statur ist sie wirklich nicht gut in Form. Man möchte meinen, sich um ein Haus mit sechzig Zimmern zu kümmern, würde ein gewisses Maß an Ausdauer aufbauen. »Serena, Sie sollen das Haus nicht verlassen, wissen Sie noch?«

»Wir machen nur eine kurze Fahrt«, antwortet Derek für mich. »Meine Klientin könnte einen Szenenwechsel gebrauchen. Wir werden nicht lange weg sein. Ich passe gut auf sie auf.«

Er zwinkert, aber Eudoras verkniffener Miene nach zu urteilen trägt das nicht dazu bei, die Situation zu bereinigen. Ich stelle mir vor, dass sie innerlich kocht vor Wut.

»Vielleicht sollten wir Dr. Rothbart anrufen?« Eudoras Blick geht zwischen Derek und mir hin und her. »Sehen, ob er das für eine gute Idee hält. Sie wissen schon, ganz kleine Schritte.«

»Eudora.« Ich drücke das Kinn an meine Brust. Es tut mir weh, herablassend mit ihr zu sprechen, aber sie verhält sich gerade vollkommen unangemessen. Gar nicht zu reden von unhöflich gegenüber Mr Rosewood. »Mir passiert nichts. Es ist nur eine Autofahrt. Kommen Sie, Derek.«

Wir marschieren eilig zur Haustür, bevor Eudora noch eine Chance bekommt zu widersprechen, und Derek geleitet mich zur Beifahrerseite seines schwarzen SUV.

»Danke«, sage ich, streiche mit den Händen über die Unterseiten meiner Oberschenkel und will schon einsteigen.

Doch das Lächeln auf meinen Lippen schwindet, als mir etwas ins Auge fällt, und mir schnürt sich die Kehle zu, sodass ich einen Moment lang keine Luft bekomme.

»Derek.« Ich hebe das *US Weekly* vom Beifahrersitz auf, betrachte prüfend das Titelblatt und erkenne sofort das erbärmliche Foto von mir unten auf der Seite und die schrecklich unpassende Schlagzeile.

»Ja?«

Ich drehe mich blitzschnell zu ihm um und schleudere das Heft an seinen Oberkörper. »Wofür sollten Sie wohl das hier haben? Wissen Sie, wie schlimm diese Schmierblätter sind? Darin stehen nichts als Lügen. Wieso wollen Sie Lügen über mich lesen? Ich dachte, Sie stehen auf meiner Seite?«

Die Zeitschrift fällt auf seine anstößig glänzenden Schuhe, und ich ziehe meine Jacke eng um mich und mache mich auf den Weg zurück zur Tür.

»Serena, kommen Sie zurück. Es ist doch gar nicht so.« In seinem Tonfall liegt ein Lachen.

Aber das ist nicht lustig für mich.

Das ist mein *Leben*.

5. KAPITEL

Derek

Die Tür zu Belcourt schlägt mit einem unheilvollen Dröhnen zu, bevor ich sie erreiche, und das schwere Klirren des Schlosses verrät mir alles, was ich wissen muss.

Ich klopfe drei Mal mit dem Türklopfer.

Niemand antwortet.

Gottverdammt.

Ich darf das nicht vermasseln. Und auf keinen Fall will ich, dass sie mich für unprofessionell oder nicht vertrauenswürdig hält, nur wegen eines klitzekleinen Missverständnisses.

Ich ziehe meinen linken Ärmel zurück, schaue prüfend auf meine Uhr und stemme die Hände in die Hüften, immer noch auf diesen jahrhundertealten Steinstufen stehend. Es ist noch kaum zehn Uhr dreißig. Ganz zu schweigen davon, dass mein Stift und Notizblock noch im Haus liegen.

Meine Arbeit als Anwalt ist meine Leidenschaft. Ich bin gnadenlos besessen davon. Meine Professionalität ist mein Ruf und wird nur von dem meines Vaters übertroffen. Wenn ich jetzt gehe, gestehe ich irgendwie Schuld ein. Versagen.

Also bleibe ich.

Ich werde so lange bleiben, wie es nötig ist.

Ich sitze nach hinten gelehnt auf dem Fahrersitz meines SUV, die Mütze ins Gesicht gezogen, bis ich vom schnellen Klopfen ans Fenster geweckt werde. Langsam komme ich wieder zu mir und stelle die Zündung an, um das Fenster herunterzufahren. Die Sonne steht tiefer am Himmel, und ich schätze, es ist inzwischen etwa fünf, vielleicht sechs Uhr.

Zuvor habe ich mich so gut es ging beschäftigt und dabei stur meinen knurrenden Magen ignoriert sowie den Drang, für einen kurzen Imbiss in die Stadt zu fahren.

»Warum sind Sie noch hier?« Der Anblick von Serenas Kopf und Schultern füllt mein Fenster. Ihre blauen Augen schimmern in der späten Tagessonne. Sie schüttelt den Kopf, und bevor ich antworten kann, hebt sie eine mit einer Glasglocke bedeckte Platte zu mir hoch. »Hier. Bettina hat Abendessen bereitet. Ich dachte mir, wenn Sie stur genug sind, um sieben Stunden in meiner Einfahrt zu sitzen, kann ich Ihnen zumindest ein wenig Gastfreundschaft erweisen.«

Sie sieht mich an, als würde sie es zugleich hassen und anerkennen, dass ich geblieben bin.

»Danke.« Ich nehme die Platte entgegen.

»Nicht, dass ich das tun will. Aber es ist das Richtige.« Sie verschränkt die Arme. Sogar wenn sie sauer ist, sind diese blauen Augen immer noch überaus faszinierend.

Sie ist immer noch böse auf mich. Verstehe ich. Aber sobald ich die Chance auf eine Erklärung bekomme, wird sich das alles in Wohlgefallen auflösen. Vielleicht lachen wir sogar darüber. Ich finde es komisch.

»Springen Sie rein.« Ich nicke zum Beifahrersitz.

»Nein.« Sie zieht die Arme fester um sich und zögert.

»Kommen Sie.«

Unsere Blicke treffen sich, und ich gebe nicht nach.

»Lassen Sie mich es Ihnen wenigstens erklären«, füge ich hinzu.

»Was gibt es da zu erklären? Sie tauchen vor meinem Haus auf mit diesem Müll in Ihrem Auto.« Sie atmet frustriert aus.

»Und ich soll das einfach locker nehmen? Verdammt, Derek, Sie sollen meine Finanzen verwalten, und dann lesen Sie solche Klatschartikel. Haben Sie irgendeine Ahnung, wie ich mich dabei fühle?«

Ihre linke Hand wandert hoch zu dem goldenen Anhänger, der um ihren Hals baumelt.

»Das verstehe ich vollkommen«, sage ich. »Aber wenn Sie meine Erklärung hören, fühlen Sie sich besser, versprochen.«

Sie schnaubt und wendet den Blick ab. »Sie denken das wirklich, oder?«

»Vertrauen Sie mir.«

Ein warmer Windhauch weht durch ihre glänzenden Locken, und sie wirft einen Blick zurück zu mir und streicht sich eine verirrte Strähne aus den leuchtend blauen Augen.

»Steigen Sie ein. Lassen Sie mich erklären. Wenn Sie mir dann immer noch nicht vertrauen, gut. Dann verschwinde ich, und Sie können einen neuen Finanzverwalter bestimmen. Das macht mir nichts aus. Aber ich will verdammt sein, wenn ich den ganzen Samstag hier gesessen habe, nur um dann wegzufahren, ohne mich auch nur zu verteidigen.«

Nach einer qualvollen Runde des Nachdenkens und sich hinziehenden Schweigens blickt Serena auf ihre Füße.

»Ich trage nur Hausschuhe«, meint sie dann. »Ich bin nicht passend gekleidet für eine Fahrt.«

»Wie genau zieht man sich denn für eine Autofahrt an?« Ich zwinkere, und sie kämpft ziemlich heftig gegen ein Lächeln an. »Kommen Sie, steigen Sie ein. Ich erkläre Ihnen alles … nachdem ich gegessen habe.«

Ich stelle die Glasglocke auf das Armaturenbrett und packe eine in Plastik eingewickelte Gabel aus. Ich weiß nicht, was es ist, aber es duftet göttlich, und es ist weit besser als alles, was ich in einer Tankstelle in der Stadt bekommen hätte.

Serena steigt ein, und ich sehe sie entspannt ihre Umgebung mustern. Zum Glück hatte ich vorhin die Geistesgegenwart, die Zeitschrift unter den Beifahrersitz zu schieben. Das Ding gehört aus den Augen.

»Ich bin ein langsamer Esser«, sage ich. »Meine Entschuldigung dafür gleich vorab. Ich bevorzuge es, meine Mahlzeiten zu genießen, und ein Gericht wie dieses ist das Genießen wert.«

Sie verschränkt die langen Beine und schiebt die Hände dazwischen. »Unter allen Umständen. Genießen Sie, Anwalt.«

Als ich fertig bin, stelle ich die Teller auf die Mittelkonsole und starte den Motor.

»Ein bestimmter Ort, an den Sie möchten?«, frage ich.

Ihr Gesicht leuchtet auf, und ihr Blick fällt auf den farbigen Bildschirm in der Mitte des Armaturenbretts, als ich das GPS konfiguriere. Eine Sekunde später stelle ich auf Schnellgang, und Serena schüttelt den Kopf.

»Fahren Sie einfach.« Sie rutscht ungeduldig auf ihrem Sitz. »Bringen Sie mich … nur hier weg.«

Wir fahren auf eine schmale asphaltierte Straße, gesäumt von Eichen, und auf einen entfernten Highway nach Westen. New York ist wundervoll im Frühling mit all den Bäumen und sanften Hügeln, und ich hoffe, dass unser kleiner Ausflug ihr zumindest ein Gefühl von Ruhe bringt.

»Also.« Ich räuspere mich, bereit, mich im Fall *US Weekly* zu verteidigen. »Die Zeitschrift.«

Serenas Blick richtet sich auf mich. »Ja, Anwalt. Ich bin ganz Ohr.«

»Als ich Sie gestern nach Ihrer Vergangenheit gefragt habe, haben Sie mich abgeblockt. Ich nahm an, dass dies eine Quelle emotionalen Traumas für Sie ist, und da ich Ihnen nicht noch mehr unzumutbaren emotionalen Schmerz zufügen wollte, habe ich ein wenig im Internet nachgeforscht und versucht, zusammenzustellen, so viel ich konnte.«

Sie öffnet den Mund, aber ich unterbreche sie.

»Warten Sie. Ich bin noch nicht fertig«, sage ich. »Als ich im Büro fertig war, besuchte ich meine Schwester, und sie las gerade diesen Müll. Als ich Ihr Foto auf dem Titelblatt sah, hatte ich das Gefühl, dass ich als Ihr Anwalt wissen muss, was darinsteht.«

»Aber das sind alles Lügen.«

»Exakt. Das ist mir durchaus bewusst, Serena. Aber wie jeder gute Anwalt weiß, sind die Lügen, die über einen Menschen erzählt werden, ebenso wichtig wie die Wahrheit. Lügen verlieren Fälle. Lügen zerstören Leben.«

Sie schnaubt und starrt geradeaus. »Das können Sie laut sagen.«

»Also seien Sie versichert, dass ich diesen billigen Klatschartikel kein bisschen unterhaltsam fand.«

Serena dreht sich zu mir um, und ihre Miene wird sanfter, als ich ihrem Blick begegne. Sie schiebt eine Strähne ihres feuerroten Haars hinter ein Ohr mit Smaragdstecker.

»Danke, Derek. Das weiß ich zu schätzen. Ich habe mir kein Boulevardblatt auch nur angesehen oder einen Klatschblog gelesen, bevor alles zum Teufel ging. Ich ziehe es vor, *nicht* zu wissen, was die Leute über mich sagen. Ich denke, ich würde zusammenbrechen, wenn ich das alles lese. So wie früher schon.«

»Weise Frau.« Ich biege in eine andere Straße ein, die zu einem Hügel hinaufführt, bedeckt von Bäumen und verborgenen kleinen Häusern. Inzwischen wird es dunkler, und der beginnende Sonnenuntergang erfüllt die Skyline. »Mein Vater sagte immer, was andere Leute von uns denken, geht uns nichts an.«

Serena lächelt höflich. »Es ist wahrscheinlich einfacher, nach diesen Worten zu leben, wenn man keine Person von öffentlichem Interesse ist.«

»Wie wahr.«

»Trotzdem war es wie ein frischer Windhauch, all diese hässlichen Artikel zu meiden. In der City denkt keiner zweimal darüber nach, einem zu erzählen, was so geredet wird. Die Leute denken, sie tun einem einen Gefallen damit, aber sie tun es nur, um zu sehen, wie man reagiert.« Sie blickt hinab auf ihre unlackierten Nägel, und ich stelle mir vor, dass eine Frau wie sie es nicht gewohnt ist, sie so schlicht zu sehen.

»Absolut.«

»Gott, wie gern ich eine Maniküre hätte.« Sie hebt eine Hand vors Gesicht. »Ich vermisse das. Erstaunlich, wie schon eine perfekte Schicht Nagellack einem den Tag ein wenig schöner machen kann.«

»Wir werden dafür sorgen, dass in Ihrem Budget genug Spielraum für regelmäßige Maniküre und Pediküre bleibt.« Meine Ex-Frau war eine Fanatikerin, was solche Dinge angeht, aber sie erwähne ich jetzt nicht. Die meiste Zeit tue ich so, als würde sie nicht existieren, und dann zerbrechen meine Träume jeden zweiten Freitag, wenn ich Haven abhole und sehe, dass sie gesund und munter ist und mit Ehemann Nummer zwei den amerikanischen Traum lebt.

»Ich bin nicht oberflächlich«, präzisiert sie ihr Ersuchen. »Oder eitel.«

»Das kam mir auch nicht in den Sinn.«

»Ich wurde einfach dazu erzogen, auf mich zu achten. Die Art, wie ich der Welt präsentiert werde, mit Stolz anzunehmen.«

»Sind wir das nicht alle?«

»Manchmal wünschte ich mir, dass es nicht so wäre. Ich wette, ich könnte ganze Tage in Jogginghosen und mit Pferdeschwanz verbringen.«

»Warum tun Sie es dann nicht?« Ich sehe sie an.

Sie kräuselt die Lippen und starrt aus dem Fenster, verloren in Gedanken, gibt nichts als ein schlichtes »Hm« von sich.

Serena macht es sich auf dem Sitz bequem, und ihr Körper entspannt sich, schmilzt beinahe dahin, als fände sie meine Gegenwart einfacher zu ertragen, als sie ursprünglich gedacht hätte.

»Vielleicht tue ich das ja«, fährt sie fort. Und dann kichert sie. »Dann würde Eudora wirklich denken, dass ich verrückt geworden bin.«

Wir erreichen ein Stoppschild, und ich spähe über das Armaturenbrett.

»Wo lang?«, frage ich. »Links? Rechts? Geradeaus?«

»Sie wollen, dass ich wähle?« Sie drückt sich die Hand aufs Herz und spielt dann mit dem goldenen Anhänger ihrer Kette, während sie die Zähne über ihre Unterlippe zieht. »Oh, hm. Geradeaus?«

»Ist das eine Frage oder ein Befehl?«, ziehe ich sie auf.

Serena zieht einen Mundwinkel hoch, gibt mir einen Klaps auf die Schulter und lässt die Hand eine Sekunde länger liegen, als ich erwartet habe. »Fahren Sie einfach geradeaus. Machen wir das hier nicht kompliziert, ja? Fahren Sie einfach weiter.«

In den Minuten, seit wir Belcourt verlassen haben, ist der Himmel dunkler geworden, und ich schalte über die Steuerung am Lenkrad das Radio an.

»Welche Art Musik mögen Sie?« Ich hebe einen Finger. »Und sagen Sie jetzt nicht Chopin oder so was, denn das wird mich nicht beeindrucken. Sie sind jung und lebendig. Sagen

Sie mir, was Ihnen gefällt, oder so wahr mir Gott helfe, ich verdamme Sie zum ESPN-Sportsender.«

»Oh nein! Tun Sie das nicht.« Meine Hand schwebt über Voreinstellung Nummer vier, und Serena schiebt sie weg. »Ich mag … ich mag irgendwie … alles.«

»Alles?« Ich ziehe eine Augenbraue hoch.

Sie nickt. »Ja. Alles.«

»Aber was hören Sie am liebsten? Sie haben doch bestimmt eine Lieblingsmusikrichtung.«

»Sie werden mir nie glauben, wenn ich es Ihnen sage.« Serena holt schwer Luft.

»Stellen Sie mich auf die Probe.«

»Classic Rock. Ich habe eine riesige Plattensammlung. Zumindest hatte ich mal eine. Ich bin sicher, dass sie irgendwo eingelagert ist. Auf jeden Fall habe ich eine geheime Liebesaffäre mit Led Zeppelin, Bob Seger, die Steve Miller Band …« Sie zählt noch ein paar mehr auf, und ich drücke inzwischen Voreinstellung Nummer eins.

Serenas Gesicht leuchtet auf, als Tom Pettys *American Girl* aus dem Lautsprecher kommt. Ich drehe lauter, und sie vollführt die Andeutung eines Freudentanzes auf ihrem Sitz.

Ich sehe ihr, so gut ich vom Fahrersitz aus kann, dabei zu, wie sie sich während eines einzigen Liedes verwandelt. Sie bewegt die Lippen zur Musik und wippt mit den Schultern im Takt der Basstrommel.

Ich drücke aufs Gas, und wir fahren Hügel hinauf und Täler hinunter, den Highway entlang zwischen wundervollen, erblühenden Bäumen. Ein Schild rechts von uns verrät uns, dass Walworth zwei Meilen vor uns liegt, und die Geschwindigkeit ist hier auf fünfunddreißig Meilen pro Stunde begrenzt.

Das Lied endet, und die Stones kommen als Nächstes, als wir uns einer Kreuzung mit leuchtend roter Ampel nähern.

»Ich habe noch nie jemanden so lebendig werden sehen«, sage ich.

»Muss an all der frischen Luft liegen.« Ihre Wangen werden rot und wieder blass. »In Belcourt fühlte ich mich immer so apathisch. Es ist erstaunlich, was ein wenig Musik und ein Ortswechsel für den Geist tun. Obwohl ich mir jetzt ganz albern vorkomme. Ich kann Ihnen versichern, dass ich normalerweise nicht die Gewohnheit habe, ein Auto in eine Disko zu verwandeln.«

»Nein, nein. Nicht. So sollten Sie sich nicht fühlen.«

Ich biege am Stoppschild links ab und sehe eine Brücke in der Ferne. Serena greift nach dem Türgriff, als wir näher kommen, und erstarrt am ganzen Körper.

»Was? Was ist los?« Ich bremse.

Sie schließt die Augen und atmet mehrere Male tief durch. »Die Brücke.«

Ich blicke nach vorn und wieder zu ihr. »Was ist damit?«

»Hier hatte ich den Unfall.«

»Oh. Mist. Das war hier?« Ich streiche mir kurz übers Kinn und lege dann den Rückwärtsgang ein. »Wir müssen nicht hier entlangfahren.«

»Nein, nein. Schon in Ordnung.« Ihre blauen Augen sind jetzt ganz groß. »Es war nur ein kleiner Unfall im Winter. Die Brücke war rutschig. Jetzt sollte es hier sicher sein. Fahren Sie weiter.«

»Sind Sie sicher?«

Sie beißt sich auf die Unterlippe und blinzelt langsam, bevor sie schließlich nickt. »Ja, fahren Sie einfach.«

Ich fahre langsam weiter, nicht schneller als zehn Meilen pro Stunde. Als wir das Ende der Brücke erreichen, zeigt ein provisorisches Metallgeländer die Stelle an, an der ihr Auto durchgebrochen und herabgestürzt sein muss.

»Gut. Das wurde repariert.« Sie wirft einen kurzen Blick auf die Stelle und starrt dann wieder geradeaus. »Ich hatte noch nie so viel Angst in meinem Leben wie in diesem Moment. Ich dachte wirklich, ich würde sterben.«

Wir fahren weg von der Brücke, und ich biege an der nächsten Kreuzung rechts ab, was uns zu einem weiteren Stück Highway führt. Ein Schild sagt uns, dass wir fünfzehn Meilen von der nächsten Stadt entfernt sind.

»Sie dachten, Sie würden sterben?«, frage ich.

Ihre Hand ruht auf ihrer Brust, die sich hektisch hebt und senkt.

»Ja. Ich fuhr hier entlang, und da rannte diese kleine Katze über die Brücke und ich wollte sie nicht überfahren, also trat ich auf die Bremse. Ich bin Autofahren im Winter nicht gewohnt. Es hatte kurz zuvor geschneit, und ich nehme an, darunter war eine Eisschicht. Zumindest hat man es mir so erzählt. Auf jeden Fall rutschte ich von der Brücke und brach durch das Geländer. Ich bin im Wasser darunter gelandet. Gott sei Dank war es nicht sehr tief.«

»Aber.« Ich kratze mich am Kopf und schaue zuerst zu ihr und dann auf die Straße. »Ich bin verwirrt.«

»Weswegen?« Sie klimpert mit den Wimpern und starrt weiter geradeaus.

»Die Artikel, die Aussagen des Arztes …«, sage ich, »da steht überall, dass es ein Selbstmordversuch war. Dass Sie von der Brücke gefahren seien, um sich etwas anzutun.«

»Was?« Ihre Stimme klingt ungläubig. »*Wer* sagt das?«

»Zum einen die Boulevardpresse. Die, ja, *ich weiß*. Aber in der Aussage von Dr. Rothbart steht ebenfalls, dass es ein Versuch war, sich etwas anzutun«, sage ich. »Haben Sie den medizinischen Bericht nicht gesehen? Den, der dem Gericht vorgelegt wurde?«

»Nein, natürlich nicht. Mein letzter Anwalt hat sich um das alles gekümmert.«

»Warum sollte der Arzt so etwas behaupten?«

»Warum sollte ich versuchen, mich umzubringen, indem ich mit dem Auto in ein Gewässer mit einem halben Meter Tiefe fahre?« Sie lacht, aber ihre Augen schimmern glasig. »Wissen Sie, wie lächerlich das aussieht? Wenn ich mir etwas antun wollte, würde ich eine weniger dramatische Methode dafür finden. Glauben Sie mir. So würde ich niemals abtreten.«

»Dann haben Sie also nicht versucht, sich etwas anzutun?«

»Absolut nicht.«

»Warum sind Sie nach dem Unfall in einer privaten psychiatrischen Einrichtung gewesen?«

»Einer was?«

»Im Bericht des Arztes steht, Sie wurden in eine private Einrichtung im Norden des Staates New York eingewiesen.«

Serena bleibt der Mund offen stehen, und sie starrt aus dem Fenster, mir zugewandt. »Ich schlug mit dem Kopf ans Lenkrad und erlitt eine leichte Gehirnerschütterung. Ich wurde von unserem Hausarzt untersucht – auf Belcourt – und bekam für eine Woche eine Krankenschwester zugewiesen. Seit mein Vater mich gezwungen hat, hierher zu ziehen, habe ich keine Nacht außerhalb dieses gottverdammten Gefängnisses verbracht.«

»Das passt nicht zusammen.« Ich fahre mir durchs Haar und drücke den Rücken in den schwarzen Ledersitz. Meine linke Hand hält das Lenkrad fest. »Warum sollte Dr. Rothbart seine Zulassung und seinen Ruf riskieren, indem er derart lügt? Warum sollte er eine Falschaussage machen und eine Gefängnisstrafe riskieren?«

Serena lehnt den Kopf an die Kopfstütze, den Blick auf das Radio gerichtet. »Geld.«

»Ihre Stiefmutter?«

»Sie muss dahinterstecken. Sie hat Zugriff auf die Konten meines Vaters. Heutzutage kann man alles kaufen.«

»Sie will an Ihr Erbe.«

»Jawohl, Anwalt. Wie sind Sie nur darauf gekommen?«

»Also versucht sie, zu beweisen, dass Sie nicht gesund sind, indem sie versucht, feststellen zu lassen, dass Sie eine Art Betreuung oder Treuhandfonds brauchen und nicht Ihren vollen Anteil erhalten sollten.«

»Exakt. Mein Treuhandfonds ist ein Prozentanteil vom gesamten Vermögen meines Vaters. Siebenundneunzig Prozent. Er ist weit über achtzig Jahre alt, und seine Tage sind gezählt. Sobald er fort ist, werde ich einige Hundert Millionen erben, und sie wird im Vergleich dazu mit Almosen zurückbleiben. Weniger als ein halbes Prozent, wenn ich mich recht erinnere. Eindeutig nicht genug, um ihren gegenwärtigen Lebensstil aufrechtzuerhalten.«

»Und inwiefern hilft es ihr, zu beweisen, dass Sie verrückt sind?«

»Sie ist schon seit ihrer Heirat mit meinem Vater darauf aus, dass er sein Testament ändert. Er will Gewissheit haben, dass das Geld, für das er und sein Vater ihr Leben lang gearbeitet haben, weiterlebt und nicht sorglos oder töricht verschleudert wird. Sie hat die letzten paar Jahre damit verbracht, ihn davon überzeugen zu wollen, wie verantwortungslos ich bin, was nicht weiter von der Wahrheit entfernt sein könnte. *Veronica* ist die mit dem Problem zu hoher Ausgaben. Mir könnte das Geld nicht gleichgültiger sein. Es ist mehr eine Last als alles andere. Ich will nur nicht, dass sie es hat. Sie liebt nicht meinen Vater. Sie liebt nur seinen Reichtum.«

»In Ordnung. Damit ich das recht verstehe.« Ich räuspere mich. »Wenn sie Ihren Vater überzeugen kann, dass Sie nicht bei klarem Verstand sind, wird er sein Testament ändern und ihr mehr Geld als Gott persönlich hinterlassen.«

»Ja.« Serena kämmt mit den Fingern durch eine lange rote Locke. »Ich gehe davon aus, dass sie nicht *alles* bekommen würde, aber sie würde auf jeden Fall mehr bekommen als ihren gerechten Anteil. Ich würde sicher irgendeinen kleinen Fonds erhalten, aber es geht um das Prinzip.«

»Da stimme ich absolut zu.«

»Ich kann das nicht zulassen.« Serena legt mir die Hand auf den Arm.

»Dazu wird es nicht kommen.«

Serenas Miene wird leer. »Ich will nur mein Leben zurück. Ich will meinen guten Namen zurück. Ich will, dass die Wahrheit bekannt wird. Und ich will, dass Veronica auffliegt, bevor es zu spät ist.«

»Das ist ein langwieriger Auftrag, aber das kann ich schaffen.«

»Was meinen Sie damit, *Sie* können das schaffen? Hallo.« Sie zeigt auf sich. »Ich bin kein hilfloses Burgfräulein in Not.«

»Aber irgendwie doch.« Ich kann nicht anders als ihre Entschlossenheit bewundern. Die Tatsache, dass sie sich nicht auf mich verlassen will, ist richtig liebenswert.

»Nein, nein. Ich hasse das.« Sie schüttelt den Kopf, sodass ihr das Haar ins Gesicht weht.

»Gut. Ich verstehe. Sie sind eine starke, unabhängige Frau. Trotzdem brauchen Sie mich. Sie brauchen mich, ob es Ihnen gefällt oder nicht. Sie schaffen das nicht allein.«

Sie atmet dramatisch aus und stützt den Ellbogen an die Tür.

»Legen Sie mich nicht aufs Kreuz.« Sie dreht sich wieder zu mir um und zeigt mit einem Finger auf mich. »Ich meine es ernst, Derek. Ich muss wissen, dass ich Ihnen trauen kann. Dass Sie das nicht nur für sich selbst tun. Dass Sie nicht hier sind, um sich das, was von meinem Treuhandfonds noch übrig ist, unter den Nagel zu reißen.«

»Ich bin zwar leicht beleidigt wegen ihrer Unterstellung, aber Sie haben mein Wort.« Ich ziehe ein ›X‹ über mein Herz und hebe die Hand. »Vermögensrecht ist zufällig ein Steckenpferd von mir. Ob Sie es glauben oder nicht, aber Fälle wie der Ihre sind nicht ganz so ungewöhnlich.«

»Dann wird das also einfach?« Serenas Tonfall ist jetzt heiterer und hoffnungsvoll. »Wir müssen nur beweisen, dass Dr. Rothbart auf ihrer Lohnliste steht und dass er gelogen hat. Einen unvoreingenommenen Arzt finden, der mich beurteilt, und beweisen, dass ich keine Selbstmordabsichten habe und keinen Anwalt, Finanzverwalter oder Psychopharmaka brauche. Und dann müssen wir beweisen, dass das Ganze eine Intrige von Veronica ist.«

»Es wird nicht einfach werden, Serena. Wir sind hier nicht im Film.« Ich lege meine Hand auf ihre, und unsere Blicke begegnen sich.

Sekunden später lässt sie die Schultern hängen und legt die Stirn ans Autofenster. »Dann muss ich also eine ganze Weile mit Ihnen auskommen?«

»Tun Sie nicht so, als seien Sie enttäuscht«, ziehe ich sie auf.

Ihre herzförmigen Lippen unterdrücken ein Lächeln, und ich frage mich, ob sie heute vielleicht mehr gelächelt hat als seit Langem.

»Wir sollten Sie wieder nach Hause bringen«, sage ich, als mir auffällt, dass die Sonne jetzt vollständig hinter dem Horizont versunken ist. »Das Letzte, was wir jetzt brauchen, ist, dass jemand misstrauisch wird. Veronica darf nicht wissen, dass wir ihr nachschnüffeln. Soweit es das Personal von Belcourt betrifft, bin ich lediglich Ihr Anwalt und nicht mehr. Wir werden nichts besprechen, was Veronica betrifft, solange wir uns auf Belcourt befinden, verstanden?«

»Jawohl, Anwalt.«

»Übrigens, diese großen Anschaffungen, die sie getätigt haben?«, frage ich.

Sie runzelt die Stirn. »Welche großen Anschaffungen?«

»Die elf Millionen für Sportwägen, Kleidung und Schmuck …«

Ihr Gesichtsausdruck verrät mir alles, was ich wissen muss. »Oh Gott. Ernsthaft?«

»Es wurde im Gerichtsbeschluss erwähnt. Wie können Sie das nicht wissen?«

»Derek. Ich war vollgepumpt mit Medikamenten und weggetreten. Seit dem Vorfall am Flughafen erinnere ich mich nur an sehr wenig. Ich bekam Tranquilizer, Benzodiazepine, Schlaftabletten …« Sie birgt den Kopf in den Händen. »Ich hatte keine Ahnung, dass es so schlimm ist.«

»Also hat Veronica einige unvernünftige Anschaffungen in Ihrem Namen getätigt, um Ihrem Vater zu zeigen, dass Sie nicht fähig sind, in Ihrem angeblichen Zustand Ihre Finanzen selbst zu verwalten.«

Serena streicht sich eine goldrote Haarsträhne aus dem Gesicht. Ich kann ihr ansehen, dass sie vor reinem Frust losweinen will, aber vielleicht haben die Medikamente, die sie immer noch im Organismus hat, sie zu sehr betäubt.

Wir wenden und fahren schweigend zurück nach Belcourt. Ich meide absichtlich die Brücke, sondern fahre eine andere Strecke, wodurch unsere Rückfahrt ein paar extra, dringend nötige Minuten länger wird.

Als wir die kreisförmige Auffahrt erreichen, sehe ich Eudora hinter einem Vorhang verborgen am Fenster stehen. Einen

Moment später geht die Haustür auf, und da steht sie und sieht uns wartend an, als wären wir Kinder, die zu spät kommen.

»Wusste gar nicht, dass ich Ausgangssperre habe«, brummelt Serena vor sich hin und wendet sich zu mir. »Sehen Sie, wie lächerlich das alles ist? Ich bin fünfundzwanzig. Fünf. Und. Zwanzig.«

»Sie sollten fortgehen«, sage ich.

»Wie bitte?« Das Schimmern ihrer Augen sagt mir, dass ich ihre Aufmerksamkeit erregt habe. »Fortgehen im Sinne von Belcourt verlassen?«

»Ja.«

»Und wohin genau sollte ich gehen? Ich bin nicht so weit, mein Gesicht in der City zu zeigen. Das ist der einzige Ort, an dem ich mich zu Hause fühle. Das und dieses kleine Cottage ein paar Stunden außerhalb von London. Dort wollte ich an dem Abend, als ich auf dem JFK war, hin.«

Sie verstummt.

»Egal«, seufzt sie und greift nach dem Türgriff.

»Sie sollten in eine kleine Stadt ziehen, wo niemand Sie kennt«, sage ich.

»Was, womöglich so was wie die, aus der Sie kommen?« Ihr Lachen verstummt, als ihr klar wird, dass ich nicht scherze.

»Niemand würde Sie dort kennen. Außer vielleicht Demi.«

»Ihre Schwester?«

»Ja. Die in Rixton Falls geborene und aufgewachsene Promiklatschenthusiastin.«

»Rixton Falls? So heißt ihre Heimatstadt?«

Ich nicke.

»Klingt malerisch. Es gibt einen Wasserfall dort, nehme ich an?«

»Mehrere.«

Wir mustern über das Armaturenbrett hinweg Eudora, die die Arme verschränkt und mit dem Fuß tappt. Sie schaut demonstrativ auf ihre Uhr.

»Sie trägt gar keine Uhr.« Serena verdreht die Augen. »Danke für die Landfahrt heute. Das habe ich gebraucht. Heute Abend habe ich mich ein wenig mehr wie ich selbst gefühlt.«

Ich schenke ihr ein angespanntes halbes Lächeln und hebe die Hand vom Lenkrad für ein kurzes Abschiedswinken.

»Haben Sie eine Mailadresse?«, frage ich, als sie aussteigt.

Sie schüttelt den Kopf. »Kein Internet hier. Sie erinnern sich?«

»Wir sollten Sie mit Satelliteninternet ausstatten.«

»Das gibt es?«

»Ja. Ich lasse meine Sekretärin anrufen und einen Termin zur Einrichtung vereinbaren. Ich möchte gern in der Lage sein, Sie jederzeit zu erreichen. Privat. Ihr Handy ist nicht zuverlässig, und das Festnetz ist nicht sicher.«

»Klingt gut. Gute Nacht, Anwalt.«

Sie zieht die weißen Zähne über die Unterlippe, aber ich denke, ihr ist gar nicht bewusst, dass sie das tut, und sie schließt leise die Autotür und geht ins Haus. Von meinem Standort aus kann ich sehen, wie Eudora auf sie einredet, und ich bleibe nur lange genug, um zuzusehen, wie sie im Haus verschwindet.

Ich muss sie von diesen Leuten wegbringen.

Sie ist hier nicht sicher.

6. KAPITEL

Serena

»Ihr Vater und Veronica haben angerufen, als Sie weg waren.« Eudora folgt mir die gewundene Treppe hinauf, die zu meiner Suite führt.

»Was hast du ihnen gesagt?« Ich bleibe auf der achten Stufe stehen und drehe mich ruckartig um.

Eudora drückt sich die faltige Hand aufs Herz. »Dass Sie gerade schlafen natürlich.«

Ich steige die übrigen Stufen hinauf. Als ich oben ankomme, bin ich leicht atemlos.

»Ihre Medikamente waren schon vor über einer Stunde fällig«, sagt Eudora, als wir über die Türschwelle in mein Zimmer kommen. »Sie liegen auf Ihrem Nachttisch.«

»Ich nehme sie, nachdem ich mich frischgemacht habe.«

Eudora beäugt die Medikamente und dann mich. »Sie wirken enorm munter in letzter Zeit. Fühlen Sie sich besser?«

Ich knöpfe meine Bluse vor dem Spiegel auf, halte beim dritten Knopf inne und drehe mich zu ihr um. »Sehr. Danke der Nachfrage.«

Sie kennt mich besser als jeder andere Mensch, und das Gefühl, wie sich mir der Magen umdreht, verrät mir, dass sie mich offensichtlich durchschaut.

»Es ist dieser Anwalt, richtig? Sie sind hingerissen von ihm.« Ihre Worte klingen abgehackt und missbilligend. »Seit gestern ist es so, als würden Sie auf Wolken schweben.«

Ich lache und widme mich wieder meinen Knöpfen. »Absolut. Nicht. Das bildest du dir ein.«

Sie kommt näher und mustert mich prüfend, bis ich mich innerlich krümmen muss. »Sie werden rot.«

»Er ist ein netter Mann«, sage ich. »Und ein angenehmer Anblick. Aber nach allem, was mit Keir passiert ist, fühle ich mich eher beleidigt, dass du mir vorwirfst, ich würde mich wieder in die Datingszene stürzen wollen. Und er ist mein Anwalt. Es würde seine beruflichen Standesregeln und meine persönliche Ethik verletzen. Also bitte. Keine weiteren anzüglichen Vorwürfe mehr.«

Sie klatscht die Hände an ihre Seiten und schnaubt. »Ich will Sie nur beschützen.«

»Richtig. Das sagtest du bereits.« Ich ziehe mir die Bluse von den Schultern und stehe nur noch in BH und schwarzen Lederleggings vor dem Spiegel, die eine Nummer zu groß sind und meine Figur ein wenig verbergen. In den letzten paar Monaten hat mir das Essen einfach nicht so geschmeckt wie sonst. Ich schiebe es auf die Medikamente.

»Es ist nur …« Sie bleibt neben mir stehen. »Sie sind eine sehr schöne junge Frau. Er ist ein gut aussehender Mann, der weiß, dass Sie steinreich sind. Und er ist charmant. Serena, im Wesentlichen ist er ein Fremder, und Sie sind zu ihm ins Auto gestiegen. Was, wenn er Sie irgendwohin fortgebracht hätte?«

»Okay. Das reicht.« Ich lache in mich hinein. »Ich bin kein Kind, das zu einem Verbrecher ins Auto steigt, der mit Süßigkeiten lockt. Ich bin eine erwachsene Frau. Du hast mich mit ihm wegfahren sehen. Wir wissen beide, wer er ist. Ich kann daran nichts Schlimmes finden. Du weißt, dass du albern klingst, oder?«

Ich schäle mich aus meinen Leggings und hole einen Satinpyjama aus der mittleren Schublade meiner Kommode. Als ich umgezogen bin, gehe ich ins Badezimmer, um mich frischzumachen. Eudora folgt mir und lehnt sich an den Türrahmen.

»Seien Sie nur klug in dieser Sache«, mahnt sie mich. »Mir ist egal, wie nett Sie ihn finden. Welche Gefühle er in Ihnen weckt. Sie können ihm nicht trauen. Sie können keinem von denen trauen.«

Ich verteile Zahncreme auf meine Ultraschallzahnbürste und werfe ihr mit verzogenem Gesicht einen Blick zu, während ich mich noch frage, ob ich widersprechen oder vorerst Zugeständnisse machen soll.

»Verstanden«, sage ich dann. Ich bin zu müde, um mich mit Eudora zu streiten, und ich kenne ihre ewig gestrige Haltung nur zu gut. Ich bin damit aufgewachsen. »Er ist nicht vertrauenswürdig, und ich werde ihm nicht trauen.«

Als ich am Dienstagmorgen um die Ecke zum Esszimmer komme und Veronica und meinen Vater am Kopfende des Tisches sitzen sehe, verschlucke ich mich fast.

»Guten Morgen, Liebes.« Veronica steht auf, und ihre glasartige Stirn reflektiert das Licht des Kronleuchters über uns. Sie ist von Kopf bis Fuß narzissengelb gekleidet, die Lieblingsfarbe meines Vaters, obwohl diese Farbe schrecklich zum orangefarbenen Schimmer ihrer Haut aussieht. Jemand, der so bösartig ist, sollte keine fröhlichen Farben tragen.

Ich schaudere jedes Mal, wenn sie mich mit einem Kosenamen bedenkt, was nur dann vorzukommen scheint, wenn mein Vater dabei ist.

»Hi, Daddy.« Ich ignoriere Veronica und setze mich neben meinen Vater, der einen marineblauen Trainingsanzug aus Velours trägt. Etwas anderes scheint er gar nicht mehr anzuziehen. Längst vergangen sind die Tage, als er sich nie in etwas anderem hätte sehen lassen als seinen liebsten italienischen Maßanzügen. Ich lege meine Hand auf die meines Vaters, und er starrt mit leerem Blick geradeaus.

»Er ist nicht recht er selbst heute.« Veronica räuspert sich und setzt sich auf die andere Seite neben ihn. »Er hatte wieder einen Schub heute Morgen. Er nannte mich immer … Maggie.«

Mir wird das Herz schwer.

Das war der Name meiner Mutter.

»Es war, als hätte er vollkommen vergessen, in welchem Jahrzehnt wir leben«, lamentiert sie, aber ich glaube nicht, dass es ihr um ihn geht. Ich denke, sie ist eher besorgt darum, dass ihr Zeitfenster immer kleiner wird.

»Was machst du hier?«, frage ich.

Ich finde es interessant, dass sie seit Wochen nicht hier zu Besuch war, aber jetzt ist sie hier. Wenige Tage nachdem ich Belcourt für ein paar Stunden entflohen bin.

Eudora muss etwas erwähnt haben.

»Ich wollte dich informieren.« Sie wählt ihre Worte sorgfältig, und ihr angespannter Blick huscht durch den Raum. »Dein Vater hat mir alleinige medizinische Handlungsvollmacht gewährt. In Anbetracht deines gegenwärtigen Zustands ist unsere duale Handlungsvollmacht vorübergehend außer Kraft.«

»Was? Nein. Das kannst du nicht machen.«

»Nein, nein, Liebes. Dein *Vater* hat das entschieden.« Sie überkreuzt die Beine, und ihre Miene bleibt emotionslos. Andererseits ist sie das immer. Das Gesicht der Frau ist so aufgespritzt mit Botox, dass sie kaum noch lächeln kann.

»Mein Vater? Der Mann, der die Hälfte der Zeit nicht einmal weiß, wer du bist?« Meine Stimme wird lauter. »Er ist in keinerlei Verfassung, derartige Änderungen zu entscheiden, und das weißt du.«

»Und du bist in keinerlei Verfassung, Entscheidungen bezüglich der Pflege von irgendwem zu treffen, eingeschlossen dir selbst. Ich musste tun, was das Beste für die Familie ist.«

Ich würde sie am liebsten ohrfeigen, und dabei bin ich kein gewalttätiger Mensch. Eine Million Wörter rasen mir durch den Kopf und drohen, einen Umweg über meine Lippen zu nehmen.

Aber ich erinnere mich an Dereks Rat. Wir dürfen sie nicht wissen lassen, dass wir ihr auf der Spur sind. Es würde alles nur noch schwieriger machen.

»Die Familie?«, spotte ich. »Du bist kein Teil dieser Familie, Veronica.«

»Du bist mir wichtig, Liebes.« Sie beugt sich über den Tisch und legt ihre Hand auf meine, aber ich ziehe sie weg. Ihre Miene täuscht Wärme vor, aber ihre Berührung ist kalt wie Eis. »Ich weiß, dass du das nicht glaubst, aber es ist so. Ich liebe meinen Harold, und zur Liebe zu Harold gehört die Liebe zu seiner Tochter.«

»Sitz hier nicht an meinem Tisch und erzähle mir Lügen vor meinem kranken Vater. Zeige ein wenig mehr Respekt.« Ich stehe auf und blicke zu meinem Vater in seinem katatonischen Zustand. Sein Gesicht zuckt, und fast werden seine Augen lebendig. Er blickt erst zu mir auf, dann zu Veronica.

»Meine Damen, was ist denn los?«, fragt er und wirkt für einen Moment einigermaßen klar.

Veronicas Lippen beben, als sie mich ansieht.

»Daddy, weißt du, dass Veronica sich selbst zu deiner alleinigen medizinischen Handlungsbevollmächtigten gemacht hat?«, frage ich.

Er faltet die fleischigen Hände über seinem üppigen Bauch und zieht die buschigen weißen Augenbrauen zusammen.

»Ja, Serena. Wir haben das gemeinsam beschlossen.« Seine Worte brechen mir das Herz. Er *glaubt* nur, dass sie das gemeinsam beschlossen hätten. Ich erkenne Manipulation, wenn ich sie sehe. »Es geht dir nicht gut, Prinzessin. Sobald du wieder du selbst bist, wird alles wieder so wie vorher.«

»Also, falls dir etwas zustößt – was Gott bewahren möge –, dann ist es in Ordnung für dich, dass Veronica sämtliche medizinischen Entscheidungen für dich trifft?« Ich verschränke die Arme und sehe meine Stiefmutter, die Inkarnation des Bösen, finster an.

Seine Züge entspannen sich, und er starrt geradeaus und stöhnt und grummelt vor sich hin. Er rutscht unbehaglich in seinem Rollstuhl hin und her. Und dann sieht er mich an, und sein Gesicht ist ein einziges Fragezeichen.

»Wer ist Veronica?«, fragt er.

Ich werfe die Hände in die Luft. Er ist weggetreten, einfach so. Und es ist zu spät, denn Veronica schleicht sich schon an das Familienvermögen heran. An dem Tag, an dem mein Vater an eine Maschine angeschlossen wird, wird sie die Erste sein, die den Ärzten sagt, dass sie den Stecker ziehen sollen – vorausgesetzt, sie bekommt zuvor ihren Willen bezüglich des Erbes.

Als sie die medizinische Handlungsvollmacht noch teilen musste, gab es wenigstens noch Schutzvorrichtungen.

»Er hat seine Momente, Serena. Bitte sei nicht frustriert«, meint Veronica. »Glaube mir, wenn ich sage, dass diese Entscheidungen während seiner klaren Phasen diskutiert wurden.«

»Sicher.« Meine Lippen formen eine harte Linie. »Ist das alles, wofür du hergekommen bist? Verziehst du dich dann jetzt wieder?«

Da platzt Bettina mit einem Tablett voller Essen herein.

»Nun, ich dachte mir, wir könnten doch alle gemeinsam ein reizendes Frühstück genießen«, sagt Veronica. »Es ist schon

Wochen her, seit wir gemeinsam gegessen haben, und es ist so ein wundervoller Morgen. Ich dachte, vielleicht könnten wir draußen essen? Vielleicht hilft die frische Luft. Gehst du häufig nach draußen, Liebes?«

Ihre Frage ist ein Test. Dessen bin ich sicher.

»Ich bekomme viel frische Luft«, sage ich. »Aber es wäre schön, ein Auto zu haben. Du weißt schon, damit ich ab und zu auch einmal wirklich das Grundstück verlassen kann.«

»Oh, meine Liebe, das ist keine gute Idee. Dr. Rothbart will nicht, dass du Auto fährst, bis deine Medikamente richtig eingestellt sind. Deshalb hast du ja einen Chauffeur auf Abruf. Wenn du wegfahren willst, ruf einfach Jameson an, und er holt dich ab.«

»Er ist *zwei Stunden* entfernt von hier, er ist *dein* Fahrer, und du beschäftigst ihn *jeden Tag*.«

»Dann stellen wir eben einen neuen Chauffeur für dich ein.« Veronica sieht die Köchin mit einer hochgezogenen Augenbraue an und deutet auf die Terrasse. »Du hast lange in der City gelebt. Autofahren ist nicht wirklich deine Stärke. Überlassen wir das den Profis, nicht wahr? Das können die Randalls am besten.«

Sie kichert.

»Ich nehme das Frühstück auf meinem Zimmer ein«, sage ich zu Bettina. Damit drehe ich mich auf dem Absatz um und marschiere, ohne Zeit zu verlieren, die Treppe hinauf.

»Serena, lass mich *ja nicht* so hier stehen«, ruft Veronica mir hinterher. Ich höre keine Schritte. Und sie würde mir auch nicht nachlaufen, das ist nicht ihr Stil. »Dr. Rothbart wird diese Woche noch vorbeikommen für eine neue Beurteilung. Es sieht nicht so aus, als würde sich dein Zustand merklich verbessern.«

Ich höre sie Worte schimpfen wie »übermäßig emotional«

und »eine Peinlichkeit für die Familie« und »inakzeptables, irrationales Benehmen«. Und ich lasse sie sagen, was sie sagen will. Bald genug werde ich weg sein. Ich werde ihr das Gegenteil beweisen. Ich werde beweisen, dass sie eine Verbrecherin ist. Und dies hier wird alles nur noch eine ferne Erinnerung sein.

Ich stürme die Stufen hinauf und marschiere zu meiner Gefangenensuite, schlage die Tür hinter mir zu wie eine verzogene Prinzessin, und verdammt, es fühlt sich immerhin zwei Sekunden lang gut an.

Doch dann bleibt mir vor Schock das Herz stehen, als ich Veronicas persönliche Assistentin Julia sehe, die gerade meine Schubladen durchwühlt.

»Was zur *Hölle* denken Sie, was Sie hier tun?« Ich stürme zu ihr hin, packe sie am Handgelenk und reiße sie von meinen Sachen weg.

Sie steht da wie erstarrt. Wie ein Reh im Scheinwerferlicht. »Es tut mir so leid, Serena.«

»Ich frage nur noch ein Mal.« Ich lasse sie los und verschränke die Arme. »Was tun Sie da?«

Aus ihrem Mund kommt nur Gestammel, und sie blickt zur Tür.

»Sie verlassen mein Zimmer nicht, bis Sie es mir gesagt haben, Julia.« Ich verstelle ihr den Blick auf den Ausgang. »Das hier ist absolut unangemessen. Weiß Veronica, dass Sie hier oben sind?«

Ihr Blick verrät mir alles, was ich wissen muss – alles, was ich im Verdacht hatte.

»Sie hat Sie dazu angestiftet«, stelle ich fest.

»Bitte«, fleht sie. »Lassen Sie mich gehen. Ich will damit nichts zu tun haben.«

»Wonach haben Sie gesucht?«, frage ich.

Julia lässt den Kopf hängen. »Bitte tun Sie mir das nicht an, Serena. Ich habe nur getan, was mir gesagt wurde. Ich darf meinen Job nicht verlieren.«

»Werden Sie nicht«, sage ich. »Aber sagen Sie es mir.«

»Pillen«, platzt sie mit rotem Gesicht heraus. »Ich sollte nachsehen, ob Sie Pillen horten. Veronica war besorgt, dass sie welche horten, um sich etwas anzutun.«

Ich balle die Fäuste. Es reicht mit den Lügen und Täuschungen.

Das muss ein Ende haben.

Das geht schon lange genug so, und es geht viel zu weit.

Ich muss hier raus, und wenn es nach Rixton Wasauchimmer ist, wie Derek vorgeschlagen hat.

»Raus«, befehle ich mit zusammengebissenen Zähnen. »Und ich will Sie besser nie wieder hier drin erwischen.«

7. KAPITEL

Derek

Am Mittwoch beuge ich mich über Gladys' Schreibtisch und schiebe ihr einen Werbeprospekt aus der Zeitung von gestern Abend zu.

»Was ist das?«, fragt sie.

»Horton Satellite Internet«, sage ich. »Ich möchte, dass Sie dort anrufen und eine Notfallinstallation auf Belcourt Manor veranlassen.«

»Darf ich das denn?« Sie schiebt ihre Brille die höckerige Nase hinauf und liest das Kleingedruckte.

»Als Finanzverwalter für das Vermögen von Serena Randall autorisiere ich Sie dazu, es zu tun.«

Sie nimmt den Hörer, klemmt ihn zwischen Schulter und Kopf und tippt die Nummer von dem Papier ein.

Ich schnappe mir meinen Aktenkoffer, schlüpfe am Büro meines Vaters vorbei, stecke kurz den Kopf hinein und sage Hallo. Er macht sich gerade seinen Kaffee, wie üblich um diese Uhrzeit. Ich warte, bis er damit fertig ist. Er braucht ein präzises Verhältnis von Zucker, Sahne und Kaffee zueinander, und ich habe ihn schon viel zu viele perfekte Tassen Kaffee wegschütten sehen, weil das Verhältnis nicht ganz stimmte.

»Sohn. Guten Morgen«, grüßt er, nippt an seiner Tasse und nickt, als der Geschmack genehm ist. »Hattest du ein gutes Wochenende?«

»Ja«, sage ich. »Ich habe am Samstag Serena Randall getroffen.«

Er verzieht das Gesicht. »An einem Samstag? Warum das?«

»Sie war am Freitag nicht in der Verfassung für ein längeres Treffen«, antworte ich. »Und ich habe am Freitagabend ein wenig zu dem Fall recherchiert. Ich hatte noch einige Fragen und wollte sie besser kennenlernen.«

Dad seufzt und streicht sich über die karierte Krawatte, als er sich setzt. Die Falten um seine Mundwinkel spielen, als er vor sich hinstarrt. Ich habe diesen Blick schon mal gesehen. Er denkt zu sehr über irgendetwas nach.

»Das ist der Auftrag bezüglich finanzieller Sachwaltung, richtig?«, fragt er dann.

»Richtig.«

»Da musst du gar nichts recherchieren, Derek. Du stellst einfach ein Budget auf und berichtest die eingehenden und ausgehenden Gelder wie vorgesehen ans Gericht. Du machst mehr Arbeit daraus als notwendig.«

Ich schließe seine Bürotür und nehme ihm gegenüber Platz. »Und genau da irrst du dich.«

Er legt den Kopf schief und streicht mit dem Daumen über seinen dichten, dunklen Schnurrbart. Früher dachte ich immer, dass ihn das einschüchternd wirken lässt. Heute erinnert es mich nur an Tom Selleck in seinen besten Jahren.

»Oberflächlich betrachtet ist es ein simpler Sachwaltungsfall«, sage ich. »Aber wenn man an der Oberfläche kratzt und genauer hinsieht? Dann ist es ein nicht unerheblicher Vermögensfall. Die Stiefmutter versucht zu beweisen, dass die Tochter geistig nicht gesund ist, damit sie den Vater dazu bringen kann, sein Testament zuungunsten der Tochter zu ändern. Sie bezahlt Menschen dafür, falsche Aussagen zu machen. Sogar der Autounfall war ein Schwindel.«

Dad beugt sich vor und streckt einen Finger hoch. »Warte einen Moment. Hast du dafür Beweise?«

»Daran arbeite ich.«

Er massiert sich mit dem Mittelfinger die Schläfe und atmet stöhnend aus. »Die Randalls sind eine sehr prominente und mächtige Familie. Sie haben jede Menge Geld und Ressourcen. Du kannst nicht einfach ihren Namen in den Schmutz ziehen, weil du glaubst, einen Hauch von Betrug zu wittern. Du brauchst solide Beweise, bevor du auch nur eine einzige gezielte Beschuldigung aussprichst, oder *dein* Name wird beschmutzt sein. *Unser* Name.«

»Einer der psychiatrischen Berichte verweist darauf, dass Serena versucht habe, ihrem Leben ein Ende zu setzen, indem sie mit dem Auto von einer Brücke in Walworth fuhr«, erzähle ich. »Die Brücke war etwa zwei Meter hoch und der Fluss darunter war nur etwa einen halben Meter tief. Wenn jemand sein Leben beenden will, warum dann gerade da?«

»Weil der jemand zu der Zeit nicht ganz bei Verstand war.« Er verschränkt die Arme und legt den Kopf in die andere Richtung schief.

Ich ignoriere ihn. Er ist ihr noch nicht begegnet. Wenn er selbst sehen kann, in welchem geistigen Zustand sie sich befindet, wird das seine Frage beantworten.

»Der Arztbericht besagt, dass sie nach dem Unfall in einer privaten psychiatrischen Einrichtung im Norden des Staates New York war«, fahre ich fort. »Serena behauptet, sie habe Belcourt nie verlassen. Sie sagt, sie sei von einem Arzt untersucht, wegen einer leichten Gehirnerschütterung behandelt und während der Woche darauf zu Hause von einer Schwester betreut worden.«

»Dann finde diese Krankenschwester. Finde jemanden, der ihre Geschichte bestätigt.«

»Ganz einfach, oder?«, frage ich. »Falsch. Wir haben den Verdacht, dass diese Leute auf der Gehaltsliste ihrer Stiefmutter stehen könnten. Sie bezahlt sie für Falschaussagen. Reinen Tisch zu machen hätte bedeutende Konsequenzen für alle Beteiligten. Es wird nicht einfach sein.«

Dad beugt sich vor und stützt die Ellbogen auf die polierte Glasplatte seines Schreibtisches aus Walnussholz. »Wenn du damit weitermachst, wirst du bis über beide Ohren in der Bredouille landen.«

Ich schnaufe. »Du hast kein Vertrauen.«

»Ich denke, du bist ein kluger Mann, der gerade etwas Dummes tut.«

»Was ist daraus geworden, das Richtige zu tun?« Ich starre den alten Mann vor mir an, dessen Schultern gebeugt sind von all den Jahren, die er die Lasten anderer getragen hat. »Was ist aus Gerechtigkeit geworden?«

Er lehnt sich zurück, und sein Sessel knarrt und ächzt, als er sich zu dem Panoramafenster neben sich dreht.

»Das frage ich mich selbst jeden Tag.« Er schüttelt den Kopf, und zum zweiten Mal in meinem Leben empfinde ich die Magie um die Fassade meines Vaters mehr als Illusion als alles andere. »Manchmal tut man, was am besten für die Karriere ist, und das ist manchmal nicht das, was für die Klienten das Beste ist.«

Seine Worte sind ein Schlag in meine Magengrube, der mich einen Moment lang sprachlos macht.

»Also, was willst du mir damit sagen?«

»Ich will damit sagen …« Sein Blick richtet sich auf mich. »Du bist jung. Du musst noch viel lernen. Du hast eine lange Karriere vor dir. Bleib vorerst bei den sicheren Fällen. Halte dich an das, was du weißt. Lass dich nicht in das Familiendrama der Randalls hineinziehen, solange du nicht ausdrücklich genau dafür angeheuert wirst, und selbst dann würde ich sie an einen Haifisch in Manhattan verweisen, der glaubt, dass solche Fälle nichts Besonderes sind.«

»Du denkst, ich bin nicht gut genug, um diesen Fall anzunehmen.« Gott, ich fühle mich, als wäre ich verdammte dreizehn. »Dann habe ich also den größten Teil meiner Zwanziger umsonst mit Jurastudium verbracht.«

»Du bist ein guter Anwalt, Derek.« Dad schlägt mit der Faust auf den Tisch, und seine Stifte hüpfen alle gleichzeitig hoch. »Ein verdammt guter.«

»Aber was?«

»Ist dir klar, wie schlecht das aussehen wird?« Er zieht die dunklen Augenbrauen zusammen. »Du bist bestellt, um ihr Geld zu verwalten, und jetzt steckst du deine Nase in Angelegenheiten, die dich nichts angehen, und überzeugst sie davon, dass es hier einen Fall gibt, der berechnet werden muss, extra Arbeit, die getan werden muss. Du tust das nicht umsonst, Derek.«

»Natürlich nicht.« Gott bewahre, dass der Kanzlei auch nur eine einzige berechenbare Stunde entgeht. »Und ich bin Profi. Das wird nicht schlecht aussehen. Serena ist ein guter Mensch. Sie verdient ihren Namen zurück. Ihren Ruf. Und ihr Erbe.«

»Was ist diese Serena für ein Mensch?« Sein Tonfall ändert sich. Er stellt mir eine Falle.

»Welche Rolle spielt das?«

»Wie würdest du sie beschreiben?«

Ich lache in mich hinein und behalte eine ausdruckslose Miene bei. Ich bin ihm auf der Spur. »Du willst, dass ich dir erzähle, dass sie schön ist. Du willst, dass ich sage, dass sie reizend und intelligent und die Verkörperung von Grazie und Klasse ist, und dann wirst du mir vorwerfen, dass ich auf sie stehe, und du wirst behaupten, dass mein Urteilsvermögen beeinträchtigt ist und ich von meiner Funktion als Finanzverwalter entbunden werden sollte.«

Er schiebt das Kinn vor und verschränkt die Arme. »Du denkst wie dein alter Herr. Immer einen Schritt voraus.«

»Sie ist meine Klientin. Das ist alles, was sie je sein wird. Es werden keine Grenzen überschritten und keine guten Namen beschmutzt. Ich bin Profi.«

Er mustert mich, ein Auge zugekniffen.

»Du hast mein Wort«, sage ich.

Vaters Telefon klingelt – eine Unterbrechung genau zur rechten Zeit –, und er drückt mit einem Fingerknöchel auf den Lautsprecherknopf.

»Ist Derek bei Ihnen?«, dringt Gladys' Stimme an meine Ohren.

»Ja, Gladys. Ich bin hier.«

»Kyla ist auf Leitung zwei.« Sie legt auf.

»Was in aller Welt will Kyla an einem Mittwoch?« Dad wirft mir einen fragenden Blick zu, und ich verdrehe die Augen, bevor ich in mein Büro gehe, denn ich habe keine verdammte Ahnung.

Ich stöhne in den Hörer, als ich einen Moment später am Schreibtisch stehe. »Was willst du?«

Meine Ex-Frau gibt ein »Hmpf« von sich. »Immer so erfreut, mit mir zu reden.«

»Geht es Haven gut?«

Ihr Zögern jagt mir einen Stromstoß durch den Leib.

»*Natürlich* geht es ihr gut, Derek.« Sie spuckt die Worte förmlich durch die Leitung. »Etwas anderes anzudeuten, ist einfach … nicht cool.«

»Wieso belästigst du mich dann mitten in der Woche im Büro? Solltest du nicht beim Pilates sein? Oder ist mittwochs immer Ballett? Nein, warte. Hot-Yoga. Mein Fehler.«

Kyla seufzt. »Du bist nur wütend, dass mein Körper heute besser aussieht als je zuvor, und zum ersten Mal hast *du* keinen Spaß damit.«

»Ja, ja«, sage ich. »Mir ist vollkommen klar, dass dein wohlgeformter Hintern ab sofort nur noch für den neuen Mann in deinem Leben bestimmt ist. Oder sollte ich sagen für den alten Mann? Wie alt ist er noch mal genau? Ist er nicht doppelt so alt wie du?«

Sie antwortet nicht, und ich grinse von einem Ohr zum anderen, als ich mir vorstelle, wie sie lautlos schäumt vor Wut in ihrer sonnendurchfluteten, weißen Küche in irgendeiner langweiligen Vorstadtgegend, zwei Stunden entfernt von hier. Ich wette, sie hat die tollste Küche in der Gegend, und die Ironie dabei ist, dass Kyla gar nicht kocht. Ihr brennt sogar noch Wasser an.

»Und was willst du damit sagen?«, feuert sie zurück, mit abgehacktem Tonfall, der tiefer schneidet als ein stumpfes Buttermesser.

»Ich schätze … ich schätze gar nichts?« Ich unterdrücke das Lachen in meinem Tonfall. Gott, wie ich es liebe, Kyla zu ärgern. An manchen Tagen ist das das Beste daran, dass sie meine Ex-Frau ist. »Ich schätze … ich schätze, ich wollte dich nur daran erinnern, dass du mit einem Typen mit runzeligen Altmännereiern verheiratet bist.«

Ich höre, wie sie das Telefon auf den Tresen knallt. Und dann Stille. Aber sie ist noch dran. Ich kann sie im Hintergrund rascheln hören.

»Sind wir jetzt fertig?«, schimpft sie einen Moment später. »Bitte zeige etwas mehr Respekt für den Stiefvater deiner Tochter.«

»Du meinst Grandpa Stiefpapi?« Ich halte das Telefon schnell weg von mir, damit sie mich nicht lachen hört. Als ich es wieder ans Ohr halte, staucht sie mich zusammen. »Zu meiner Verteidigung: Der Begriff ist von Haven.«

»Richtig. Ich bezweifele doch sehr, dass Haven das ganz allein eingefallen ist.«

»Okay, könnte auch Gemeinschaftsarbeit gewesen sein.«

»Werde endlich erwachsen, Derek. Im Ernst. Werde. Erwachsen.«

Die meiste Zeit bin ich der Inbegriff von erwachsen. Aber manchmal kann das Leben so verdammt brutal sein, dass die einzige Möglichkeit, damit fertig zu werden, darin besteht, einen gewissen Sinn für Humor zu entwickeln. Wenn man die Liebe seines Lebens heiratet, mit ihr ein wundervolles Baby bekommt, dieses wundervolle Leben zusammen aufbaut, und dann kommt man am Freitag vor dem Valentinstag früher nach Hause und findet den sechzigjährigen Schönheitschirurgen, der ihr die Brustimplantate gemacht hat, dabei vor, wie er sie von hinten über die Sofalehne gebeugt nagelt?

Richtig urkomisch. So was kann ich mir nicht ausdenken.

Zu dem Zeitpunkt war es ein Jahr her, seit sie sich die Brüste hatte machen lassen. Ich erinnerte mich daran, denn an dem Tag, als sie aufhörte, Haven zu stillen, hatte sie behauptet, ihre Brüste wären ruiniert, und verlangte, dass ich eine OP bezahle. Soweit ich weiß, fing ihre aufblühende Beziehung an dem Tag an, als er ihre platten Brüste in Untersuchungsraum Nummer vier befühlte.

Fünf Riesen für Größe DD. Zehntausende verloren bei der Scheidungsvereinbarung. Und ein Drittel meines monatlichen Einkommens geht direkt in ihren Geldbeutel in Form von Unterhalt für das Kind, während sie die heiße Hausfrau spielt für Dr. Herbert Hodge IV.

Und dank des wundervollen Richters am Familiengericht, mit dem wir das Vergnügen hatten – der offensichtlich im Jahre 1992 stecken geblieben ist –, darf Haven mich jetzt jedes zweite Wochenende sehen, jede zweite Ferien und zwei Wochen jeden Sommer. Und alle Anwaltsarbeit oder Hinauszögerung des Falls konnten den alten Richter nicht dazu bringen, sich auch nur einen Zentimeter zu bewegen.

Am Ende des Prozesses waren wir alle erschöpft, und am Ende war es Haven, die darunter litt. Meine süße, unschuldige Tochter, gefangen in einem Tauziehen zwischen zwei Menschen, die von Anfang an nie hätten zusammen sein sollen.

Ich werde nie das erste Jahr unserer Ehe vergessen und den Ausdruck der Enttäuschung in Kylas Gesicht, als ihr klar wurde, dass der Kleinstadtanwalt, den sie geheiratet hatte, nicht locker eine halbe Million im Jahr nach Hause karrt.

Schätze, sie hätte ihre Hausaufgaben machen sollen.

Und ich werde nie vergessen, wie es sich anfühlte, zuzusehen, wie Kyla mit ihrer Mutterschaft haderte, wenn ich um sechs Uhr abends nach Hause kam und auf dem Tresen eine halb leere Flasche Wein stehen sah, während das Baby in einer durchnässten Windel saß.

Ich schätze, man könnte sagen, dass unser beider Träume in den ersten paar Jahren zerschmettert wurden.

»Bist du fertig?«, fragt sie. »Ich kann dich lachen hören.«

»Na gut, na gut. Was zur Hölle willst du, Kyla?«

»Herb hat mich mit einer Skireise überrascht, und wir fahren am Donnerstag und kommen am Sonntag wieder. Du wirst Haven morgen holen müssen.«

»Herb fährt Ski? Was, wenn er sich die Hüfte bricht?«

»Derek.«

»Okay, ich kann sie abholen, aber hat sie am Freitag nicht Vorschule?«

»Sie kann mal wegbleiben.«

»Tolle Prioritäten, Kyla. Großartig. Mutter des Jahres.«

»Ich darf ja wohl eine Skireise mit meinem Ehemann unternehmen. Anders als manche Ehemänner verwöhnt Herb mich tatsächlich über alle Maßen. Er liebt mich, und er lebt dafür, mich glücklich zu machen.«

»Denn die ganze Welt sollte sich um dich drehen. Natürlich.«

»Können wir nicht mal eine Unterhaltung führen, die sich nicht anfühlt, als würden wir zehn Schritte rückwärtsgehen? Ich habe es satt, mit dir zu streiten.«

»Wir streiten nicht. Das ist kein Streit.«

»Du bist feindselig.«

»Schlechte Wortwahl. Unverblümt trifft es besser. Ich bin unverblümt.«

»Du bist grob. Ich habe das Gefühl, du willst mich nur dafür bestrafen, dass ich das Sorgerecht für Haven bekommen habe. Darum geht es doch. Du bist immer noch verbittert.«

»Sie sollte bei mir sein, und das weißt du. Du hast so oft gesagt, dass du keine Mutter sein willst. Du warst eine Mutter, die den ganzen Tag zu Hause war und dabei eine Vollzeitnanny hatte. Was zum Teufel sagt das über dich aus?« Meine Worte sind rau und meine Nerven liegen wieder blank. »Der Richter hätte dir nie mehr gewähren sollen als Besuche am Wochenende.«

»Mütter sollten nie von ihren Kindern getrennt werden.«

»Mütter, die ihre Kinder an erste Stelle stellen«, korrigiere ich. »Und in diese Kategorie fällst du nicht.«

»Willst du damit sagen, dass ich unsere Tochter nicht liebe?« Die Ungläubigkeit in ihrer Stimme ist besorgniserregend. Andererseits wusste ich immer, dass Kyla ein wahnhaftes Miststück ist.

»Das ist genau das, was ich sagen will.«

»Derek, es ist wirklich wichtig für mich, dass du gemeinsam mit mir als Eltern arbeitest, genau wie Dr. Sarah es uns beigebracht hat.«

Ach ja. Wie konnte ich nur die sechsundvierzig schweineteuren Stunden mit der vom Gericht verordneten Familientherapeutin in diesen glorreichen Wochen nach unserer Scheidung vergessen?

»Das ist nicht hilfreich«, sagt sie. »Wir müssen eine friedliche Lösung finden und uns mit Respekt und Liebe begegnen.«

Ich krümme mich innerlich. Ich könnte Kyla nie respektieren, und todsicher liebe ich sie nicht, nicht einmal als Mutter meines Kindes. Nicht mehr.

»Sorge dafür, dass sie am Donnerstag bis sieben Uhr bereit ist«, sage ich. »Ich bringe sie Sonntagabend zurück. Übliche Zeit.«

Dann knalle ich den Hörer auf, hole tief Luft und greife nach dem Foto auf meinem Schreibtisch, mit einer lächelnden, flachsblonden Haven im letzten Sommer mit einem Minnie-Maus-Drachen. Das einzig Gute an dem Ganzen ist, dass ich mehr Zeit mit ihr verbringen kann.

Ein Klopfen an der Tür lenkt meine Aufmerksamkeit auf Gladys, die dasteht, eine Karteikarte an die Brust gedrückt.

»Satelliteninternet für Ms Randall ist bestellt.« Sie blickt auf ihre Karte. »Ich musste ein wenig betteln und nach einem Vorgesetzten verlangen, aber die Installation am Donnerstag ist arrangiert. Sie kommen zwischen acht und zehn Uhr vormittags.«

»Ausgezeichnet. Können Sie Belcourt Manor kontaktieren und Serena Bescheid geben?«

»Mache ich.«

Ich schnappe mir Jacke und Schlüssel und stehe auf, um zu gehen.

»Wo wollen Sie denn hin?«

»Ich muss einen Computer für Ms Randall kaufen und plane, ihn persönlich zu liefern. Ich komme später wieder. Falls Sie etwas brauchen, wissen Sie, wie Sie mich erreichen können.«

8. KAPITEL

Serena

»Ms Randall, erwarten Sie Besuch?« Es ist Mittwochnachmittag, und ich blättere gerade eine zutiefst langweilige Ausgabe der Vogue auf meinem Bett durch, als Eudora in meiner Tür steht.

»Nein.« Ich stehe vom Bett auf. »Wer ist es?«

Eudora zögert. »Es ist … Mr Rosewood.«

Ich spähe aus dem Fenster und sehe unten seinen schwarzen SUV stehen.

»Haben Sie eine Ahnung, was er will?«, fragt sie. »Er war doch erst am Samstag hier.«

»Wir hatten das Budget noch nicht ganz bereinigt«, sage ich, und mir fällt ein, dass ich immer noch seinen Stift und Notizblock habe. Und dann lüge ich: »Er erwähnte, dass er diese Woche wiederkommen wollte.«

Eudora seufzt. »Er wartet im Wohnzimmer auf Sie.«

»Sag ihm, dass ich in Kürze unten bei ihm sein werde. Und biete ihm bitte etwas zu trinken an, während er dort auf mich wartet.«

Sie geht und schließt die Tür hinter sich. Ich ziehe mich um, mache mich frisch, hoffe dabei inständig, dass ich nicht rieche, als hätte ich den ganzen Tag im Bett gelegen, und frage mich dann, warum das wichtig ist. Ich bin nicht dazu da, Derek Rosewood zu beeindrucken.

»Hi.« Ich streiche mir das Haar hinter die Ohren, als ich ihn sehe, und gestatte mir kein Lächeln. Seinen Stift und Notizblock habe ich an meine Brust gedrückt.

Dereks Aktentasche aus Leder steht zu seinen Füßen und sieht heute voller aus als üblich.

»Können wir irgendwohin gehen, um einige Dinge privat zu besprechen?«

Ich lege den Kopf schief und werfe ihm einen neugierigen Blick zu.

»Es geht nicht um ...« Seine Stimme ist nur ein Flüstern.

»Ja«, sage ich und führe ihn in ein Arbeitszimmer am anderen Ende des Hauses. »Folgen Sie mir.«

Ein paar Minuten später sitzen wir im Arbeitszimmer an einem sehr alten Mahagonischreibtisch, umgeben von etlichen Regalen voller Klassiker in Erstausgabe, alle über Jahre kuratiert und gesammelt von meiner Großmutter.

Derek legt seine Aktentasche auf den Schreibtisch, öffnet sie und holt einen dünnen, goldfarbenen Computer heraus.

»Ihr Satelliteninternet wird morgen früh installiert, zwischen acht und zehn Uhr«, sagt er.

»Ja, Ihre Assistentin rief heute Morgen an und hat es mir erzählt.«

»Ich möchte, dass Sie *diesen* Computer nutzen.« Er schiebt ihn über den Tisch zu mir. »Ich habe eine private gesicherte Mailadresse eingerichtet und möchte, dass Sie die verwenden. Und wir richten einen biometrischen Fingerabdruckscanner ein, der Ihnen Zugriff auf diesen Computer und alles darauf gewährt. Und zwar nur Ihnen.«

»Schick.« Ich grinse.

Er holt einen kleinen Scanner heraus, der mit einem USB-Kabel verbunden ist, steckt ihn an, klappt den Laptop ein wenig auf und tippt auf ein paar Tasten.

Fünf Minuten später ist mein Fingerabdruck gescannt und gespeichert, und er hat mir gezeigt, wie ich Zugang zu meinen Mails bekomme.

»Das ist sehr *James Bond*«, sage ich.

»Es ist sehr notwendig.«

Ich übe das Einscannen und Ausloggen noch ein paarmal.

»Wie soll ich ihn vor Eudora verstecken?«, frage ich.

»Nicht nötig.« Er lehnt sich auf dem wackeligen Stuhl zurück. »Sie wird erfahren, dass Sie Internet haben. Es ist okay, wenn Sie einen Computer haben. Sie muss nicht wissen, wofür Sie ihn nutzen. Abonnieren Sie ruhig Netflix. Gucken Sie von mir aus reihenweise Folgen von *House of Cards*. Unterhalten Sie sich. Es ist nicht gesund für eine junge Frau, derart isoliert zu sein, wie es bei Ihnen der Fall ist. Sollte sie fragen, sagen Sie ihr, dass ich ein Budget zur Unterhaltung festgelegt habe und dass dies Ihre erste Erwerbung wäre. Wir werden es auf die Rechnung für das Mandat setzen. Niemand wird etwas merken.«

»Diese Mailadresse …«

»Ist nur für Sie und mich. Geben Sie sie niemand anderem. Sie ist gesichert, aber es muss nicht sein, dass jemand versucht, sich einzuhacken. Dies ist eine vertrauliche Form der Kommunikation zwischen Anwalt und Klientin. Ihr Festnetz kann leicht abgehört werden. Ihr Handyempfang ist bestenfalls lausig. So können Sie mich erreichen. Meine Mails landen direkt auf meinem Handy. Sobald Sie etwas schicken, werde ich sofort benachrichtigt.«

»Ich weiß das zu schätzen. Aber was unternehmen wir wegen …« Ich darf es nicht aussprechen. Wir waren uns einig, unter *diesem* Dach nicht über *sie* zu sprechen.

»Wir müssen woandershin gehen und reden. Noch mal.« Er vergräbt das Gesicht in den Händen und atmet durch die

Finger aus. »Aber bei meinem letzten Besuch waren wir schon außer Haus. Es könnte Alarmglocken schrillen lassen bei Ihren ... *Aufsehern.*«

Ich verdrehe die Augen. Aufseher. Genau das sind sie.

Derek hatte recht letzten Samstag, als er sagte, dass ich hier rausmüsse. Ich muss an einen anderen Ort, weg von Belcourt und seinen Köchinnen, Haushältern und Gärtnern, die allesamt jede Bewegung von mir beobachten. Sogar Eudora.

Vor allem Eudora.

»Wie wäre es mit kommendem Wochenende?«, schlage ich vor. »Da können wir uns wieder treffen. Es wird nicht verdächtig wirken, wenn unsere letzte Ausfahrt eine Woche her ist. Vielleicht können wir sogar etwas Regelmäßiges daraus machen – Überlandfahrt jeden Samstagnachmittag?«

»Dieses Wochenende habe ich meine Tochter.«

Mir sinkt das Herz, obwohl ich ihm sage, dass es das lassen soll.

»Sie ... Sie haben eine Tochter?« Meine Hand wandert an meine Halskette und spielt an dem Anker, der daran hängt, während ich lächele. »Das wusste ich gar nicht. Es ist nur ... Sie sind noch so jung. Aber das meine ich als Kompliment.«

»Haven war eine Überraschung«, sagt er. »Wir hatten keine Kinder geplant. Nicht zu der Zeit. Ich war im letzten Jahr meines Jurastudiums. Wir waren noch nicht lange verheiratet. Egal.«

»Nun, ich bin sicher, dass Sie ein reizender Vater sind, und ich bin ebenso sicher, dass Mrs Rosewood eine sehr glückliche Frau ist.«

»Mrs Rosewood ...«, sagt er, als hätte er dabei einen bitteren Geschmack im Mund, »... heißt jetzt Mrs Hodge.«

Ich drehe ruckartig den Kopf zu ihm, unsere Blicke treffen sich, und ich drücke mir die Hand aufs Herz. Ich schätze, das ergibt Sinn. Er sagte ja, dass er seine Tochter am Wochenende hat. »Das tut mir leid. Ich hatte keine Ahnung.«

»Daran muss Ihnen nichts leidtun.« Er richtet seine Krawatte. »Jetzt zurück zum Geschäftlichen.«

»Ja. Richtig.« Ich beuge mich vor und senke die Stimme. »Sie kamen am Dienstag vorbei. Veronica und mein Vater. Sie hat seine medizinische Handlungsvollmacht ändern lassen.«

»Verdammt.« Er schlägt mit der Faust auf den Tisch. »Sie weiß, was sie tut.«

»Wie kann sie das tun? Mein Vater befindet sich offensichtlich in einem frühen Stadium der Demenz, und meine Situation ist nur vorübergehend.«

»Falls Ihr Vater seine Wünsche zum Ausdruck gebracht hat und in Anwesenheit seines Anwalts klar war, kann das durchaus sein. Höchstwahrscheinlich hat sie eine Video- oder Audioaufnahme von ihm als Beweis seines Geisteszustandes. Es gibt ... Möglichkeiten, gewisse Protokolle zu umgehen. Oder sie könnte ihrem freundlichen Arzt eine kräftige Summe bezahlt haben, um ihn dazu zu bringen, dass er eine Stellungnahme schreibt, in der steht, dass Ihr Vater zu dem Zeitpunkt bei klarem Verstand war.«

»In letzter Zeit hat er sie häufiger beim Namen meiner Mutter genannt. Ich wäre nicht überrascht, wenn er sie für meine Mutter gehalten hat, als er dem zustimmte. Aber ich war natürlich nicht dabei. Ich werde es nie erfahren.«

»Wir müssen das alles zügig vorantreiben«, flüstert Derek. »Wir dürfen keine Zeit verlieren.«

»Da ist noch etwas.« Ich senke die Stimme und komme näher. »Am Sonntag, als sie hier waren, ging ich nach oben auf mein Zimmer und sah ihre Assistentin dabei, wie sie meine Schubladen durchwühlte. Ich habe sie in flagranti erwischt. Sie floh aus meinem Zimmer, nachdem ich sie zwang, mir zu sagen, wonach sie gesucht hatte. Offenbar weiß Eudora, dass ich meine Medikamente nicht nehme, und Veronica hat ihrer Assistentin erzählt, dass sie glaubt, ich würde sie horten, um mir etwas anzutun.« Ich verdrehe die Augen. »Noch eine bösartige Manipulation«, sage ich. »Mehr Lügen. Nur eine Möglichkeit mehr für sie, zu behaupten, ich wäre nicht in guter Verfassung.«

Derek atmet schwer aus. »Wir müssen Sie hier wegbringen. Sofort. Pfeif auf Internet. Pfeif auf den Laptop, der gerade ihr Unterhaltungsbudget für April verschleudert hat.«

»Wohin soll ich gehen?« Ich zucke mit den Schultern. »Sagen Sie es mir. Wohin?«

Derek zögert kurz, sieht sich im Zimmer um und blickt dann hoch zu dem hölzernen Leuchter mitten an der Decke. Er macht ein ›V‹ mit den Fingerspitzen und sieht mich an.

»Sie kommen mit nach Rixton Falls«, sagt er. »Zu mir.«

9. KAPITEL

Derek

Wäre mein Vater jetzt hier, würde er mir mit rotem Gesicht die Ohren vollschreien, wie falsch das hier ist. Dass es jede professionelle Grenze überschreitet, die ich über die Jahre beigebracht bekommen habe. Er würde mich einen Idioten schimpfen. Dass ich den Ruf der Rosewoods und noch dazu meine eigene Karriere ruiniere.

Aber das ist mir völlig egal.

Es ist ja nicht so, als wäre es für immer. Es ist eine vorübergehende, kurzfristige Lösung.

»Das geht nicht.« Serena wirft einen Blick zur Seite, und ich bin ziemlich sicher, dass sie sich gerade ein Leben mit einem völlig Fremden vorstellt.

»Ich weiß, dass es nicht ideal ist«, antworte ich. »Aber Sie können bei mir wohnen, bis wir eine eigene Unterkunft für Sie finden. Wir haben jetzt Zugriff auf Ihren Treuhandfonds, und Wohnen in Rixton Falls ist extrem erschwinglich. Wir finden etwas für Sie, dass Ihnen gefällt, und in der kurzen Zeit dazwischen können Sie sich in meinem Gästezimmer verschanzen. Sie werden sich ein Badezimmer mit Haven teilen müssen, aber sie ist nur jedes zweite Wochenende zu Hause.«

»Wie lange würde ich bleiben?«

»So lange, wie Sie müssen.« Ich zucke mit den Schultern. »Könnte ein paar Tage dauern, oder länger. Ich will, dass Sie ein Apartment finden, das Ihnen gefällt. Könnte sein, dass Sie für Monate dort wohnen müssen. Solche Fälle neigen dazu, sich hinzuziehen. Ich habe von Vermögensfällen gehört, die Jahre dauerten. Zugegeben, ich denke nicht, dass das bei Ihrem Fall so ist, wenn man den bedauernswerten Gesundheitszustand Ihres Vaters bedenkt.«

»Ich kann mich Ihnen nicht aufdrängen. Sicher gibt es ein Hotel in der Nähe?«

»Sie wollen ein Herrenhaus mit viereinhalbtausend Quadratmetern gegen ein Fünfunddreißig-Quadratmeter-Hotelzimmer eintauschen? Mit fragwürdiger Bettwäsche und Kontinentalfrühstück? Geben Sie Ihre Sturheit auf, und bleiben Sie einfach bei mir. Wie gesagt, es ist nur vorübergehend. Nicht für immer.«

Serena starrt auf ihre schlichten Fingernägel, zupft daran herum und hört dann auf.

»Worüber denken Sie nach?«, frage ich.

Sie seufzt. »Falls Sie meine aufrichtige Meinung hören wollen: Ich bin nicht übermäßig begeistert von der Idee, von Ihnen abhängig zu sein.«

»Welche Wahl haben Sie? Sie sind hier nicht sicher. Sie brauchen keine Leute um sich, die in Ihren persönlichen Sachen wühlen, jede Ihrer Bewegungen ausspionieren und Sie von der Außenwelt abschneiden.« Ich greife über den Tisch und nehme ihre Hand. »Ich verstehe das. Das alles ist beängstigend für Sie. Es wird eine sehr große Veränderung sein. Ich habe kein Dienstmädchen, keine Köchin oder Wäscherin. Ich lebe in einer Penthousewohnung im obersten Geschoss einer alten Brotfabrik in der Innenstadt von Rixton Falls. Ein wenig Junggesellenbude, aber geräumig und offen, der nächtliche Ausblick ist bezaubernd, und ich habe einen Kühlschrank voll mit Bier und Spirituosen. Wenn man es auf vielleicht ein Hundertstel der Größe schrumpft, ist es wie Manhattan.«

Serena schnieft. »Ein Mini-Manhattan?«

»Ja. Ein Mini-Manhattan.« Ich stehe auf.

»Wohin gehen Sie?« Ihre Miene wird ernst.

»Gehen Sie packen.« Ich deute auf die Tür. »Wir fahren in zehn Minuten.«

Ich schnippe mit den Fingern, um ihr zu bedeuten, dass sie aufstehen soll, und zeige dann zur Tür. »Ich warte im Wohnzimmer. Packen Sie rasch und rechnen Sie mit einer Menge Fragen von Eudora. Und vergessen Sie nicht: Nichts hält Sie hier fest. Durch mich haben Sie nun Zugriff auf Ihre Finanzen. Und Sie können leben, wo immer Sie wollen. Sie sitzen nicht länger hier fest. Sie sind frei.«

10. KAPITEL

Serena

Unter dem Bett, das einst Catherine gehörte, finde ich einen übergroßen Koffer von Louis Vuitton. Ich klopfe den Staub ab, rolle ihn über den Flur in meine Suite und fange damit an, die meisten meiner Schubladen zu leeren.

Ich werfe alles, was auf dem Badezimmertresen steht, in eine Kosmetiktasche, lege sie oben darauf und setze mich auf den Kofferdeckel, um sicherzugehen, dass der Reißverschluss auch wirklich komplett zugeht.

»Gütiger Himmel, Serena, was in aller Welt tun Sie da?« Eudoras Stimme lässt mich derart zusammenzucken, dass ich vom Koffer falle. »Was soll denn das?«

»Ich gehe.« Ich ziehe den Koffer vom Bett und nehme ihn am Griff.

»Sie irren sich gewaltig, wenn Sie glauben, dass ich Sie gehen lasse mit diesem … dieser Schlange von einem Anwalt.«

Ich lache. »Er ist keine Schlange.«

»Ich traue ihm nicht.«

»Und ich traue dir nicht.« Die Worte durchbrechen meine Beherrschung und entfliehen über meine Lippen. Ich bin ebenso geschockt, sie zu hören wie sie. Ich drücke mir die Hand auf den Mund, als unsere Blicke sich begegnen.

Ihr Gesicht wird traurig, ihr bleibt der Mund offen stehen, und dann weicht sie einen Schritt zurück.

»Serena, das meinen Sie nicht ernst.« Eudoras graue Augen

füllen sich mit Tränen, und ich fühle mich schrecklich trotz aller Gründe, die ich habe, ihr nicht zu trauen. »Sie sind wie eine Tochter für mich. Ich habe Sie praktisch aufgezogen, seit …«

Ich bleibe auf sichere Distanz zu ihr, falls sie mich davon abhalten will zu gehen. »Sie arbeiten jetzt für Veronica. Ich weiß, dass Sie ihr Dinge über mich erzählen.«

Mist.

Derek wird mich umbringen. Ich sollte doch nichts, was mit Veronica zu tun hat, gegenüber dem Personal des Hauses erwähnen.

»Ich befolge nur meine Anweisungen.« Eudora neigt den Kopf und schickt mir mit ihrem Blick eine unausgesprochene Entschuldigung. »Meine Liebe zu Ihnen ist so stark, wie sie immer war. Zweifeln Sie nie daran. Ich habe immer nur das Beste für Sie gewollt.«

»Ich kann nicht länger hierbleiben«, sage ich. Ich muss dieses Gespräch beenden, bevor mir noch mehr herausrutscht. »Ich muss mich nicht erklären, und ich erwarte nicht, dass du es verstehst.«

»Sie haben keine Wahl.« Ihre Stimme bricht, und als ich ihr in die Augen sehe, wissen wir beide, dass ihr Argument nichtig ist.

»Das ist nicht wahr«, widerspreche ich. »Ich muss nicht hierbleiben. Nicht mehr.«

»Veronica wird …« Eudoras Stimme verstummt, bevor sie Gedanken ausspricht, die zu finster sind, um davon zu sprechen.

»Veronica wird tun, was sie tun wird. Lass sie.« Ich lege ihr die Hand auf den Arm. »Ich … ich kann nicht bleiben.«

Ich lasse sie los, denn ich kann ihr keine bessere Erklärung geben, aus Angst, dass die Nachricht sich zu schnell verbreitet.

»Wo wollen Sie denn hin?«, ruft sie mir nach.

Ich bleibe stehen, mit leicht offenem Mund, als ich nach der besten Antwort suche. »Ich weiß nicht. Derek wird mir helfen, etwas für mich zu finden.«

Unsere Blicke treffen sich, und einen Moment lang schenkt sie mir ein halb gebrochenes Lächeln mit tränenfeuchten Augen. Wären die Umstände anders, würde sie mich bitten, sie anzurufen oder zu schreiben, in Kontakt zu bleiben, sie wissen zu lassen, dass es mir gut geht.

Zu wissen, dass ich das nicht tun kann, bricht mir das Herz.

Die Zeiten haben sich geändert.

Vertrauen wurde zerstört.

»Auf Wiedersehen, Eudora.« Ich lege die Hand auf das Geländer der Treppe und nehme mit der anderen den Griff meines Koffers.

»Warten Sie.« Eudora winkt hektisch und läuft an mir vorbei den Flur entlang. Kurz darauf kommt sie zurück mit zwei Tablettenfläschchen. »Bitte vergessen Sie nicht, die hier zu nehmen. Die Anweisungen stehen darauf.«

Ich nehme die Tabletten, aber ich habe nicht die Absicht, sie zu schlucken, und ich bin nicht sicher, wieso sie mir die aufdrängt, wenn sie weiß, dass ich sie nicht nehmen werde. Vielleicht, damit sie sagen kann, dass sie es versucht hat, wenn Veronica sie zur Schnecke macht, weil sie sich nicht heftiger angestrengt hat, mich aufzuhalten.

Aber es ist ohnehin nicht so, als könnte sie mich aufhalten.

»Danke.« Damit bin ich weg, schleppe meinen Koffer die Treppe hinunter und atme erleichtert auf, als ich Derek zwischen Haustür und Wohnzimmer stehen sehe.

»Bereit?« Er greift nach meinem Gepäck. Ich fühle mich sofort verlegen, weil es so schwer ist, aber ich habe alles hineingestopft, was ich vielleicht gebrauchen könnte. Ich habe nicht vor, für irgendetwas zurück nach Belcourt Manor zu kommen, nie wieder.

Die nächsten paar Stunden sind verschwommen.

Aber sie bestehen nur aus ihm und mir.

Als wir wegfahren und eine Staubwolke hinter uns lassen, kommt mir die Erkenntnis, dass ich offiziell frei bin.

Von diesem Augenblick an kontrolliert mich niemand. Niemand sagt mir, wie ich leben soll, wo ich wohnen soll, oder droht mir mit irgendetwas.

Ich habe Angst.

Aber ich bin höchst aufgeregt.

»Wie weit ist Rixton Falls entfernt?«, frage ich.

»Vierundneunzig Minuten«, sagt er ohne Zögern, greift herüber und drückt auf die Programmtaste für Classic Radio. *Coming Home* von Cinderella kommt leise aus den Lautsprechern.

»Der Code ist 5821. Top secret.« Derek gibt den Code an seiner Tür ein, nach einer kurzen Fahrt im Aufzug.

Ich verschränke die Finger wie eine ehrenwerte Pfadfinderin. »Ich erzähle es keiner Menschenseele.«

Er stößt die Tür auf, und ich sehe ein weit offenes Industrieloft mit Fenstern vom Boden bis zur Decke und Ausblick auf ein idyllisches Unterhaltungsviertel und einen kleinen Fluss im Westen mit kleinen Booten darauf.

»Ich weiß, es ist nicht das, was Sie gewohnt sind«, meint er.

»Nein, es ist schön.« Ich winke ab.

»Ich muss zurück ins Büro und meinen Arbeitstag zu Ende führen, aber ich zeige Ihnen noch Ihr Zimmer und führe Sie kurz herum«, sagt er. »Fühlen Sie sich einfach wie zu Hause. Bedienen Sie sich, was immer Sie brauchen. Nur, ähm, gehen Sie nicht in mein Zimmer.«

Meine Gedanken wandern augenblicklich in schmutzige

Gefilde, als unsere Blicke sich treffen, und meine linke Augenbraue zuckt ganz von allein hoch.

Derek grinst, ohne meine anzüglichen Annahmen zu bestätigen oder zu leugnen, und ich folge ihm einen Flur entlang, der sich dann teilt. Wir gehen nach links.

»Das ist Havens Zimmer.« Er öffnet eine Tür, und hellrosa Wände mit Postern von Karussellponys und Meerjungfrauen springen mir förmlich ins Gesicht. Ihre Bettwäsche hat einen abstrakten Blumendruck in viel zu vielen Farben auf einmal, aber ich nicke lächelnd und sage ihm, dass es sehr hübsch ist.

Es erinnert mich daran, wie ein Mann ein Zimmer für ein Mädchen einrichten würde. Komplett unbedarft, aber mit einer Eins für sein Bemühen.

»Hier ist das Badezimmer, das Sie sich mit ihr teilen werden.« Er klopft an die Tür, als wir vorbeigehen. »Zwei Waschbecken, sodass Sie nicht das mit den Kaugummizahnpasta-Spritzern nehmen müssen.«

»Das weiß ich zu schätzen.«

»Und hier ist Ihr Zimmer.« Er stößt meine Tür auf, und ich sehe ein vornehmes Schlafzimmer mit großen Fenstern, grau gestrichenen Wänden, modernen Möbeln aus der Mitte des Jahrhunderts und schwarzem Betonboden. Das ganze Zimmer schreit nach Junggeselle. »Tut mir leid. Ich habe es eingerichtet.«

»Es ist in Ordnung«, sage ich.

»Sie können verändern, was immer Sie wollen«, sagt er. »Es macht mir nichts aus. Dieses Zimmer wird nicht benutzt.«

»Ich finde es reizend, dass Sie Zimmer einrichten.« Ich unterdrücke ein belustigtes Lächeln. »Man hört nicht so oft, dass ein Heteromann Farben und Möbel auswählt.«

»Ich habe buchstäblich lediglich einen Katalog von West Elm aufgeschlagen und alles gekauft, was ich auf der ersten

Seite gesehen habe. Aber wenn das als Einrichten zählt und Sie davon beeindruckt sind, dann ist alles gut.«

»Zumindest sind Sie ehrlich.«

Derek hebt den Koffer für mich aufs Bett und stemmt die Hände in die Hüften. »Also, hier wohne ich. Küche, Wohnzimmer und so haben Sie ja gesehen, als wir reinkamen. Damit ist meine Führung abgeschlossen.«

Ich tätschele ihn leicht am Oberkörper. Er fühlt sich solide unter meiner Berührung an, und mir wird klar, dass ich ihm nahe genug bin, um seinen Duft einzuatmen. Der schwache Duft seiner Morgendusche füllt meine Lungen, und ich weiche einen Schritt zurück, als mir klar wird, wie absolut unangemessen es ist, zu einem Zeitpunkt wie diesem irgendwelche Gedanken auf solche Dinge zu verschwenden.

»Wo schlafen Sie?«

»Auf der anderen Seite des Apartments.«

Mein Lächeln verschwindet, und ich widme mich meinem Koffer. »Ich werde mich hier einrichten. Sie können jetzt ruhig zurück ins Büro fahren. Ich werde hier sein, wenn Sie wiederkommen.«

»In Ordnung.« Er schiebt die Hände in die Taschen und holt seine Schlüssel heraus. »Heute Abend mache ich für Sie eine Führung durch Rixton, wenn ich zurück bin. Vielleicht können wir irgendwo zu Abend essen. Es sei denn, Sie kochen. Kochen Sie?«

Ich schüttele den Kopf. »Nicht wirklich.«

»Dachte ich mir irgendwie schon.«

Er zwinkert, und vielleicht sollte ich mich angegriffen fühlen, tue ich aber nicht.

Ich weiß nicht, was ich fühle. Ich weiß nur, dass sich das alles hier zwar völlig fremd für mich anfühlen sollte, aber irgendwie ist es seltsam angenehm.

11. KAPITEL

Derek

Ich höre den Fernseher, bevor ich die Tür aufschließe, und als ich hineingehe, finde ich Serena auf der Couch liegend, während sie durch die Kanäle zappt und wie ein gelähmter Zombie auf den Bildschirm starrt.

»Hey«, sage ich.

Sie schüttelt den Kopf, blinzelt und konzentriert dann den Blick auf mich.

»Sie haben ferngesehen, seit ich weg bin?«, frage ich.

Sie steht auf, geht auf die Zehenspitzen und streckt sich. Irgendwann hat sie etwas Bequemeres angezogen – schicker Pyjama mit Spitze, wie es aussieht – und das kleine Baumwolltop hebt sich, als sie sich streckt, und zeigt ein Stück weichen Bauch über dem Hosenbund.

»Eine Schande, ich weiß.« Sie schaltet den Fernseher aus. »Aber die Alternative wäre gewesen, das Tabu zu brechen und in Ihrem Schlafzimmer herumzuschnüffeln.«

»Ich hoffe, Sie machen nur Witze.« Ich lasse meine Tasche auf die Kücheninsel fallen, ziehe die Kühlschranktür auf und nehme mir ein Heineken.

Im Ernst. Ihr würde nicht gefallen, was sie da drin finden würde. Ich habe eine ganze Schublade voll mit Kondomen in meinem Badezimmer und ein Sortiment mit Handschellen, Seidenbändern und Augenbinden im Nachttisch. Ich würde nicht sagen, dass ich eine männliche Hure bin, aber ich bin ein heißblütiger Amerikaner mit funktionsfähigem Unterleib, und von Zeit zu Zeit habe ich so meine Phasen. Und während dieser Phasen scheint mir nichts mehr zu helfen als guter, altmodischer, unverbindlicher Sex.

»Natürlich scherze ich. Was für ein Gast wäre ich denn, wenn ich derart in Ihre Privatsphäre eindringen würde?« Sie geht zur Kücheninsel.

»Sind Sie Biertrinkerin?«, frage ich.

Sie beäugt die grüne Flasche in meiner Hand, und ich drehe am Verschluss, bis es zischt.

»Nicht wirklich.«

Ich schiebe ihr die Flasche hin. »Heute Abend schon.«

Sie hebt die Flasche an die Nase, schnuppert daran und probiert dann. Sie verzieht das Gesicht. Es ist bitter für sie, aber sie wird sich daran gewöhnen.

Ich hole mir ein anderes und setze mich auf einen Barhocker.

»Also, das machen Sie so nach der Arbeit?« Sie setzt sich neben mich.

»Manchmal …«

»Was machen Sie, wenn Sie nicht allein trinken?«

»Ich treffe mich mit Freunden. Familie.« Ich stupse sie mit der Schulter an. »Nur weil ich arbeite, heißt das nicht, dass ich kein Leben habe.«

»Es heißt, allein trinken ist ein Zeichen für Probleme.«

»Ich würde sagen, das ist Unsinn.« Ich trinke einen Schluck Bier. »Es gibt nichts Besseres als ein kaltes Bier nach einem langen Tag.«

»Ist es stressig?«, fragt sie. »Anwalt zu sein?«

Ich trinke noch einen Schluck und zucke mit den Schultern. »Manchmal.«

»Wollen Sie mich nicht fragen, was ich so mache?«

Ich drehe mich ihr zu, lege den Kopf schief und fühle mich schuldig, weil ich angenommen habe, dass sie eine Park-Avenue-Prinzessin in Vollzeit ist.

»Und was machen Sie so, Serena?«, frage ich.

»Ich bin Gründerin und CEO einer gemeinnützigen Organisation, die sich für Sicherheit in der Schifffahrt einsetzt«, sage ich. »In den letzten paar Monaten lag alles auf Eis, aber davor waren wir ziemlich aktiv. Es ist mehr Arbeit, als die Leute glauben, und wenn ich anderen erzähle, dass ich einen Job habe, lachen sie meistens. Es ist ebenso sehr ein Job wie jeder andere Job eines jeden anderen Menschen. Ich habe vierzig, manchmal fünfzig Stunden pro Woche gearbeitet.«

»Vermissen Sie es?«

Sie nickt. »Ich vermisse es, Menschen zu helfen. Bewusstsein zu wecken. Meine Mutter starb bei einem Bootsunfall.«

»Das tut mir leid.«

Sie trinkt einen großen Schluck, und diesmal zuckt sie nicht zusammen oder verzieht das Gesicht. »Es ist wirklich lange her.«

»Wollen Sie diese Stadtführung?«, frage ich. »Raus aus dem Apartment? Ich könnte nicht den ganzen Tag hier drin eingesperrt bleiben.«

»Klar«, meint sie.

Ich schütte den Rest von meinem Bier ins Spülbecken. »Die Straße runter ist ein Restaurant. Lassen Sie uns zuerst essen, und dann zeige ich Ihnen, was Sie Ihr ganzes Leben lang verpasst haben.«

Ich zwinkere ihr zu, und sie tappt leise in ihr Zimmer, um sich fertig zu machen. Und ich stehe hier wie ein Trottel und frage mich, was in aller Welt dieses Lächeln in meinem Gesicht zu suchen hat und wieso in aller Welt ich, nachdem ich mein Liebesleben der letzten zwei Jahre niemandem außer mir selbst gewidmet habe, jetzt hier stehe und gottverdammte Schmetterlinge im Bauch habe, wegen einer Frau, die ich kaum kenne.

Ich schiebe das alles ganz weit weg und mahne mich, professionell zu bleiben. Nicht daran zu denken, wie gut sich diese herzförmigen Lippen küssen ließen. Sich nicht darauf zu konzentrieren, wie weich sich ihr Körper an mich gepresst anfühlen würde. Wie es sich anfühlen würde, mit den Fingern durch diese glänzenden rotblonden Locken zu streichen.

Das. Ist. Kein. Date.

Und in Anerkennung dessen, dass dies kein Date ist, ziehe ich den Anzug aus und eine zerknitterte Jeans und ein verwaschenes T-Shirt mit Aerosmith-Logo an, das ich vor fünf Jahren in einem Trödelladen gekauft habe.

»Bereit?« Minuten später kommt Serena den Flur entlang. Sie trägt Schuhe mit Absätzen, eine Lederhose und eine hauchzarte elfenbeinfarbene Bluse, ihr Haar fällt ihr in einem lockeren Zopf über eine Schulter, und ihre Lippen sind rot geschminkt.

Es hat nicht mehr als fünf Minuten gedauert, und jetzt ist *sie* angezogen wie für ein Date.

»Ja. Okay.« Ich gebe mir Mühe, nicht zu stottern oder sie zu lange anzustarren, und ich versuche mein Bestes, meinen Schwanz davon abzuhalten, dass er sich aufrichtet. Aber ich glaube, dafür könnte es zu spät sein. »Gehen wir.«

Sie riecht wie ein ganzes Kaufhaus. Auf gute Weise. Nach Parfum, neuer Kleidung und raffinierten Kerzen.

Nach *alles neu*.

Und genau das ist sie.

Rixton Falls riecht an jedem beliebigen Tag nach Wasser. Umgeben von Wasserfällen, Flüssen zum Angeln und einem

Zufluss, der vom Atlantik gespeist wird, sind wir der Gnade der Windrichtung ausgeliefert. Manchmal ist die Brise frisch und erinnert mich an Ferien. Oder an Angeln mit meinem Großvater. An sein muffiges, nostalgisches Haus am See. An anderen Tagen riecht der Wind ranzig und trägt den ekelerregenden Geruch von totem, getrocknetem Fisch und menschlichen Abfällen von der Wasseraufbereitungsanlage nördlich der Stadt mit sich.

Aber heute Abend riecht Rixton Falls nach einer Million Dollar.

Aber das könnte auch daran liegen, dass ich einen halben Schritt hinter ihr gehe. Ihre Beine machen große Schritte, und obwohl wir alle Zeit der Welt haben, bewegt sie sich, als hätte sie es eilig, an einen bestimmten Ort zu gelangen.

»Hey, nicht so schnell.« Ich lege die Hand wie eine notdürftige Bremse an ihre Schulter und ziehe sie zurück zu mir.

»Tut mir leid.« Sie dreht sich zu mir um und streicht sich eine Haarsträhne aus dem Gesicht. »In der City gehe ich immer schnell. Ich denke, ich habe einen Moment lang vergessen, wo ich bin.«

»Ja. Passiert ständig. Die Leute verwechseln permanent Rixton Falls mit Manhattan.«

Serena grinst breit und gibt mir einen sanften Klaps auf den Arm.

»Da sind wir.« Ich zeige auf eine grüne Markise über einem malerischen Café mit vier Fenstern. Es ist nicht piekfein, und es ist kein Ort, wohin ich ein Date ausführen würde oder jemanden, den ich beeindrucken will, aber das ist genau der Punkt. Es ist neutral.

Ich halte die Tür auf und folge ihr hinein. Die Hostess platziert uns an einem Fenster mit beeindruckendem Ausblick vorne raus auf die Passanten in der Vine Street. Serena fragt mich, ob es mir etwas ausmachen würde, wenn sie heute Abend Wein trinkt, und ich biete ihr an, eine Flasche mit ihr zu teilen. Es wäre unhöflich, sie allein trinken zu lassen.

Ein Fernseher über der Bar schaltet um zu einer Notfallansprache des Präsidenten, und es wird still im Café. Während Präsident Montgomery über ein verheerendes Erdbeben in Indonesien mit einer sechsstelligen Anzahl an Opfern berichtet, sinkt mir das Herz. Wir schicken Soldaten, erklärt er. Es werden Katastrophenhelfer angefordert, Freiwillige, Versorgungsgüter. Was immer wir geben können, wird man dort annehmen.

Serena legt ihre Gabel neben den Teller und faltet die Hände vor dem Mund. »Denken Sie, wir könnten ein wenig Geld aus meinem Treuhandfonds freimachen? Ich würde gern etwas spenden.«

»Absolut. Wir werden uns etwas einfallen lassen. Ich möchte auch gern spenden.«

»So tragisch.« Sie schüttelt den Kopf und starrt auf ihre halb aufgegessene Mahlzeit, als wäre ihr nicht danach, jetzt zu Ende zu essen. »Und wir sitzen einfach hier, essen diese wundervolle Mahlzeit und ärgern uns über unsere Luxusprobleme.«

»Wir werden von hier aus tun, was wir können«, beteuere ich.

Serena blickt wieder auf den Bildschirm und lauscht jedem Wort, das der Präsident sagt.

»Sie waren mit seinem Sohn verlobt, Keir, richtig?«, frage ich.

Sie richtet ruckartig den Blick auf mich. »Im Ernst? Von dem wollen Sie reden? *Jetzt?*«

Ich greife nach meinem Weinglas und trinke einen Schluck, um Zeit zu gewinnen. »Ich schätze, ich habe mich wohl genug gefühlt, um Sie nach ihm zu fragen. Ich entschuldige mich dafür.«

Sie will mich nicht ansehen, als sie die Beine überkreuzt und wieder entkreuzt und dabei lässig die Getränkekarte durchsieht, während ich zu Ende esse. Als unser Kellner schließlich die Rechnung bringt, stecke ich etwas Bargeld hinein. Seit ich Keir erwähnt habe, hat sie keine zwei Wörter mehr von sich gegeben.

»Fertig?«, frage ich.

Serena nimmt ihre Handtasche, steht auf und schiebt ihren Stuhl unter den Tisch. Ihre vollen Lippen sind zu einem Schmollmund verzogen, ihre Stirn gerunzelt. Im Moment bin ich nicht sicher, ob sie immer noch wütend auf mich ist oder gerade an ihren Ex denkt. Wie auch immer, ich hätte gar nicht erst etwas sagen sollen, und das dient mir als Erinnerung, warum ich keine Dates mache.

Ich begreife Frauen nicht.

Ich kann sie nur wertschätzen. Ich liebe nichts mehr, als mit den Händen über ihre Kurven zu streichen, die heiße Süße zwischen ihren Beinen zu verschlingen und es zu genießen, wenn ihre Fingernägel über meinen Rücken kratzen.

Aber damit endet es auch schon.

Frauen bedeuten Drama. Und Komplikationen. Und die meiste Zeit machen sie mehr Probleme, als sie wert sind.

Und das kann ich sagen, weil ich mit drei Schwestern aufgewachsen bin. Deren Liebesleben war mit mehr Drama und Ängsten erfüllt als jede Filmschnulze. Wenn man bedenkt, dass Haven ein Mädchen und eine halbe Rosewood ist, rechne ich mit Ähnlichem in ihren Teenagerjahren. Gott sei Dank habe ich noch jede Menge Zeit, bis es so weit ist.

Wir gehen hinaus. Als die frische Luft uns im Gesicht trifft, greift Serena nach meinem Arm und zieht mich zur Seite.

»Ich hätte sie da drin nicht so anfahren sollen.« Ihre Augen ruhen auf meinen Lippen, als müsse sie es um jeden Preis vermeiden, mir in die Augen zu sehen. Sie senkt das Kinn und verschränkt die Arme. »Ich will nicht über Keir reden. Ich denke nicht gern an ihn. Und ich brauche keine beiläufigen Erinnerungen, okay?«

»Serena, das ist in Ordnung. Ich hätte ihn nicht erwähnen sollen. Das war unsensibel.« Ich streiche über ihren Arm, ungeachtet der Tatsache, dass ich normalerweise nicht so der tröstende Typ bin. Irgendwie ... passiert es einfach. Sie hebt den Blick zu mir. »Aber bitte, falls Sie je ein Problem mit mir haben, schotten Sie sich nicht ab. Mit so einem Mist wie Funkstille kann ich nicht gut umgehen. Meine Ex-Frau ...«

Ich beende den Satz nicht. Muss ich nicht. Ich hätte gar nichts sagen sollen, und es geht sie wirklich nichts an.

»Tun Sie ... das einfach nicht wieder.« Ich lasse meinen Arm sinken, und sie nickt. »Nachdem ich Ihr Anwalt bin, darf es keinen Bullshit zwischen uns geben. Sie müssen aufrichtig und offen mir gegenüber sein, und ich werde dasselbe tun. Lassen Sie uns das hier professionell halten. Heben wir uns das Drama für den Gerichtssaal auf.«

»Absolut.« Der Wind weht ihr das Haar ins Gesicht und umrahmt für den Bruchteil einer Sekunde ihre blitzenden blauen Augen.

»Ist dieser Abend ein Reinfall, oder wollen Sie noch die offizielle Führung?« Wir sind auf dem Weg zurück in mein Apartment.

»Eine Führung wäre immer noch schön.«

Ich schiebe die Hände in meine Tasche und hole meinen Schlüsselanhänger heraus. Der Weg zur Parkgarage dauert mindestens fünfzehn Minuten, und ich bin mehr als dafür, zu fahren.

»In Ordnung. Machen wir das.« Wir marschieren weiter, und da summt mein Handy in der Tasche. Ein kurzer prüfender Blick, und ich finde mich als Empfänger eines weiteren kopflosen Selfies von Amanda wieder, nur dass sie diesmal mit weit gespreizten Beinen auf dem Badezimmertresen sitzt und die Finger tief in sich stecken hat. Entzückend. Ich schicke eine kurze Nachricht zurück, in der ich sie daran erinnere, dass das Verschicken von Nacktfotos über Textnachricht in den meisten Bundesstaaten ein Vergehen ist, in einigen sogar ein Verbrechen.

Sie antwortet prompt mit einem »Fick dich«.

Und das sollte es jetzt gewesen sein.

Ich stecke mein Handy weg, schiebe die Hände in meine Taschen und beobachte, wie Serena sich bewegt. Sie gleitet. Schwebt dahin. Kurze Blicke zu den Markisen und Straßenschildern, während der Nachthimmel warmes Licht über ihre rötlichen Locken vergießt.

Als ich am wenigsten damit rechne, dreht sie sich ruckartig um, bleibt stehen und wartet, bis ich sie einhole.

»Gehe ich schon wieder zu schnell?«, fragt sie.

Ich lege ihr die Hand an den Rücken, und wir gehen weiter. »Nein, Serena. Sie sind perfekt.«

12. KAPITEL

Serena

Diese Stadt ist malerisch. Pittoresk. Und so bescheiden. Wie die meisten Orte hat sie gute und schlechte Stellen. Straßen voll mit historischem Charme und neu erschlossene Wohngegenden mit identischen Garagen für jeweils drei Autos. Geschäfts- und Unterhaltungsviertel. Hügeliger, als ich erwartet hatte, und die Straßen sind breit und von Bäumen gesäumt. Bisher habe ich noch keine Sirenen gehört oder einen achtlos weggeworfenen Starbucksbecher auf dem Gehweg entdeckt.

Es ist die Art von Ort, an dem man eine Familie gründen könnte, ohne zweimal darüber nachdenken zu müssen. Die Art von Ort, die ich mir als Kind immer zu kennen gewünscht habe, obwohl ich das nie jemandem erzählt habe.

»Hier bin ich aufgewachsen.« Derek bleibt vor einem großen blauen Haus stehen mit einer Veranda, die die ganze Vorderseite umspannt.

Die Fenster schimmern warm im Licht von Lampen und dem Flackern eines Fernsehers.

»Dad sieht wahrscheinlich gerade die Neun-Uhr-Nachrichten. Und Mom löst wohl das Kreuzworträtsel von heute. Dieses kleine Stückchen platten Amerikanismus sieht man nicht sehr oft dieser Tage.«

»Das ist liebenswert.« Ich hole leise Luft und versuche, mir seine Eltern vorzustellen. »Sind sie schon lange verheiratet?«

»Fast dreißig Jahre.«

»Gut für sie.« Ich kann den Blick nicht von dem Haus losreißen. Ich will alles sehen. Es *erfahren*. Es ist alles, was ich je wollte. Das genaue Gegenteil der Kindheit, die ich kannte. »Es sieht nach einem wundervollen Ort aus, um dort aufzuwachsen.«

»Nun, es ist nicht Belcourt Manor, aber wir hatten ein Baumhaus. Und im Dunkeln kann man es nicht erkennen, aber unser Garten stößt direkt an ein Baseballfeld an, was im Sommer immer ganz schön war.«

»Nein, es ist reizend.« Ich drehe mich zu ihm um und sehe, dass er mich mustert. »Sie haben sehr viel Glück, dass Sie hier aufgewachsen sind.«

Derek lacht. Er nimmt mich nicht ernst. Und wie könnte er auch? Vor Tagen habe ich ihn noch nach einem Taschengeld von dreißig Riesen zur persönlichen Unterhaltung gefragt, wie eine realitätsfremde Närrin.

Er stellt die Automatik auf Fahren und gibt Gas. Im Seitenspiegel sehe ich das große blaue Haus in der Ferne verschwinden. Derek zeigt mir jeden Park, in dem er als Kind je einen Homerun geschafft hat, fährt mit mir am Wasserturm vorbei, der im Jahr 1995 umgekippt ist, als ihn ein Blitz traf, und dann zeigt er mir den Hundepark und außerdem, wo sein bester Freund aus Kindertagen, Royal, gewohnt hat, als sie sich zum ersten Mal begegneten.

»Ich klammere mich gerade an Strohhalme«, gesteht er nach einer Stunde. »Ich denke, ich habe Ihnen buchstäblich alles gezeigt, was es in Rixton Falls zu sehen gibt. Und ich könnte auch ein paar Details zu ausführlich erzählt haben, und dafür möchte ich mich aufrichtig entschuldigen.«

»Es war eine recht ausführliche Führung«, antworte ich. »Ich schätze Service, der über das normale Maß hinausgeht, Anwalt. Gut gemacht.«

»Bereit, zurückzufahren?«

»Ja.« Ich falte die Hände über meinen Beinen, als wir an eine rote Ampel kommen, und Derek dreht am Lautstärkeregler des Radios herum. Und am Rückspiegel. Und an der Temperaturregelung. Die Ampel wird grün, und wir fahren weiter, schweigend, bis wir zu seiner Parkgarage kommen.

Über Lautsprecher kommt ein Anruf, und er nimmt an.

»Hey, was machst du gerade?«, fragt eine Frauenstimme.

»Sitze im Auto.« Seine Stimme ist ruhig und ausgewogen. Als versuche er, cool und ruhig zu bleiben. Als hätte er mir nicht gerade eine Führung durch seine Kindheit gegeben wie ein liebenswerter Trottel. Als hätte er nicht bemerkt, dass ich seinen toll aussehenden Hintern in diesen abgerissenen Jeans gemustert habe. Als hätte er nicht auf meine Lippen gestarrt, als wollte er sie verschlingen, seit ich aus dem Gästezimmer herausgekommen bin.

Ich starre aus dem Fenster und versuche, mich auf irgendetwas anderes zu konzentrieren. Das Schild eines Juwelierladens. Eine grüne Mülltonne. Ein Briefkasten. Ein Laden mit Cupcakes.

»Was brauchst du, Demi?«, fragt er.

Demi.

Seine Schwester.

Ich atme aus und gebe höflich vor, nicht zu lauschen – als wäre das irgendwie möglich, wenn ihre Stimme aus dem Lautsprecher ertönt.

»Du hast mir doch eine Nachricht geschickt, dass du Haven am Freitagmorgen zur Schule bringen musst, und ich wollte dir sagen, dass Royal Freitagmorgen freihat und sie übernehmen könnte, falls das okay ist«, sagt sie. »Ich muss arbeiten. Mom hat einen Arzttermin um zehn Uhr. Royal ist deine einzige Option.«

»Ja, das ist in Ordnung für mich. Er bleibt dann die zweieinhalb Stunden in der Vorschule und wartet, richtig?«, fragt Derek. »Er geht nicht woandershin?«

Demis rauchiges Lachen dringt aus dem Lautsprecher. »Er wird das Gebäude *nicht* verlassen. Nicht mal dann, wenn ihm draußen ein Mann in einem Van Hundewelpen zeigen will.«

Derek verdreht die Augen und lächelt.

»Royal wird Haven mit seinem Leben schützen. Das weißt du«, sagt Demi. »Er bringt sie hin, wartet dort und bringt sie nach Hause. Danach passt Mom auf sie auf, richtig?«

»Richtig.« Derek fährt mit der Handfläche über das Lenkrad, atmet tief durch und belässt es dabei.

»Mach dir keine Sorgen. Wir schaffen das. Mach dir keinen Stress, okay?«, beruhigt Demi ihren Bruder. »Haven ist in guten Händen. Ich bin ziemlich sicher, dass wir sie mehr lieben als dich, und dich lieben wir ziemlich sehr.«

Dereks perfekter Mund grinst eine kurze Sekunde. »Ja, ja. Okay. Sag Royal danke von mir.«

»Mach ich.« Demi legt auf.

»Also.« Er dreht sich zu mir. »Das war Demi, die rechtmäßige Eigentümerin der *US Weekly* unter Ihrem Sitz.«

Jetzt kann ich darüber lächeln. Ich mag sie. Sie wirkt bodenständig, und ich höre liebend gern zu, wie sie ihren Bruder aufzieht, denn ich habe immer mehr den Eindruck, dass es nicht viele Menschen gibt, die ihn auch mal kritisieren.

Und er ist immer so ernst. Deshalb nenne ich ihn immer wieder »Anwalt«. Er muss fröhlicher werden.

Als ich noch klein war, wollte ich immer ein Geschwisterchen haben. Jemanden, mit dem ich mich streiten kann. Jemanden, den ich bedingungslos lieben kann. Jemanden, mit dem ich alles Gute und Schlechte teilen kann.

Aber es gab immer nur mich.

Ganz mutterseelenallein.

»Sie scheint nett zu sein«, sage ich.

»Sie hat einiges durchgemacht in den letzten sechs Monaten.« Er setzt den Blinker und fährt in die Parkgarage. »Sie war mit einem Typen verlobt. Er hatte ein Verhältnis mit einer anderen. Hat die andere geschwängert, ohne dass meine Schwester davon wusste. Er hat die Verlobung abgesagt. Auf dem Weg zu der anderen hatte er dann einen Autounfall …«

»Ist das Ihr Ernst?«

»Ja. Er lag einige Wochen im Koma. Offenbar hatte er ein paar schlimme Dinge getan und vor meiner Schwester geheim gehalten.« Derek schüttelt den Kopf. »Ich meine, es war, als würde ganz plötzlich alles auf einmal an die Oberfläche hochkochen. Und dann tauchte aus heiterem Himmel ihr Ex auf.«

»Ist das … Royal?«

»Ja«, antwortet Derek. »Jetzt sind sie zusammen. Der andere ist längst Geschichte. Das Letzte, was ich gehört habe, war, dass er unter Hausarrest steht und sich auf seinen Prozess vorbereitet. Er wird für lange Zeit verschwinden.«

»Was hat er getan?«

»Einer Menge Leute eine Menge Geld gestohlen.« Er fährt auf seinen reservierten Stellplatz und stellt den Wagen auf Parken, bevor er den Motor abstellt. »Schneeballsysteme. Kreditkartenbetrug. Solche Sachen.«

»Wie schrecklich.«

»Lassen Sie sich von dieser schläfrigen Kleinstadt nicht täuschen. Wir haben hier genauso viel Drama wie jede andere Stadt.«

Wir steigen aus seinem Wagen und gehen zum Gebäude, und als er die Tür aufhält, könnte ich schwören, dass ich seine Fingerspitzen an meinem Rücken spüre. Doch dann trifft ein

Windstoß meine Bluse, und ich bin überzeugt, dass ich mir das nur eingebildet habe.

Als wir sein Apartment erreichen, tun mir die Füße in den hohen Schuhen weh und das Leder scheuert an meiner Haut, aber mein Herz hämmert so schnell, dass ich es kaum bemerke. Die Erkenntnis, dass ich einen tollen Abend mit Derek hatte, trifft mich mit voller Wucht, als ich ihn den Code eingeben sehe, um die Tür aufzuschließen.

Zum ersten Mal seit langer Zeit war ich in der Lage, mich auf etwas anderes als meine niederdrückende Situation zu konzentrieren.

Aber das spielt alles keine Rolle. Ich suche nicht nach einem Ort, an dem ich mein Herz ausschütten kann, und ganz sicher habe ich nicht vor, es in nächster Zeit an jemanden zu verschenken. Außerdem ist der *Gedanke*, mit jemandem zusammen zu sein, immer besser als die *Wirklichkeit.*

Derek öffnet die Tür und führt mich hinein. Er zieht die Schuhe aus und lässt sie ordentlich auf einem marineblauen Teppich im Eingangsbereich stehen. Nach dem Nachmittag, den ich allein in seinem Zuhause verbracht habe, kann ich sehen, dass er seine Dinge auf bestimmte Art haben möchte. Ich bin mir fast sicher, dass es ihm auffallen würde, wenn ich Salz und Pfeffer in der falschen Reihenfolge zurück in den Schrank stellen würde oder wenn die Zeitschriften auf seinem Beistelltisch durcheinandergeraten wären.

Wir stehen im Eingang wie zwei verlegene Teenager, die versuchen, ein erstes Date abzuschließen. Durch die Nase lachen. Immer wieder unterbrochener Augenkontakt. Vorgetäuschtes Gähnen.

»Danke für die Führung heute Abend«, sage ich.

»Ich möchte nur, dass Sie sich wohlfühlen. Ich weiß, dass Sie hier nicht in Ihrem Element sind.«

»Bekommen alle Ihre Klienten die VIP-Behandlung? Oder nur ich?« Teils meine ich es scherzhaft, teils ernst. Ich will seine Antwort mehr, als ich laut zugeben kann.

»Nein. Nur Sie.« Er zögert nicht, aber seine freundliche Miene wird ernst, als wir einander in die Augen sehen.

»Warum ich?« Meine Stimme wird brüchig. Aber mein Blick bleibt standhaft.

»Ich weiß nicht.« Er blickt zur Seite.

»Kommen Sie.« Ich lache und lege den Kopf schief. »Das können Sie besser. Wieso sind Sie so gut zu mir? Ich war in den ersten paar Tagen nicht gerade nett zu Ihnen. Sie müssen mich für verzogen und völlig realitätsfern halten. Ich kann mir nicht vorstellen, dass Sie recht viel an mir anziehend finden. Also, wieso tun Sie das? Wieso nehmen Sie mich auf?«

Die Worte meines Vaters gehen mir durch den Kopf. Mein ganzes Leben lang hat er mich zu überzeugen versucht, dass jedermann mit »weniger als wir« mich nur meines Geldes wegen lieben könnte. Und ich kann mir sehr gut Eudora vorstellen, wenn sie uns jetzt sehen könnte. Sie würde kochen vor Wut und mit dem Fuß aufstampfen. Sie würde mir die Hölle heißmachen und mir sagen, dass dieser Mann etwas im Schilde führt.

»Freundlichkeit braucht nicht immer verborgene Motive, Serena. Zumindest nicht da, wo ich herkomme.« Der Zug um seinen Mund wird härter, und ich konzentriere mich auf die dunklen Wimpern, die seine noch dunkleren Augen umrahmen. Er hat hübsche Augen, besonders für einen Mann. Vielleicht macht ihn das so wenig bedrohlich und so vertrauenswürdig. »Ich wurde bestellt, um Ihr Vermögen zu schützen, aber ich kann Sie nicht in gutem Glauben dort lassen, nachdem ich mitangesehen habe, wie man Sie behandelt.«

»Ich bin ein großes Mädchen, Derek. Sie hätten mich dort zurücklassen können. Aber das haben Sie nicht getan. Ich frage mich nur, warum.« Ich zucke mit den Schultern, als wäre meine Frage keine große Sache. Aber es ist eine.

»Es liegt einfach daran, wie ich erzogen wurde. Wenn man jemanden in Schwierigkeiten sieht, hilft man.« Er zieht die Wange ein und stemmt die Hände in die schmalen Hüften.

»Richtig, aber ich bin die erste Klientin, die Sie eingeladen haben, bei sich zu *wohnen*. Das ist irgendwie eine ganz neue Ebene von Helfen, finden Sie nicht?«

Irgendwie ist der Raum zwischen uns enger geworden. Ich weiß nicht, ob er auf mich zugekommen ist oder ich auf ihn, aber da sind wir, atmen dieselbe Luft und atmen einander ein. Mein Herz pocht, und meine Augen sind auf seine fixiert.

»Was wollen Sie von mir hören?« Er schüttelt den Kopf. Er ist ärgerlich auf mich, denn ihm gefällt nicht, wo diese Unterhaltung hinsteuert.

»Was ist aus ›kein Bullshit zwischen uns‹ geworden?« Ich stemme eine Hand in die Hüfte. »Ihre Worte.«

»Zwischen uns gibt es keinen Bullshit.«

»Aber Sie sind nicht aufrichtig zu mir. Sie schotten sich ab.«

»Weil Sie nach Antworten auf Fragen suchen, die ich Ihnen im Augenblick nicht geben kann.«

»Und warum ist das so?«

»Weil es Antworten sind, die ich nicht habe.«

»Antworten, die Sie nicht haben? Oder Antworten, die Sie nicht geben wollen?« Ich gehe einen Schritt auf ihn zu, und er zuckt mit keiner Wimper. Er mustert mein Gesicht und ich seins. In Gedanken gehe ich alle Schritte nach, die uns zu diesem Moment heute Abend geführt haben.

Unser Abendessen und die Fahrt waren unverfänglich. Leichte Unterhaltung. Ich fühlte mich wohl. Wir beide gingen wie Erwachsene miteinander um und ignorierten die Berührungen und Blicke und was auch immer da heute Abend in der Luft lag, das es uns möglich machte, zu leugnen, dass sich etwas veränderte.

Aber irgendwie sind wir trotzdem hier gelandet, schwimmen nun in einem See der Anspannung und fragen uns Dinge, von denen wir nie erwartet hätten, dass wir sie wissen wollen.

Derek stöhnt auf, mit angespannten Lippen und konzentrierten schokoladenbraunen Augen. »Tun Sie das nicht, Serena.«

Ich gebe ein sarkastisches »Ha« von mir und lege den Kopf schief. »*Was* soll ich nicht, Derek?«

»Lenken Sie die Unterhaltung nicht dorthin«, sagt er. »Sie wissen verdammt gut, wohin das gerade steuert.«

Ich stelle mich dumm. »Ich habe keine Ahnung, wovon Sie reden.«

»Spielen Sie mit dem Feuer, so viel Sie wollen, aber ich weigere mich, Ihre Situation auszunutzen. Ich werde nichts auch nur entfernt Unangemessenes mit Ihnen versuchen, weil Sie meine *Klientin* sind. Das verletzt den *Moralkodex*. Mit Ihnen herumzumachen würde mich in kochend heißes Wasser stürzen. Das werde ich nicht riskieren.« Er beugt sich vor, und ich schließe die Augen und fühle seine Lippen über meine Wange streifen. »So verlockend es auch ist.«

Er weicht zurück.

»Daher tut es mir leid, Ihnen mitteilen zu müssen, dass ich Sie *nicht* küssen werde«, sagt er, »trotz der Tatsache, dass ich an nichts anderes denken konnte, seit dem Moment, als Sie heute Abend aus Ihrem Zimmer kamen.«

Mein Herz macht einen Satz, und ich beiße mir auf die Unterlippe.

Ich *wusste* es.

»Ich wünschte wirklich, Sie hätten das nicht gesagt.« Ich blicke zu ihm auf.

»Warum?«

»Weil es die Lage ändert.« Ich zucke mit einer Schulter. »Jetzt werde ich jedes Mal, wenn ich Sie ansehe, daran denken, dass Sie mich küssen wollen. Und dass ich Sie das wahrscheinlich tun lassen sollte.«

Dereks Zunge fährt über seine Unterlippe, nur den Bruchteil einer Sekunde, und mein Herz befindet sich im freien Fall.

»Sie sind nett, Derek«, sage ich. »Sie haben mir mehr Freundlichkeit erwiesen, als ich verdiene. Ich fühle mich wohl in Ihrer Gegenwart. Ich bin ich selbst in Ihrer Gegenwart, und ich kann nicht sagen, dass ich je wirklich ich selbst bei irgendjemandem war. Es ist, als wären die Mauern, die Fassade ... bei Ihnen ist nichts davon nötig. Sie sind echt und aufrichtig. Ich kenne sonst niemanden, der so ist. Nicht persönlich.«

»Es tut mir leid, dass die Menschen da, wo Sie herkommen, nicht so sind wie ich«, meint er. »Aber bevor Sie auch nur anfangen, in Ihrem hübschen Köpfchen eine Art Fantasieliebhaber aus mir zu machen, lassen Sie mich Ihnen den ernsten Rat geben, sich den Ärger zu ersparen und es gut sein zu lassen.«

»Ich will Sie nicht daten.« Meine Mundwinkel gehen hoch. Er versteht das ganz falsch. »Ich will gar nichts. Ich mag es nur, wie ich mich in Ihrer Gegenwart fühle. Das ist alles. Ist das ein Verbrechen, Anwalt?«

Mein Geschichtslehrer an der Highschool hat mir immer gesagt, dass mein Mundwerk mich eines Tages in Schwierigkeiten bringen würde. Er sagte immer, ich wäre zu ehrlich. Natürlich war das, nachdem ich ihn zur Rede gestellt hatte, weil er meiner besten Freundin auf den Hintern geglotzt hatte, zwischen der ersten und zweiten Pause. Unter anderem.

Ich kann nicht anders. Ich nenne die Dinge beim Namen, so, wie ich sie sehe, und das habe ich immer getan. Ich bin nicht gut im Heucheln. Ich bin schrecklich darin, jemand zu sein, der ich nicht bin. Es bereitet mir körperliche Schmerzen, genau die Worte hinunterzuschlucken, die mir manchmal auf der Zunge liegen.

»Sehen Sie.« Er weicht einen Schritt zurück, und ich fühle, wie ich innerlich zusammensacke. »Es war eine intensive Woche. Wir hatten ein paar gemeinsame Drinks. Wir hatten eine nette Zeit zusammen. Sie fühlen sich besser mit Ihrer Situation, und Sie leiten diese Gefühle auf mich um. Aber ich kann Ihnen *versichern*, dass ich nicht bin, was Sie brauchen.«

»Woher wollen Sie wissen, was ich brauche?«, frage ich schroff und mustere ihn von Kopf bis Fuß und zurück. »Sie wissen *nichts* über mich.«

»Sie haben recht, Serena. Ich weiß *nichts* über Sie.« Er geht noch einen Schritt rückwärts. »Sie sind meine Klientin. Ich lasse Sie hier wohnen, bis Sie auf eigenen Füßen stehen und wir Ihre Vermögensfrage geklärt haben. Lassen Sie uns die Dinge nicht komplizierter machen.«

»Denken Sie nicht, dass wir bei ›kompliziert‹ schon angekommen sind? Lieber Gott, Derek, Sie haben gerade zugegeben, dass Sie schon den ganzen Abend daran denken, mich zu küssen, und ich habe Ihnen quasi gesagt, dass ich von Ihnen geküsst werden will.« Ich fahre mir durchs Haar und balle die Faust darin. »Und jetzt wollen Sie, dass wir auseinandergehen und so tun, als hätte diese Unterhaltung nie stattgefunden?«

»Wir sind erwachsen. Ich denke, wir können damit umgehen.« Inzwischen steht er an der Kücheninsel. Als könnte er gar nicht weit genug weg von mir kommen.

»Wir sind erwachsen? Ist das der Grund, warum Sie mich behandeln wie eine Aussätzige?«

Er atmet aus und rollt die angespannten Schultern.

»Sie weichen immer weiter zurück«, fahre ich fort. »Wovor haben Sie Angst?«

Unvermittelt stürmt Derek auf mich zu, bis sein Mund nur Zentimeter von meinem entfernt ist, und mir schlägt das Herz bis zum Hals.

»Ich habe vor gar nichts Angst, Serena. Aber ich will Sie nicht verletzen. Ich halte Abstand.« Ein schwacher Rest seines Rasierwassers von heute dringt in meine Lungen.

»Mich verletzen?«, frage ich.

»Frauen sehen mich an und sehen nur eins«, sagt er mit zusammengebissenen Zähnen. »Ich tue ein paar nette Dinge, gebe mein Bestes, kein verdammter Arsch zu sein, und Frauen sehen einen Typen, in den sie glauben, sich verlieben zu können. Und den sie heiraten können. Aber ich bin nicht dieser Mann. Nicht mal annähernd.«

»Wer hat denn *irgendetwas* von Heirat gesagt? Ich dachte, wir reden hier über einen Kuss.« Ich inhaliere seinen warmen Atem, schmecke den süßen Wein und stelle mir seine samtige Zunge an meiner vor. »Glauben Sie mir, Sie sind gar nicht mein Typ.«

»Das beruht auf Gegenseitigkeit.«

Seine Worte tun weh, aber ich akzeptiere sie. Die habe ich mir redlich verdient.

»Ich würde lügen, wenn ich sagen würde, dass ich Sie nicht extrem attraktiv finde«, sage ich. »Aber das heißt nicht, dass ich Sie heiraten will. Und es beleidigt mich, dass Sie mich in dieselbe Kategorie ablegen wie all diese Mädchen, deren Hauptziel im Leben darin besteht, den ersten Junggesellen an Land zu ziehen, den sie sehen, und ihm den Nachnamen zu klauen.«

»Ich sage Ihnen, Serena, beenden Sie diese Unterhaltung. Ich bin erschöpft. Ich muss morgen früh um sieben im Büro sein. Ich habe keine Zeit, diese wilde und unverantwortliche Diskussion weiterzuführen, von der ich Ihnen *versprechen* kann, dass sie zu nichts führen wird.«

Ich stelle ihn mir in einem Gerichtssaal vor, in voller Montur, wie er eine gezielte Frage nach der anderen abfeuert, seine Worte raffiniert und strategisch und sein Einfluss spürbar. Mir wird von innen ganz warm. Der Gedanke, wie er den Kampf der Guten kämpft, die Schutzlosen verteidigt und Falsches berichtigt, elektrisiert mich.

Jetzt habe ich offiziell begriffen, welchen Reiz Superhelden haben. Männer, die Dinge für das übergeordnete Wohl tun, sind sexy. Männer, die Gutes tun und ein unglaubliches Maß an Selbstbeherrschung demonstrieren, wenn eine Frau sich ihnen anbietet, sind noch sexier.

»Verstehen wir uns?« Er starrt mich über seine perfekt gerade Nase hinweg an, und ich studiere seine Züge, die nichts als proportional und symmetrisch sind. Es ist nicht fair, dass mein Anwalt so lachhaft attraktiv ist und sich dabei gerade so deutlich außer Reichweite ins Regal stellt.

In seiner Stimme liegt ein Befehl, der die närrischen Gedanken in meinem Kopf übertönt, und ich ermahne mich wortlos, dass ich mich in *seinem* Haus befinde. Ich bin *sein* Gast. Ich wurde nicht dazu erzogen, mich so zu benehmen, vor allem nicht, wenn es um einen dummen Kuss geht.

»Ich schätze, es sollte nicht sein.« Meine Stimme ist ein leises Flüstern, und ich gehe an ihm vorbei zu meinem Zimmer.

»Wovon reden Sie?«

»Von dem Kuss.« Ich bleibe stehen und drehe mich um, nichts als Aufrichtigkeit in meinen Absichten. »Mehr als alles andere war ich neugierig. Ich schätze, wir werden es nie erfahren.«

»Es ist das Beste so. Glauben Sie mir.«

»Ja. Wahrscheinlich haben Sie recht.« Ich starre geradeaus, gehe weiter den Flur entlang und flüstere vor mich hin: »Ich würde Sie sowieso verletzen, bevor Sie überhaupt eine Chance hätten, mich zu verletzen.«

13. KAPITEL

Derek

»Sie sind früh auf.« Ich schenke Kaffee in einen Becher, als Serena auf Zehenspitzen von ihrer Seite des Apartments kommt. Sie hat das rotblonde Haar zu einem unordentlichen Knoten aufgetürmt, und das Tanktop aus Baumwolle gibt den Blick auf cremefarbene Haut frei. »Kaffee?«

Sie gähnt und nimmt sich einen Barhocker. »Bitte.«

Ich schenke ihr eine Tasse ein und frage mich, wie lange wir wohl darum, was gestern Abend war, herumtanzen werden.

»Bitte sehr.« Ich schiebe die Tasse über den Tresen, und unsere Blicke treffen sich. Da ist nichts. Keine unausgesprochenen Worte. Keine Gefahr, dass das Thema der Unterhaltung gestern Abend wieder aufgewärmt wird.

Gut.

Mein Blick fällt auf ihre rosigen Lippen. Selbstkasteiung. Sie bemerkt es. Und ich weiß es besser.

Serena sagt immer noch nichts, sondern hebt die dampfende Tasse an ihren Mund und sieht zu, wie ich meine Sachen einsammele.

»Gut geschlafen?« Ich schiebe einen Stapel Papier in meine Aktentasche, gefolgt von meinem Laptop.

»Das Bett ist himmlisch«, sagt sie.

Ich lache. »Entweder das, oder Sie waren wirklich erschöpft. Wie sieht Ihr Plan für heute aus?«

»Ich dachte, ich mache mich auf die Suche nach einer Wohnung«, meint sie. »Und mache damit guten Gebrauch von diesem neuen Laptop.«

»Das WLAN-Passwort ist Haven2012.«

»Danke«, sagt sie. »Ich werde daran denken. Irgendeine Gegend, die Sie empfehlen können?«

»Hershfield Park ist toll. Marigold Heights auch. Meiden Sie Pilton Street und Main. Schlechte Gegend.«

»Verstanden.«

»Ich hole Haven heute Abend nach der Arbeit ab.« Ich hänge meine Tasche über die Schulter und lasse den Blick durch die Küche schweifen, über ein Bild von Serena, getaucht in Morgensonne, die bequem an meiner Kücheninsel sitzt. Sie fährt sich mit der Zunge über ihre Lippen, um frischen Kaffee abzulecken, und lächelt. Ich denke, sie macht das mit Absicht, aber sicher kann ich nicht sein. Wie sie gestern Abend festgestellt hatte, kenne ich sie nicht. »Ich nehme an, dass es Sie brennend danach verlangt, hier mal rauszukommen. Ich kann vorbeikommen und Sie abholen. Die Fahrt dauert zwei Stunden.«

Serena streckt den Rücken durch und stellt die Tasse vor sich hin. »Oh, ähm. Sicher. Ich komme mit. Wenn das für Sie in Ordnung ist.«

»Wenn es nicht okay wäre, würde ich nicht fragen.« Meine Antwort ist ziemlich kurz angebunden, und ich fühle mich fast wie ein Arsch.

»Um welche Zeit?« Ihr Tonfall ist freundlich und unaufdringlich. Fast verzeihend.

Und ich fühle mich noch mehr wie ein Arsch, weil ich sie gestern Abend so abgefertigt habe.

Aber gottverdammt, sie muss mir glauben, wenn ich sage, dass ich nicht bin, was sie braucht.

Vielleicht hätte ich das mit dem Kuss nicht sagen sollen. Da habe ich mit dem Feuer gespielt, und es war mir klar. Und ich habe die Worte schon in dem Moment bereut, als sie mir über die Lippen kamen, denn wie sich herausstellt, ist Serena Randall ebenso sehr eine Brandstifterin, wie ich einer bin.

Nichtsdestotrotz: Die Nummer, die Kyla mit mir abgezogen hat, hat tiefe Narben hinterlassen, die immer noch nicht geheilt sind. Der Gedanke an Heirat und daran, den Rest der Ewigkeit mit einer einzigen Person zu verbringen, hat absolut keinen Reiz mehr für mich. Soweit es mich betrifft, kann man niemandem wirklich trauen, und wenn die Bedingungen stimmen, ist jeder ein egoistischer Lügner.

Alberne Emotionen trüben gern den gesunden Menschenverstand, und die beschissenen Gefühle, die manche Menschen als Liebe bezeichnen, verwandeln brillante, willensstarke Männer schnell in linkische Idioten. Ich sehe keinen Sinn in der Liebe oder der Ehe oder in irgendetwas, das einem Mann das gottgegebene Recht auf Glück stehlen kann.

Vielleicht habe ich das mal anders gesehen. Aber jetzt nicht mehr.

Jetzt will ich nur noch meinen Spaß haben.

Und meine Multimillionärsklientin ist der letzte Mensch, mit dem ich irgendwelchen »Spaß« haben sollte.

»Kommen Sie um fünf Uhr herunter. Ich erwarte Sie vor der Tür.« Damit schließe ich die Tür und sehe zu, dass ich hier wegkomme.

14. KAPITEL

Serena

Ich wusste, dass die Fahrt zwei Stunden dauert, aber ich hätte nie gedacht, dass sich zwei Stunden wie eine Ewigkeit anfühlen können.

»Darf ich?« Ich deute auf das Radio. Derek hat mich zu Coffeehouse-Rock verdammt, seit wir Rixton Falls verlassen haben, und ich habe die Nase voll davon.

»Nur zu.« Seine Hände liegen am Lenkrad, und sein Blick ist auf die Straße fixiert.

»Wie war die Arbeit?« Ich hasse es, dass ich mich wie eine Ehefrau anhöre. Es ist keine Absicht. Und ich wette, er hasst es auch. »Ist etwas Interessantes passiert?«

Seine Kinnmuskeln spannen sich an, und er schüttelt den Kopf und seufzt: »Nur ein Tag wie jeder andere.«

Ich stelle fest, dass ich diesen Derek nicht kenne. Er ist mürrisch, missmutig und will keine Unterhaltung mit mir führen, egal wie seicht das Thema ist. Vor zwanzig Minuten habe ich für ihn eine Episode der Serie *Judge Judy* zusammengefasst, weil ich dachte, das könnte ein ganz klein wenig seine Aufmerksamkeit erregen, wenn man seinen Beruf bedenkt. Es war das erste Mal, dass ich die Sendung sah, und irgendwie war ich ganz gefangen, wie noch nie zuvor.

Aber ich konnte ihm nicht einmal ein Stirnrunzeln entlocken, sondern lediglich einen brummigen Kommentar darüber, dass diese Shows alle Schwindel seien.

Es ist verlockend, ihn zu fragen, ob er etwa schlechte Laune habe, aber ich fürchte, es wird die Situation nicht bessern, wenn ich das Offensichtliche feststelle, also vermeide ich die Frage um jeden Preis. Und ich vermeide es, die ganze Geschichte mit »Funkstille« und die »Kein Bullshit zwischen uns«-Vereinbarung, die wir hatten, zu erwähnen.

Ich stecke es einfach in meine Tasche für einen anderen Tag, denn ich bin eine Frau, und genau das tun Frauen. Wir heben uns Dinge für später auf, falls wir sie ein andermal brauchen. Und bei Männern müssen wir den Chip am Ende immer einlösen. Sie sind genauso launisch wie wir, obwohl sie das in einer Million Jahren nie zugeben würden.

Er fährt von der Interstate ab und steuert ein kleines Wohngebiet in der Vorstadt an, mit einem Brunnen am Eingang und brandneuen Häusern, die sich als alt tarnen. Wir halten vor einem viktorianischen Haus mit einer glänzend schwarzen Tür und weißer Veranda, und die Haustür geht auf.

Ein süßer, pausbäckiger Engel mit weißblondem Haar, fast wie Schnee, stürmt die Stufen der Veranda herunter, fällt dabei beinahe hin und rennt auf Dereks SUV zu. Er steigt aus, lächelt zum ersten Mal an diesem Tag und hebt sie hoch. Sie wirkt ganz klein in seinen Armen, und er umarmt sie und schwingt sie herum. Ihre Beine hängen in der Luft, und ihre Arme sind fest um seine Schultern gelegt.

In der Tür steht eine schlanke Frau mit gebräunter Haut und sandblondem Haar. Sie hat die Arme verschränkt und beobachtet die beiden. Sie lächelt nicht, wie eine Mutter vielleicht lächeln würde, wenn sie ihr Kind überwältigend glücklich sieht. Die Frau beobachtet nur, und ihre Augen bleiben tot und ausdruckslos.

Derek setzt sich Haven auf die Hüfte und geht zur Veranda, wo die Frau ihm eine gepackte Reisetasche mit pinken Glitzerponys hinhält. Bevor er danach greifen kann, lässt sie sie auf den Boden fallen.

Er hebt die Tasche vom Boden auf und wirft ihr einen finsteren Blick zu, als es Haven nicht sehen kann.

»Danke«, sagt er.

Der Blick der Frau wandert zum Auto, und ich sehe, wie ihr die Gesichtszüge entgleisen, als sie mich sieht. Der Klang ihrer keifenden Stimme dringt durch die offenen Fenster herein, und sie deutet mit dem Finger und stellt Fragen. Sie beschimpft ihn, weil er ihr nicht schon vorher von mir erzählt hat.

Sie drängt sich an Derek vorbei und marschiert direkt auf das offene Fenster der Fahrerseite zu.

»Hi.« Ihr Lächeln ist so falsch wie ihre Brüste. »Ich bin Kyla. Havens Mutter. Dereks Ex-Frau.«

Offensichtlich.

»Und Sie sind?«, fragt sie und klimpert zuckersüß mit den Wimpern.

»Eine Freundin von Derek«, sage ich. »Eine Arbeitsfreundin.«

»Sie sind Anwältin?«

»Nicht ganz.« Ich spiele die Zurückhaltende. Halte den Mund. Ich weiß, wie Frauen wie sie arbeiten, und ich werde Derek keine Probleme bereiten, nach allem, was er für mich getan hat.

Derek steht inzwischen hinter ihr und lässt Haven an seinem Bein herabrutschen, bevor er die hintere Beifahrertür öffnet und sie in den Autositz hebt.

»Ms Randall ist eine Klientin von mir«, erklärt Derek. »Sie wohnt kurzzeitig bei mir, bis sie etwas Eigenes hat.«

Wenn Eifersucht eine Person wäre, würde sie haargenau so aussehen wie Kyla. Sie kneift die Augen zusammen und zieht einen Schmollmund.

»Derek, du musst das mit mir abstimmen. Ich fühle mich nicht sehr wohl, wenn meine Tochter sich mit jemandem, den ich gar nicht kenne, in einem Haushalt aufhält.« Kyla zieht an einem Diamantanhänger um ihren Hals und lässt den Stein dann in ihr Dekolleté fallen.

»Ah ja, davon weiß ich ja gar nichts.« Seine Worte sind so trocken wie sarkastisch. »Du wirst darüber hinwegkommen, da bin ich sicher. Du kommst doch über die meisten Dinge schnell hinweg. Du warst schon immer robust.«

Kyla schnaubt und tritt rückwärts ins üppige Gras. Sie ist barfuß und trägt nicht mehr als ein knappes Tanktop und kurze weiße Shorts, und ich frage mich, ob sie sich immer so anzieht, wenn sie weiß, dass sie ihren Ex-Mann sehen wird.

»Wir werden im Carradine Lodge in Beeker Valley sein«, sagt sie. »Ich habe die Nummer notiert und in Havens Tasche gesteckt.«

Ein kurzer Blick nach hinten verrät mir, dass es Haven kein bisschen stört, dass sie das Haus ihrer Mutter verlässt. Sie grinst von einem Ohr zum anderen, kickt mit den Beinen an den Autositz und sagt Derek, dass wir los müssen.

Unsere Blicke treffen sich. Ihre sind rein eisblau. Hell und engelsgleich. Sie starrt mich mit weit aufgerissenen Augen an.

»Bye, mein Engel!« Kyla drückt einen Kuss auf ihre Fingerspitzen und winkt Haven zu.

Haven bemerkt es nicht. Sie sieht nur mich an.

Derek steigt ein. Als wir wegfahren, steht Kyla auf den Stufen, die Arme verschränkt und das Gesicht zu einer hässlich bösen Grimasse verzogen.

»Ignorieren Sie sie«, sagt Derek leise. »Sie ist so etwas wie eine verlorene Seele.«

»Das ist noch freundlich ausgedrückt.«

Er wirft einen Blick in den Rückspiegel auf seine aufgedrehte Tochter, und ich begreife. Er schützt sie. Seine Liebe zu Haven ist größer als sein Hass auf seine Ex-Frau.

Derek Rosewood ist ein guter Mann.

»Daddy, wer ist die hübsche Frau, die da vorn sitzt?«, fragt Haven.

»Das ist Serena, eine Freundin von mir«, sagt er. »Sie wohnt eine Weile bei uns. Du wirst dein Badezimmer mit ihr teilen müssen, okay?«

»Okay.« Haven grinst, zuckt mit Schultern und kichert.

»Freut mich, dich kennenzulernen, Haven. Danke, dass du dein Bad mit mir teilst«, sage ich, und sie wird rot.

»Daddy, ich habe Hunger!«, ruft sie laut, als wir auf die Interstate fahren.

»Du hast Hunger?« Er wirft ihr einen Blick über den Rückspiegel zu. »Es ist sieben Uhr. Hat deine Mutter dir kein Abendessen gegeben?«

»Nein«, antwortet Haven und gähnt. »Sie sagte, dass du das machst. Sie war zu beschäftigt mit Packen.«

Derek brummt etwas vor sich hin und schüttelt den Kopf. Seine Hände umklammern fest das lederumwickelte Lenkrad.

»In Ordnung, Baby«, sagt er. »Wir besorgen Abendessen für dich.«

Derek dreht sich zu mir.

»Ist völlig in Ordnung«, sage ich.

»Es wird noch eine Weile dauern, bis wir nach Hause kommen.«

»Ich weiß.« Ich greife über die Konsole und tätschele sein Bein. »Derek, es ist in Ordnung. Ich bin nur wegen der Fahrt hier. Tun Sie, was Sie tun müssen.«

Seine Miene ist weicher geworden, und er erinnert mich an den Mann, dem ich früher die Woche begegnet bin. Den ernsten, aber freundlichen Mann mit dem gütigen Blick.

Er streckt die Hand nach dem Radio aus und stellt irgendeinen Disneysender ein, der ihm einen entzückten Aufschrei vom Rücksitz einbringt.

Ich stelle mich auf die lange Fahrt ein, nicht in meinem Element, und irgendwie liebe ich es.

15. KAPITEL

Derek

»Du hast wirklich schöne Haare. Wie Arielle.«

Ich stehe vor Havens Tür. Serena sitzt am Bett meiner Tochter und liest ihr *Grünes Ei mit Speck* von Dr. Seuss als Gutenachtgeschichte vor. Ich spähe hinein und sehe, dass Haven mit den Fingern durch Serenas seidige rötliche Locken streicht.

Serena legt das Buch auf ihren Schoß und lächelt. »Danke, Haven. Du hast auch wirklich schönes Haar.«

In den letzten drei Stunden sind die beiden schnell Freundinnen geworden, und ich kann aufrichtig sagen, dass ich Haven noch nie so entzückt von jemandem gesehen habe. Nicht einmal von ihrer eigenen Mutter. Oder ihren in sie vernarrten Tanten.

Haven grinst und drückt die Wange an Serenas Arm. »Meine Mami sagt, schöne Haare sind wichtig.«

Serena zieht die Augenbrauen hoch und antwortet ohne Umschweife. »Es gibt viele Dinge, die wichtiger sind als schönes Haar.«

»Was denn?«, fragt meine Tochter.

»Zum Beispiel ein schönes Herz.«

»Wie sieht denn ein schönes Herz aus? Ist es pink?«

»Ein schönes Herz sieht gar nicht wie irgendwas aus.« Serena legt den Arm um Haven und drückt sie. »Ein schönes Herz bedeutet, dass du ein nettes Mädchen bist. Es bedeutet, dass man anderen hilft. Freundlich ist. Und aufmerksam.«

»Oh.« Haven gähnt und lässt sich unter die Decke sinken. »Ich möchte ein schönes Herz haben.«

Serena steht vom Bett auf und zieht die Decke hoch an Havens Kinn. »Wenn du ein schönes Herz haben willst, musst du nur ein freundlicher Mensch sein.«

»Du hast ein schönes Herz, Serena.«

Serena lächelt. »Danke.«

»In zwei Wochen werde ich vier«, erklärt Haven stolz. »Kommst du zu meiner Party?«

»Oh?« Das erwischt Serena unerwartet. »Das würde ich gern. Wir können morgen früh mit deinem Daddy darüber sprechen, okay?«

Haven dreht sich um und klemmt sich einen Plüschhasen unter den Arm. »Gute Nacht, Serena.«

»Gute Nacht, Süße.«

Als Serena auf Zehenspitzen aus Havens Zimmer kommt, zuckt sie zusammen und drückt sich die Hand aufs Herz. Sie schließt die Tür hinter sich und beugt sich vor.

»Sie haben uns zugesehen?«, flüstert sie.

»Natürlich. Und es war unglaublich reizend. Sie können gut mit ihr.«

Serena hebt die zarten Finger an ihr Schlüsselbein und unterdrückt ein erfreutes Lächeln. »Danke, aber ich habe gar nicht versucht, Sie zu beeindrucken. Fürs Protokoll.«

Richtig.

Seite an Seite gehen wir den Flur entlang, und Serena streckt die Arme über den Kopf. Den ganzen Abend lang hat Haven sie mit Fragen bombardiert. Sie wollte neben Serena sitzen. Mit ihr über Ponys und Barbies reden. Sie glichen sich wie ein sehr seltsames Ei dem anderen, und ich müsste lügen, wenn ich sagen würde, dass ich diese verwöhnte amerikanische Prinzessin dadurch nicht in einem ganz neuen Licht sehe.

»Mögen Sie Kinder?«, frage ich, als wir in die Küche kommen.

»Was ist das denn auf einmal für eine Frage. Und ja.« Sie greift nach ihrer Tasche und holt ihr Handy heraus. »Ich vergesse ständig, dass ich das Ding jetzt wieder benutzen kann.«

Ich gehe die Mails von heute durch, arbeite mich durch Spam und Rechnungen und sortiere und speichere ab.

»Fünf verpasste Anrufe.« Ihre Fingernägel tippen rasch über den Bildschirm. »Und drei Sprachnachrichten … alle von Eudora.«

Ich blicke auf und sehe, wie sich ihre Miene verändert, als sie die Nachrichten abhört. Nach einer Minute legt sie auf und legt das Handy mit dem Bildschirm nach unten auf den Tresen.

»Nun ja.« Sie räuspert sich. »Eudora wurde heute in unbezahlten Urlaub geschickt.«

»Weswegen?« Mir lag nicht besonders viel an dem alten Drachen, aber ich höre es nie gern, wenn jemand in Gefahr ist, seinen Job zu verlieren.

»Offenbar kam Veronica mit Dr. Rothbart nach Belcourt und war gar nicht erfreut darüber, dass ich ausgezogen bin.« Serena verschränkt die Arme und blickt blinzelnd geradeaus. »Ich werde Eudora morgen anrufen müssen und sehen, ob ich mehr aus ihr herausbekomme.«

»In den Gerichtsunterlagen steht nichts davon, dass Sie auf Belcourt leben müssen.«

»Ich weiß.«

»Es ist nicht Eudoras Schuld, dass Sie gegangen sind.«

»Ich denke, Veronica hat erwartet, dass Eudora mehr Kontrolle über mich hat.« Serena fährt mit der Handfläche über den kühlen Marmortresen. »Und irgendwie war es auch so. Bis ich aufgehört habe, meine Medikamente zu nehmen.«

»Wann haben Sie damit aufgehört?«

»Vor einer Woche.« Sie hebt die blauen Augen. »Ich hielt es keinen Tag länger aus, unnötige Verschreibungen zu schlucken. Ich war so neben mir, Derek. Ich habe nur noch geschlafen. Ich war ständig erschöpft, wie betäubt. Und weggetreten. Ich bin sicher, dass diese Mittel wunderbar sind für Menschen, die sie brauchen, aber mich haben sie völlig fertiggemacht. Das Lächerliche dabei ist, dass ich zuerst geglaubt habe, dass ich sie bräuchte. Ich wollte einfach eine Weile nicht mehr *alles* fühlen müssen ...«

»Hat Dr. Rothbart die verschrieben?«

»Ja.«

»Und er ist derjenige, den Sie im Verdacht haben, auf Veronicas Lohnliste zu stehen?«

»Absolut.«

Ich lasse meine Post liegen und lehne mich über den Tresen. »Morgen früh machen wir als Erstes einen Arzttermin für Sie in Rixton Falls. Sobald Sie Entwarnung bekommen, reiche ich einen Antrag auf Beendigung der Sachwaltung ein.«

Serenas Mundwinkel heben sich, und ihre Miene hellt sich auf. »Wirklich?«

»Sie sind eindeutig geistig gesund. Das kann niemand leugnen.«

»Dann wird es also einfach so vorbei sein? Was ist mit Veronica? Und den Lügen?«

»Das ist ein ganz anderer Fall. Vorerst konzentrieren wir uns darauf, die Sachwaltung aufzulösen. Sie ist meiner Ansicht nach vollkommen unnötig und war nicht mehr als eine Intrige von Veronica, die nach hinten losgegangen ist.«

»Stimmt. Der einzige Grund, warum sie überhaupt einen Antrag bei Gericht gestellt hat, war der, dass sie die Kontrolle über meine Finanzen bekommt.« Serena streicht sich die rotblonden Locken vom Nacken, greift sie mit den Händen und zieht sie über ihre Schulter. »Auf jeden Fall werde ich Ihnen bald nicht mehr im Nacken sitzen, Derek. Ich weiß zu schätzen, was Sie alles tun. Ich weiß, dass ein anderer Anwalt nicht über seine Pflicht hinausgegangen wäre, so wie Sie es getan haben.« Sie steht vom Barhocker auf.

»Sie gehen zu Bett?«

»Ja.«

»Sind Sie müde?«

»Nicht wirklich.«

»Ich auch nicht.« Meine Kehle ist trocken und wie zugeschnürt. Ich weiß, was ich tue. Ich weiß, wohin das führt. Und ich weiß es todsicher besser. »Wollen Sie etwas trinken? Ich möchte mir ein Bier holen, und ich würde nicht wollen, dass Sie denken, ich hätte ein Problem, wenn ich allein trinke.«

»Hm. Manipulativ.«

»Überzeugend.« Ich schenke ihr ein halbes Grinsen.

»Läuft auf dasselbe hinaus.«

»Äpfel und Birnen.«

Wir blicken uns über den Küchentresen hinweg an, und sie seufzt.

»Na gut. Geben Sie mir ein Bier.« Serena streckt die Hand aus, und ich hole eine grüne Flasche aus dem Kühlschrank hinter mir und mache den Verschluss am Rand des Tresens auf, bevor ich es ihr gebe.

Ich nehme mir auch eins und nicke zum Wohnzimmer. Ich muss zugeben, es war nicht gerade eine Qual, in letzter Zeit hier Gesellschaft zu haben. Ein Mann kann es schon mal satthaben, tagaus, tagein nichts als die eigenen Gedanken zu hören, die durch eine leere Junggesellenbude hallen.

»Vor meinem einundzwanzigsten Geburtstag habe ich keinen Tropfen Alkohol getrunken.« Serena trinkt einen Schluck und hebt und senkt die Flasche dazu anmutig.

»Sie sind nie als rebellischer Teenager in den Barschrank Ihres Vaters eingebrochen?«

»Ha. Ich hatte nie das Privileg, diese rebellischen Teenagerjahre zu genießen.« Ihre Hand gleitet über den Flaschenhals. »Bis zu meinem letzten Highschool-Jahr besuchte ich ein Mädcheninternat und danach Wellesley. Ich hatte keine Zeit, etwas Rebellisches zu tun, bis ich erwachsen war und mein eigenes Leben hatte, und wo ist dann da der Spaß? Armselig, hm?«

»Ganz und gar nicht armselig.« Ich überkreuze die Beine, wende mich ihr zu und finde mich schnell verloren in einem Zustand der Faszination. »Sie sind eine Rarität. Das wissen Sie, oder?«

»Das ist nett ausgedrückt.« Sie lächelt.

»Ich wünschte, ich könnte Haven so beschützen. Sie behüten. Konzentriert auf die Schule und weit weg von Schwierigkeiten.« Ich trinke einen Schluck. »Der wahr gewordene Traum eines Vaters.«

Serena schüttelt den Kopf. »Es ist das Schlimmste, was Sie für sie tun könnten. Glauben Sie mir. Wenn Sie sie zu sehr behüten, wird sie am Ende schlechte Entscheidungen treffen, weil sie nicht genügend Fehler in der Vergangenheit gemacht hat, um sie in die richtige Richtung zu leiten.«

»Sprechen Sie da aus Erfahrung?«

Sie schließt die Augen und öffnet sie wieder langsam. »Leider ja, und der letzte Fehler war der größte von allen.«

»Armselig«, sage ich.

»Ich weiß. Ich wünschte, ich hätte mich nicht so schnell verliebt. Es war alles so neu und aufregend, und er …«

»Nicht Sie. *Er*. Es ist armselig, dass ein Mann die Frau, die ihn liebt, derart mit Füßen tritt.« Meine Stimme ist ein angewidertes Knurren. »Er ist Ihre Tränen nicht wert.«

»Wer hat gesagt, dass ich seinetwegen geweint habe?«

»Ich habe es einfach angenommen. Das tun Frauen doch, oder? Sie weinen. Ich habe drei Schwestern. Glauben Sie mir, ich weiß, was passiert, wenn eure kleinen paillettenbesetzten Herzchen gebrochen werden.«

»*Kleine paillettenbesetzte Herzchen?* Oh bitte, Derek, reden Sie weiter. Ich liebe es, wenn Sie wie ein *Arsch* mit mir reden.«

»Ich wollte nur geistreich sein.«

»Hat nicht geklappt. Geben Sie sich mehr Mühe.« Serena verdreht die wunderschönen Augen und stellt ihr Bier neben sich auf einen Untersetzer. »Auf jeden Fall fürs Protokoll, Anwalt. Ich habe nicht geweint wegen Keir. Ich war verletzt. Wütend. Verbittert. Ich fühlte mich gedemütigt. Ich habe wegen einer Menge Dinge geweint. Aber nicht seinetwegen.«

»Ich nehme alles zurück. Bitte vergeben Sie mir meine Annahme, Ms Randall.« Ich lege den Arm über die Sofalehne, meine Fingerspitzen nur Zentimeter entfernt von ihrer zarten Schulter. Der Alkohol kursiert schon durch meine Adern, sodass ich mich warm und entspannt fühle, angenehm geerdet.

»Ich habe wegen der Dinge geweint, die man über mich geschrieben hat … wegen verlorener Freundschaften …« Sie wendet den Blick ab und bedeckt den Mund halb mit der Hand. »Verrat ist …«

»Ich weiß alles über Verrat.«

»Dann muss ich ja nichts erklären. Sie verstehen es.«

»Tue ich.«

»Auf jeden Fall, können wir über etwas anderes reden?« Sie blinzelt hektisch und dreht sich zu mir um.

»Wieso erzählen Sie mir nicht noch eine Geschichte über die Königinmutter?«

Serena lacht. »Gott, Sie müssen mich ja für die größte Idiotin gehalten haben. Und es tut mir leid, dass ich Sie gescholten habe, weil Sie den Wandbehang misshandelt haben. Er ist sowieso eine Reproduktion. Niemand bei klarem Verstand würde einen originalen Auclair benutzen, um ein Salonfenster damit zu verdecken.«

»Sie hatten eine schwere Zeit«, sage ich. »Im Vergleich zu den Mistkerlen, mit denen ich regelmäßig zu tun habe, sind Sie eine Heilige.«

Sie greift nach ihrem Getränk, trinkt drei maßvolle Schlucke, bis es leer ist, und steht dann auf, den Blick zur Küche gerichtet.

»Noch eins?«, frage ich.

»Ich sage Gute Nacht, Anwalt.«

Eine Welle der Enttäuschung durchläuft mich, und innerlich verpasse ich meinem idiotischen Affenhirn eine Kopfnuss, weil es sich etwas daraus macht.

Serena geht einen Schritt auf mich zu, versucht sich zwischen meinem Bein und dem Beistelltisch durchzuquetschen, doch beim zweiten Schritt stolpert sie über meinen Fuß. Instinktiv greife ich nach ihr und fange sie mit den Händen unter ihren Achseln auf.

Und verschütte dabei mein Bier über ihre Bluse.

»Oh, Mist. Tut mir leid.« Ich stehe auf, die Hände immer noch an ihr, und blicke hinab auf ihre durchsichtige Bluse. Ihre Brustwarzen sind aufgerichtet und drücken sich durch einen Spitzen-BH durch, und sie legt sofort die Arme darüber.

Mein Schwanz pulsiert, aber ich drehe mich auf dem Absatz um und nehme ein Tuch aus einer Küchenschublade, bevor sie die Wölbung bemerken kann. Als ich mich wieder umdrehe, knöpft sie schon ihr Oberteil auf, und der Stoff klebt an ihrer cremefarbenen Haut.

Ich reiche ihr das Tuch und sehe die tropfnassen Haarsträhnen, die ihr über den Rücken fallen.

»Ihr Haar habe ich auch erwischt.« Ich sammele die roten Locken in meiner Hand. »Sie werden eine Dusche brauchen.«

Sie beäugt den Flur zu Havens Reich. »Ich will sie nicht wecken.«

»Nehmen Sie meine.«

»Ich dachte, Ihr Bereich wäre tabu.« Sie legt den Kopf schief und sieht mich aus schmalen Augen an.

»Ich mache eine Ausnahme. Nur heute Abend. Weil ich mein Heineken über ihre schicke Bluse verschüttet habe.«

»Angenommen. Waschen Sie auch meine Wäsche?« Sie geht zu meiner Tür, und ich folge ihr und stelle mir dabei vor, wie das Bier auf ihrer milchweißen Haut oder ihre harten Brustwarzen auf meiner Zunge schmecken würden.

Mein Herz rast, hämmert in meiner Brust, als wir zu meinem Zimmer gehen, und ich bemerke, dass ich mir wünsche, wir würden aus einem anderen Grund dorthin gehen.

Im Badezimmer mache ich das Licht an und zeige ihr, wo die geflieste Dusche ist. Aus dem Wäscheschrank hole ich ein Handtuch und lege es auf den Rand des Tresens.

»Fühlen Sie sich wie zu Hause.« Ich versuche, mich schnell zu verdünnisieren. Wenn ich zu lange bleibe, braucht mein Verstand noch eine eigene Dusche.

»Warten Sie«, ruft sie.

Als ich mich umdrehe, liegt die Bluse auf dem Boden, und sie steht nur in Spitzen-BH und hautengen Leggings vor mir.

Ich schwöre bei Gott, wenn ich jetzt ein Wort sagen würde, würde ich mich wie ein krächzender, vorpubertärer Junge anhören, also ziehe ich nur die Augenbrauen hoch.

»Ich brauche einen Waschlappen. Und haben Sie einen Conditioner? Ich sehe nur Shampoo hier drin.« Sie kaut an ihrer Unterlippe. »Tut mir leid. Es ist nur so, für eine richtige Dusche …«

Ich ziehe die Tür zum Wäscheschrank auf, fische einen Waschlappen heraus und werfe ihn ihr zu. Ich kann nicht noch einen Schritt auf sie zugehen, sonst riskiere ich, die Beherrschung zu verlieren. Ein schönes Mädchen, von Bier durchnässt, das nur im BH in meinem Badezimmer steht, gibt mir das Gefühl, als wäre ich ein Junkie, der sich ohne jede Selbstbeherrschung seinen Dämonen gegenübersieht.

»Ich hole Ihren Conditioner.« Ich marschiere schnurstracks zur Tür, während ich mein Herz in den Ohren pochen höre, und finde in einem Kulturbeutel im Gästezimmer eine purpurrote Flasche mit Conditioner. Ich hebe sie an die Nase, schnuppere neugierig und muss lächeln, als mich der süße Duft von Zitrusfrüchten und Lavendel anweht.

Als ich wieder ins Badezimmer komme, lehnt sie am Tresen, den nackten Körper in ein Handtuch gehüllt, und die Dusche läuft. Dampf füllt das Zimmer.

»Hat ja lange genug gedauert.« Sie greift zwinkernd nach der Tasche und hält mit der freien Hand das Handtuch fest, damit es nicht rutscht. »Danke.«

Ich bin wie benommen und gebe mir alle Mühe, nicht genau das zu tun, was ich so gern tun würde. Ich schließe die Badezimmertür, ziehe mein Shirt aus und eine Pyjamahose an, bevor ich unter die Bettdecke krieche und im Fernsehen ESPN einstelle. Ein Rückblick auf die Highlights ist das, was einer kalten Dusche am nächsten kommt.

Zehn Minuten später hört das Rauschen des Wassers auf. Wenig später kommt sie in eine Dampfwolke gehüllt aus meinem Bad, das nasse Haar gekämmt und ihr Handtuch eng genug um den Körper gewickelt, um ein angenehmes Dekolleté zu formen.

»Besser?«, frage ich und schiebe die Hände hinter den Kopf. Ich bin oben ohne, und meine Bettdecke geht nur bis zur Hüfte, denn dieses Spiel können auch zwei spielen.

Und vielleicht habe ich ja auch vor einer Minute ein paar Dutzend Push-ups und Sit-ups gemacht.

»Schlafen Sie immer oben ohne?« Sie grinst und blickt sich prüfend in meinem Zimmer um, was mich gelinde in Panik versetzt, bis mir einfällt, dass meine »Spielzeuge« alle aufgeräumt an ihrem Platz liegen. Serena geht an mir vorbei und bleibt stehen, um mir einen Blick zuzuwerfen.

»Jede Nacht.«

»Wird Ihnen da nicht kalt?«

»Welchen Sinn hat diese Unterhaltung?« Ich täusche ein Gähnen vor. »Oder brauchen Sie nur eine Ausrede zum Hingucken?«

»Das ist eine Unterstellung, finden Sie nicht?« Ihre Augen erwachen vor dem Schimmer des Fernsehers in meinem dunklen Zimmer zum Leben. »Und es ist arrogant.«

»Ganz und gar nicht.« Ich setze mich auf und greife nach der Fernbedienung, um eine soeben laufende Werbung für Viagra stummzuschalten. »Ich hatte genug mit Frauen zu tun, um zu wissen, wie ihr arbeitet. Ihr lasst subtile Hinweise fallen in der Hoffnung, dass wir darauf anspringen. Aber tief im Inneren erwartet jede Frau, dass jeder Mann ihre Gedanken liest, denn keine von euch will den ersten Schritt machen, und es ist viel einfacher für euch, in fast nichts vor mir herumzustolzieren, als geradeheraus zu sagen, dass ihr über das Bett gebeugt werden und genagelt werden wollt, bis ihr nicht mehr geradeaus laufen könnt.«

Serena verzieht die Lippen und schnaubt. »Oh ja, jede Frau wünscht sich nichts mehr, als *genagelt* zu werden.«

Ich steige aus dem Bett, gehe auf sie zu und empfinde immense Befriedigung, als ich ihre hektischen Atemzüge sehe. Sie schluckt hörbar, hebt das Kinn und sieht mir in die Augen.

»Sie wollen mich, Serena«, sage ich. »Und ich werde nicht behaupten, dass ich nicht dasselbe fühle. Aber ich sagte Ihnen schon, *das* wird nicht passieren.«

Der Seifenduft ihrer Haut liegt in der Luft und in jedem Atemzug von mir. Ich lecke mir über die Lippen, und meine Zunge sehnt sich danach, jeden perfekten Zentimeter von Serena Randall zu erforschen, und trauert um jede Sekunde, die ohne auch nur eine Kostprobe vergeht.

Wäre sie irgendeine andere Frau, hätte ich mich schon längst mit ihr vergnügt. Ich hätte alles erforscht, was es zu erforschen gibt. Ich hätte mich an ihr gesättigt, sie befriedigt und mit Sehnsucht nach mehr verlassen, und dann würde ich sie in die Wüste schicken mit der Abmachung, dass niemals mehr daraus werden kann.

»Wir sind beide erwachsen«, sagt sie, und ihre Stimme ist ein schwindendes Flüstern. »Wir können tun, was immer wir wollen.«

»Ich bin Ihr Anwalt. Ich kann nicht mit Ihnen schlafen und zugleich Ihr Vermögen verwalten. Riesiger Interessenkonflikt, Serena. Riesig.« Der Frust in meiner Stimme ist nur noch vergleichbar mit dem Frust meiner pochenden Erektion. »Eine sexuelle Beziehung zwischen Anwalt und Klientin hat berufliche Auswirkungen.«

Sie hebt die Hand, langsam und vorsichtig, bis ihre Handfläche die Unterseite meines Kinns umfasst. Wir starren einander in die Augen, und sie atmet aus.

»Ich will nicht das, wovon Sie denken, dass ich es will«, sagt sie. »Das ist es, worum es hier wirklich geht. Geben Sie Ihrer Berufsethik so viel Schuld daran, wie Sie wollen, aber tief im Inneren haben Sie Angst, dass ich etwas von Ihnen erwarten könnte, das Sie mir nicht geben können. Und Sie könnten sich nicht deutlicher irren.«

»Was wollen Sie dann?«

»Ich will Spaß.« Serena zuckt mit den Schultern. »Ich will mich begehrt fühlen. Ich will die letzten elf Wochen meines Lebens vergessen, und sei es nur für eine Stunde. Ich brauche eine Ablenkung, Derek. Eine süße Fluchtmöglichkeit.«

»Wissen Sie, wie oft ich das schon gehört habe?«, frage ich spöttisch. »Jede Frau sagt, sie wolle nur Spaß.«

»Frauen lügen manchmal. Ich nicht. Ich bin so brutal ehrlich, wie es nur geht.«

Ich grinse und stimme ihr innerlich zu. Zumindest in dem einen Punkt hat sie recht.

Sie nimmt die Hand von meinem Gesicht und hinterlässt ein Gefühl von Kälte an der Stelle.

»Ich will mich nicht wieder verlieben«, meint sie und zuckt sachlich mit den Schultern. »Liebe tut weh. Sex fühlt sich gut an.«

»Genau die Worte, nach denen ich lebe.«

»Umso mehr Grund, einfach dem nachzugeben, was Sie wollen.« Serena mustert mich eingehend.

»Sie werden es bereuen«, sage ich.

»Ich *verspreche* Ihnen, dass ich das nicht tun werde.«

Ich komme näher, lasse die Hand um ihren Nacken gleiten und hebe den Daumen an die zarte Stelle unter ihrem Kinn, bis unsere Lippen perfekt auf einer Linie sind.

»Wenn das schiefgeht … wenn es nicht gut ausgeht«, sage ich, »dann mache ich Sie dafür verantwortlich.«

»In Ordnung.«

»Und wenn Sie nichts mehr mit mir zu tun haben wollen, wenn wir miteinander fertig sind«, fahre ich fort, »dann sagen Sie nicht, dass ich Sie nicht gewarnt hätte.«

16. KAPITEL

Serena

Seine Lippen pressen sich auf meine, und ich fühle mich schwerelos. Elektrizität strahlt von meinen Fingern bis in die Zehen, und meine Finger winden sich in sein dichtes, dunkles Haar und ziehen daran. Sein Körper drängt sich an meinen, und ich schmelze dahin.

Plötzlich erstarre ich, und zugleich steht mein Körper in Flammen. Mein Handtuch liegt zu meinen Füßen, und meine nackten Brüste drücken sich an Dereks warmen Oberkörper.

Seine Lippen beherrschen meine, und seine Fingerspitzen wandern an meinen Nacken und tauchen ein in mein nasses Haar.

Meine Vagina pulsiert für ihn, und ich fühle Feuchte zwischen meinen Beinen. Seine linke Hand gleitet an meinem nackten Körper abwärts, streichelt sanft meine Rundungen, windet sich um meine Hüfte und umfasst meinen Po. Er zieht mich enger an sich, und sein Mund liegt heiß und verlangend auf meinem.

Ich inhaliere ihn mit jedem Atemzug. Der Duft seiner Seife weht von meiner dampfenden Haut und dringt in meine Lungen, während der waldige Duft seiner warmen Haut in meine Nase steigt.

»Fuck, du weißt, wie man einen Mann küsst«, knurrt er, drückt seine Hüften an meine, bis seine pochende Erektion sich an mir reibt, genau an der richtigen Stelle.

Meine Geduld schwindet dahin, mir bleibt die Luft weg, und ich kann kaum noch geradeaus denken, als er mich zu sich hochhebt und mich auf die Mitte seines Bettes legt.

Umgeben von verhedderten Laken strecke ich die Arme nach ihm aus, und mein Körper sehnt sich nach seinem Gewicht. Er schiebt sich über mich, die Matratze senkt sich unter uns, und wieder presst er seine Lippen auf meine. Mein ganzer Körper prickelt bei jeder Berührung, jedem Streicheln unserer Zungen und jedem Tanz unserer Lippen. Indem er eine Spur von Küssen hinterlässt, wandert er an meinen Hals entlang, und jeder Atemzug bringt neues Leben. Ich schwebe immer höher, immer weiter weg von der Realität, an einen Ort, der nur in Tagträumen existiert – ein Ort, der jenen bestimmt ist, die mutig genug sind, ihn zu finden.

Meine Finger tauchen in sein weiches, dunkles Haar, während sein Mund tiefer wandert. Er gleitet von meinem Hals an die Mulde zwischen meinen Brüsten und hält dort an, um meinen erwachenden Brustwarzen seine ungeteilte Aufmerksamkeit zu widmen. Seine Zunge leckt über die empfindsamen Knospen, bis er weiter an meinen Bauch wandert.

Und noch tiefer.

Seine Hände gleiten über die Innenseite meiner Oberschenkel, und ich ziehe den Bauch bei seiner Berührung ein. Neckende Küsse, nur Zentimeter entfernt von … und gleich darauf fühle ich seine Finger an meiner empfindlichsten Stelle.

Ich atme tief ein und mit einem leisen Stöhnen wieder aus, während ich zugleich ein Lächeln unterdrücke.

Als dann seine Zunge vorsichtig meine Schamlippen streift, zuckt mein Körper in der Vorahnung des kommenden Orgasmus.

Derek stöhnt zwischen meinen Beinen, während seine Zunge an mir leckt und seine Hände meine Beine auseinanderdrücken, so weit es geht.

»Entspann dich«, flüstert er, und sein Atem ist eine süße Hitze an meinen zitternden Oberschenkeln.

Mein Kopf sinkt aufs Bett, und ich atme tief, umfasse meine prallen Brüste mit den Händen und versuche, meine Hüften davon abzuhalten, sich mit jedem Stoß seiner Zunge aufzubäumen.

Derek nimmt sich Zeit, genießt es, mich zu kosten, und legt keinerlei Hektik an den Tag. Er hat es nicht eilig. Er wartet nicht nur auf den Augenblick, in dem er mir seinen Schwanz tief in den Hals stecken kann. Meine Lust ist ebenso groß wie seine.

»Du bist so was von süß«, stöhnt er zwischen zwei Strichen seiner Zunge, saugt meine Klitoris in seinen Mund und lässt sachte die Zungenspitze kreisen. »Ich könnte dich tagelang vernaschen.«

Mein Herz hämmert wild. Ich könnte mich tagelang von ihm verschlingen lassen. Aber die Schauder, die meinen Körper überkommen, drohen diesen Abend zu einem tragischen vorzeitigen Ende kommen zu lassen.

»Derek«, flüstere ich und setze mich auf. Ich greife nach ihm, lege die Hand um seinen starken Bizeps und ziehe ihn zwischen meinen Beinen weg. »Ich will dich kosten …«

Seine Lippen zucken und verziehen sich zu einem Lächeln, und mein Blick fällt auf den Umriss der Wölbung in seiner Hose. Gierig vor Lust schiebe ich eine Hand in seinen Hosenbund und befreie seinen pochenden Schaft. Ich gehe auf die Knie, massiere seine Länge, während ich den Mund an seine Eichel führe und seine Härte mit den Lippen verfolge.

Ich schließe den Mund darum, und er füllt mich ganz aus. Er schmeckt salzig auf meiner Zunge, und ich schlucke ihn mit einem zufriedenen Lächeln. Mein Mund befeuchtet seinen Schaft, meine Zunge umkreist seine Eichel, und er stöhnt kehlig auf.

Derek nimmt mein nasses Haar zu einem Pferdeschwanz in die Hand, hält es mir aus dem Gesicht und kontrolliert unseren Rhythmus. Seine Hüften bewegen sich vor und zurück, als er sich in meinen Mund stößt, und in einem stöhnenden Flüstern dringt mein Name über seine Lippen.

Dann löst er sich von meinem Mund und kommt über mich, sein feuchter Schaft, der sich an meine Schenkel drückt.

So nahe.

Ich spreize einladend die Beine und schlinge meine Arme um ihn. Meine Hände liegen an seinem unteren Rücken und ich dränge ihn verlangend in mich.

Derek sinkt tiefer, nimmt eine meiner Brustwarzen zwischen die Zähne, lässt sie dann los und steigt vom Bett, um ins Badezimmer zu gehen. Sekunden später kommt er zurück, ein Päckchen in Goldfolie zwischen den Fingern, und schiebt sich erneut über mich.

Mit einer Hand massiert er seinen Schaft, reißt dabei das Päckchen mit den Zähnen auf, spuckt die Folie beiseite und rollt sich das Kondom über.

Ohne den Blick von mir zu wenden, lässt er seine Finger zwischen meine Schamlippen gleiten.

»Gott, ich liebe, was ich mit dir tue.« Seine Körper schwebt Zentimeter über meinem, und mir stockt in Vorfreude der Atem. Seine Erektion in der Hand, führt er die Eichel zwischen meine Schamlippen. »Und schau nur, was du mit mir machst.«

Lächelnd beiße ich mir halb auf die Unterlippe.

»Bist du sicher, dass du das willst?«, fragt er.

Mein Lächeln schwindet.

Jetzt zieht er mich auf. Spannt mich auf die Folter. Er zögert es mit Absicht hinaus.

»Halt den Mund und nimm mich endlich, Anwalt.« Ich lege meine Hände an sein Kinn und hebe meinen Mund an seinen, um einer neunmalklugen Bemerkung, die er mir entgegnen wollte, zuvorzukommen. Ich bewege die Hüften unter ihm und streife dabei absichtlich seine Erektion.

Meine Worte sind grob. Ungeduldig. Verlangend.

Und es ist mir egal.

Derek gleitet mit einem einzigen besitzergreifenden Stoß in mich, mühelos durch meine Erregung. Sein Körper liegt schwer auf mir und drückt mich nieder. Ich bin gefangen unter ihm. Warm. Sicher. Erregt.

Zuerst sind seine Stöße langsam, doch innerhalb von Sekunden wird er schneller. Erbarmungslos.

Ich stecke in Schwierigkeiten, weil ich ihn will, weil ich den einen Mann begehre, den ich nicht begehren sollte, und dies ist meine köstliche Strafe dafür.

Die süße Reibung seiner Stöße, sein Schaft, der mich füllt, der genau richtige Druck in mir. Sein glatter, muskulöser Brustkorb gleitet über meinen und lädt meine Finger ein, das Spielen seiner Bauchmuskeln zu verfolgen. Ich bekomme nicht genug davon, Derek zu berühren. Sein Körper ist ein Traum. Sein Blick lässt mich dahinschmelzen. Seine Entschlossenheit und Zielstrebigkeit, *nicht* mit mir zu schlafen, waren nur ein kleineres Hindernis.

Ich wusste immer, dass es das wert sein würde. Ich wusste, dass es so wundervoll sein würde.

Wir sehen uns im Dunkel in die Augen, und seine Stöße sind fordernd und unnachgiebig. Wenn das »genagelt werden« ist, dann lasse ich mich jederzeit und mit Hingabe von ihm nageln.

In Dereks Art von Sex liegt weder Liebe noch Zärtlichkeit. Aber genau so sollte es sein. Das hier ist Sex, und nur Sex.

Es ist genau das, was ich wollte.

Ich kann mich nicht beklagen – und werde es auch nicht.

Ich habe nie um Herzchen und Blumen gebeten.

Alles, was ich wollte, war sein Körper auf meinem.

Eine süße Ablenkung von einer brutalen Realität.

Derek packt meine Hüften und rollt uns herum. Ich sitze rittlings auf seinem Schaft, die Knie in die Laken gestemmt, bewege mich vor und zurück und sehe zu, wie sein Blick jeden Zentimeter meines Körpers für sich vereinnahmt. Seine Hände wandern an meine Brüste, umfassen sie, spielen mit ihnen, während ich mich auf und ab bewege. Ich entspanne die Nackenmuskeln, lasse mein Haar wie einen langsamen Wasserfall über meine Schultern fallen und biege bei jeder Bewegung den Rücken durch.

Seine linke Hand wandert meine Seite hinab, gleitet um meine Hüfte, bis sein Daumen sich an meine Klitoris presst. Kleine, schnelle Kreisbewegungen, mit gerade genug Druck, um mich näher an den Abgrund zu führen, an den Punkt ohne Wiederkehr.

An das Ende dieser Nacht.

Ich bäume mich stärker auf, mein Haar schnellt mit jeder Bewegung um meine Schultern, und seine Hüften begegnen meinen mit jedem Stoß, bis wir beide gefangen sind in unserer eigenen süßen Erlösung.

Ich sinke auf ihn, bin kaum fähig, mich zu bewegen, und will es auch gar nicht.

Inzwischen ist mein Haar halb trocken, verklebte Locken an Nacken und Schultern. Ich blicke auf in Dereks Augen, unsere Lippen nur Zentimeter voneinander entfernt. Wir lächeln beide, trunken vom Sex, und er streicht mir das Haar aus dem Gesicht.

Sein Schaft ist noch in mir, pochend und pulsierend, und lässt uns noch ein paar letzte Momente miteinander verbunden bleiben.

»Das war es *so was* von wert.« Ich setze mich auf, sobald wir wieder zu Atem kommen, und gleite von ihm herunter.

Er lässt sich Zeit damit, vom Bett zu steigen, und geht ins Badezimmer, um sich zu säubern. Ich fische mein Handtuch vom Boden, aber er nimmt es mir aus der Hand, als er zurückkommt.

»Hey«, protestiere ich.

»Ich bin noch nicht fertig damit, dich anzusehen.« In seinem Tonfall liegt eine besitzergreifende Überheblichkeit.

»Oh?« Ich stemme eine Hand in die Hüfte und drücke die Schultern nach hinten. Meine Cousine Araminta hat mir einmal gesagt, dass es nichts gibt, was einen Mann mehr antörnt als Selbstsicherheit. *Nichts*. Du kannst das schäbigste Mädchen des Universums sein, aber wenn du einen Raum beherrschen kannst, als wärst du das Erotischste, was je auf Erden gewandelt ist, dann beherrscht du die Aufmerksamkeit eines Mannes. Und dann wird keiner je genug von dir bekommen.

»Ich will sehen, was ich mit dir gemacht habe.« Seine Hände legen sich um meine Taille, und er zieht mich an sich. Er hebt eine Hand an meine gerötete Wange, lässt sie zwischen meine Brüste wandern und drückt dann einen zarten Kuss auf meine wartenden Lippen. Seine freie Hand taucht zwischen meine Beine, streicht durch meine Feuchte und taucht in mich. Ein köstliches Eindringen. »Nur weil wir miteinander fertig sind, heißt das ja nicht, dass du so schnell weglaufen musst. Ich fühle mich beleidigt. So etwas gibt einem Mann das Gefühl, benutzt worden zu sein.«

Meine Hüften bewegen sich an seinen Fingern, ich bin überaus empfindlich zwischen den Beinen und will mehr.

»Ich habe dich nie für den Typ zum Kuscheln gehalten.« Und wieder bin ich ganz atemlos.

»Wer hat denn etwas von Kuscheln gesagt?« Derek lässt sich rücklings auf das Bett fallen und zieht mich mit. Ich schiebe mich auf ihn, die Beine rittlings auf seinen Hüften, unsere Finger miteinander verschränkt.

Ich weiß nicht, was das hier ist.

Ich weiß nicht, was es bedeutet.

Ich weiß nur, dass es Spaß macht, und das ist alles, was ich von dem hier haben will.

Seine zielstrebigen Hände greifen meine Hüften, und er setzt sich auf. Wir sitzen von Angesicht zu Angesicht da, die Lippen zu einem lachhaft befriedigten Grinsen verzogen, und in der Luft liegt der Geruch von Sex.

»Ich kann nicht aufhören, dich zu berühren.« Er drückt seine Lippen auf meine, und seine Finger wandern meinen Rücken hinauf und verlieren sich wieder in meinem Haar. Seine Hand fängt meine wilde Mähne ein und schiebt sie beiseite, bis die Nachtluft auf meinen bloßen Nacken trifft. Sein Atem ist warm an meiner Haut, und alles an mir weiß, dass ich das noch einmal tun könnte, wenn er denn nur fragen würde. »Ich will dich, Serena. Ich will dich noch einmal ganz und gar.«

Mein Unterleib pulsiert bei seinen Worten, und ich hebe den Kopf und begegne seinem Blick im Dunkeln.

»Doch das wird nicht passieren«, sagt er. »Weil ich es nicht geschehen lasse.«

»Du machst keine Wiederholungen?« Ich hoffe, dass er den Anflug von Enttäuschung in meiner Stimme nicht hört.

Derek zieht die Zähne über seine Unterlippe und schüttelt den Kopf. »Nie.«

»Aber du willst. Mit mir.«

Er nickt. »Du bist verdammt reizvoll, Serena. Dein Aroma. Deine Berührung. Aber du musst verstehen, dass es nichts bedeuten würde. Nicht für mich.«

Ich lege meine Hände an sein Kinn und verdrehe die Augen. »Derek. Genug jetzt.«

Ich bringe ihn mit einem Kuss zum Schweigen. Einem tiefen, finsteren Kuss, der alle Entschlossenheit aufbietet, die ich habe. Ich fühle, wie er mich einatmet, als unsere Zungen miteinander spielen.

»Siehst du.« Ich seufzte und löse mich von ihm. »Ich kann dich küssen, einfach so, und dabei nichts empfinden. Ich kann mit dir schlafen, ohne Herzchen und Schmetterlinge zu sehen. Ich werde mich jetzt nicht in dich verlieben, weil wir Sex hatten. Ich wünschte, du würdest mir glauben, wenn ich dir sage, dass ich nichts von dir will. Nicht so.«

Er sagt nichts, sondern mustert mich nur, und seine eindringlichen Augen sind sein wortloser Gegenbeweis.

»So langsam glaube ich, dass du derjenige mit Bindungsproblemen bist. Dein beständiges Bedürfnis, mich daran zu erinnern, dass du eine Art Karrierejunggeselle bist, ist besorgniserregend, Derek. Ich meine, wen willst du damit überzeugen?« Ich steige von seinem Schoß. »Lass uns einfach … nicht darüber reden, okay? Lass uns einfach tun, was sich gut anfühlt, und den Rest vergessen.«

»Schön.« Er seufzt, den Rücken gebeugt und die Hände auf den muskulösen Oberschenkeln ruhend. Ich könnte so was von wieder auf seinen Schoß klettern, wenn ich nicht genau jetzt versuchen würde, einen Standpunkt klarzumachen.

»Egal. Heute Nacht war das erste Mal seit Monaten, dass ich mich halbwegs wie ein Mensch gefühlt habe.« Ich hebe mein Handtuch vom Boden auf, wickele es um mich und klemme es mir fest unter die Arme. »Also danke dafür, dass du von deiner Berufsethik abgesehen und ein wenig gelebt hast.«

Ich entscheide mit einem Zwinkern, diesen Abend mit einer freundlicheren Note enden zu lassen. Derek tut so, als wäre er der Einzige, dem es schwerfällt, Vertrauen zu fassen, der Einzige mit einer Aversion gegen alles, was einem ein klein wenig zu sehr ans Herz geht.

Er könnte nicht falscher damit liegen.

Derek sieht zu, wie ich gehe, dieses Mal ohne einen Versuch, mich aufzuhalten, und ich gehe auf Zehenspitzen zurück in mein Zimmer und entspanne meine müden Muskeln in einem Meer aus kalten Kissen und Laken. Und dabei treibt mich die Frage um, ob auch er unsere Nacht im Geiste erneut erlebt, so wie ich.

17. KAPITEL

Derek

»Wer ist Serena?« Meine Mutter begrüßt mich nicht mit ihrem traditionellen »Hallo, mein Lieber«, als ich Haven am Freitag nach der Arbeit abhole. Sie zieht die Haustür weit auf und stemmt die Hände in die Hüften. »Haven hat gar nicht mehr aufgehört, von dem ›Mädchen mit den Haaren wie eine Meerjungfrau‹ zu reden, seit Royal sie heute gebracht hat.«

»Ach ja?« Ich werfe einen Blick auf meine Tochter, die unten an der Treppe steht und die Zunge aus dem Mundwinkel streckt, während sie versucht, ihre Füße in fluoreszierende Leuchtschuhe zu manövrieren.

Vorschulkinder.

Können kein Geheimnis für sich behalten.

»Ja, Derek. Also, wer ist sie? Und warum wohnt sie bei dir?« Der Blick meiner Mutter ist unnachgiebig.

»Sie ist eine Freundin. Und es ist nur vorübergehend.«

Meine Mutter kennt mich zu gut, und deshalb verzieht sie auch stirnrunzelnd die Lippen auf meine lässige Antwort.

»Komm, Haven.« Ich strecke die Hand aus. »Was möchtest du zum Abendessen?«

»Tu das nicht.«

»Was soll ich nicht tun?«

»Block mich nicht ab, wenn ich dir eine Frage stelle.«

»Du machst aus einer Mücke einen Elefanten.« Ich meide

ihren Blick. Haven hüpft im Foyer meiner Eltern herum. »Na komm, Kleines. Gehen wir.«

»Du bist seit zwei Jahren geschieden. Seitdem hast du in meiner Gegenwart nie auch nur eine Frau erwähnt. Und jetzt erzählt deine Tochter, dass eine Frau bei dir *wohnt.*« Mom verschränkt die Arme. »Ich darf nachbohren. Ich bin deine Mutter. Das gehört *gewissermaßen* zu meinem Job.«

»Gewissermaßen.« Ich begegne lächelnd ihrem Blick.

Sie gibt mir einen Klaps. »Spiel nicht den Klugscheißer bei mir. Wer ist sie?«

»Sie ist eine Klientin.«

Mom weicht einen Schritt zurück, und ihr bleibt der Mund offen stehen. »Weiß … weiß dein Vater davon?«

»Nein, und ich würde es zu schätzen wissen, wenn es so bleibt, bis ich ihm die Lage erklären kann.«

»Dann wirst du es ihm erzählen?«

Mein Zögern entlockt ihr ein Keuchen. »Du kannst deinem Vater so etwas nicht verheimlichen. Er wird es herausfinden, und dann wird er sehr aufgebracht sein. Und du weißt, wie er dann ist.«

Haven quetscht sich zwischen meine Mutter und mich und nimmt meine Hand.

»Und genau deshalb«, sage ich, »ist es in deinem besten Interesse, so zu tun, als hätte diese Unterhaltung nie stattgefunden.«

Wir gehen hinaus auf die Veranda, und Mom folgt uns.

»Kann ich sie wenigstens treffen?«, fragt sie. Das ist ein Test.

»Nein, weil es so etwas nicht ist.« Ich nehme Havens Hand, und wir marschieren schnurstracks auf den Gehweg.

Mom steht an der Treppe und sieht zu, wie ich meine Tochter auf den Rücksitz setze. »In Ordnung, Derek. Ich bin fertig mit Nachbohren. Fürs Erste.«

»Grandma stellt ganz schön viele Fragen.« Haven zieht die Nase kraus. »Wieso stellt sie so viele Fragen, Daddy?«

»Weil Grandmas das so machen«, sage ich, gebe ihr einen Kuss auf die Stirn und atme den Duft ihres Pfirsichshampoos ein.

»Grandma Karen stellt nicht so viele Fragen.«

»Grandma Bliss ist *besonders*.« Ich schließe die Tür und finde meine Mutter urplötzlich hinter mir stehen.

»Du *wirst* es deinem Vater sagen.« Damit hat Mom das letzte Wort und marschiert zurück zum Gehweg, bevor ich protestieren kann.

»Daddy?«, fragt Haven, als wir noch ein paar Meilen von zu Hause entfernt sind.

»Ja, Baby?«

»Glaubst du, dass Serena ein hübsches Herz hat?«

Ich blinzele und unterdrücke ein Lächeln. Kinder stellen die seltsamsten Fragen, aber die hier fühlt sich ein wenig schwerer an als das, was ich von Haven gewohnt bin.

»Was bedeutet das?«, frage ich.

»Serena sagt, ein hübsches Herz ist, wenn man freundlich und nett zu anderen Menschen ist.«

Ich könnte ihr die komplizierte Antwort darauf geben: die Wahrheit.

Ich kenne Serena noch nicht so gut. Ich weiß nicht, ob sie nett und freundlich zu anderen Menschen ist. Aber sie war nett zu mir. Zumindest nett genug.

Der Tag war lang, und ich bin erschöpft, also gebe ich die einfache Antwort. »Ja, Haven. Serena hat ein liebevolles Herz.«

»Nein, ein *hübsches* Herz.«

»Okay. Ein hübsches Herz.«

»Ich habe Grandma heute die Hälfte von meinem Keks gegeben. Bedeutet das, dass ich ein hübsches Herz habe?«

»Ja. Ja, das tut es. Das nennt man Teilen. Das ist etwas Nettes.«

»Kann Serena zu meiner Geburtstagsparty kommen?«

Havens Frage erwischt mich unvorbereitet, und ich fahre beinahe bei Rot über eine Kreuzung. Wir kommen abrupt zum Stehen, und ich hole tief Luft und greife fest das Lenkrad.

»Ich weiß nicht, Baby«, sage ich. »Die Geburtstagsparty ist in zwei Wochen. Serena hat dann vielleicht andere Pläne.«

»Ich habe sie gestern Abend gefragt, und sie hat gesagt, ich muss dich fragen.«

Verdammt.

»In Ordnung. Ich rede mit ihr darüber und gebe dir Bescheid.« Es ist kein besonders strahlender Moment in meinem Leben, meine fast vierjährige Tochter zu belügen, aber ich werde Serena nicht damit belästigen, dass sie zur Geburtstagsparty meines Kindes kommen soll. Mist. Ich will selbst nicht mal hin. Kyla hat sich dieses Jahr für das Motto Prinzessin entschieden und verdammt dafür gesorgt, dass nicht weniger als fünf von Havens Lieblings-Disney-Prinzessinnen in voller Kostümierung da sein werden.

Wenn es nach mir ginge, würde ich mit ihr in den Zoo gehen und sie dort Giraffen füttern und auf einem Kamel reiten lassen. Nur wir beide.

»Tante Demi hat uns heute Abend zum Essen eingeladen«, wechsele ich das Thema.

»Yay! Tante Demi!«, quietscht Haven hinter mir und tritt gegen die Lehne meines Sitzes. »Kann Serena mitkommen?«

»Wieso bist du so besessen von Serena?«, lache ich.

»Was bedeutet *besessen?*«, fragt sie.

»Egal.« Ich schüttele den Kopf und fahre in die Parkgarage. Pfeif drauf. Wir laden Serena ein. Die Frau muss auch essen, und rein technisch ist sie ein Hausgast. Ich sollte sie nicht sich selbst überlassen.

Ich fahre auf meinen Parkplatz und schreibe Demi, dass sie noch einen Platz am Tisch eindecken soll. Sie wird ausflippen, wenn sie sieht, wen ich mitbringe. Ich wäre nicht überrascht, wenn sie der Schlag treffen würde. Soweit ich weiß, ist sie noch nie einem Promi begegnet, und sie schien letzte Woche eine ganze Menge über Serena zu wissen.

Der Motor geht aus, und ich steige aus und nehme Havens Hand, während wir hineingehen.

Haven hüpft und schwingt meinen Arm hin und her, als wir gehen.

Als wir zu meinem Apartment kommen, ist kein Fernseher unter der Tür durch zu hören. Als die Tür aufgeht, ist es unheimlich still innen.

»Serena«, rufe ich.

Keine Antwort.

»Daddy, wo ist Serena?«

Ich habe ein Gefühl von Schwere im Magen. Wir haben nicht mehr miteinander geredet seit gestern Nacht, als wir übereinander herfielen wie zwei hormongesteuerte Teenager, die die Hände nicht voneinander lassen können. So wenig Beherrschung hatte ich nicht mehr, seit ich Kyla begegnet war – als Kyla noch etwas ganz anderes war. Als Kyla noch irgendwie wunderbar war.

Oder, wie ich heute gern sage, als Kyla noch Werbebetrug war.

»Serena«, versuche ich es wieder.

Immer noch keine Antwort.

»Bleib hier, Baby.« Ich lasse Havens Hand los und marschiere durch den Flur. Die Tür zum Gästezimmer steht offen. Alle ihre Sachen sind hier.

Nur Serena nicht. Serena ist verschwunden.

18. KAPITEL

Serena

Ich schlendere über den Gehweg vor Dereks Zuhause, die Handtasche über die müde Schulter gehängt, und mir tun die Füße weh von den Stunden, in denen ich heute Nachmittag die kleine Stadt erkundet habe.

Ich habe mir einen Cupcake in einer Bäckerei gegönnt. In einem Straßencafé zu Mittag gegessen. Mit Welpen in einer Tierhandlung gespielt. Und ich habe einer Gruppe älterer Damen geholfen, den Antiquitätenladen zu finden, für den sie achtundsiebzig Meilen gefahren waren.

Ein schwarzer SUV Infinity kommt aus der Parkgarage und hält am Bordstein. Das Beifahrerfenster geht nach unten, und ich trete näher.

»Hey.« Ich winke kurz, und mein Körper spannt sich an, als ich ihn sehe, als würde er sich augenblicklich an die erotischen Dinge erinnern, die er vor weniger als vierundzwanzig Stunden mit mir gemacht hat. »Wo wollt ihr beide denn hin? Hi, Haven.«

»Hi, Serena!« Haven winkt zurück. »Wir fahren zu Tante Demi. Willst du mit?«

Ich werfe Derek einen Blick zu. »Wir fahren zum Abendessen zu meiner Schwester. Sie deckt für dich mit.«

»Oh, ähm.« Ich könnte ihm sagen, dass ich keinen Hunger habe. Dass ich mich den ganzen Nachmittag vollgestopft habe. Dass ich nicht ganz sicher bin, ob ich ihm gegenübersitzen kann – immerhin im Kreis seiner Familie –, ohne eine Million schmutzige Gedanken.

»Komm mit, Serena!«, bettelt Haven.

»Ja.« Dereks Tonfall ist trocken. »Komm mit.«

Ich empfange gerade gemischte Schwingungen von ihm, und mir läuft kalter Schweiß über den Rücken. Will er, dass ich mitkomme? Oder nicht? Setzen wir hier einen gefährlichen Präzedenzfall? Sollte ich seine Familie treffen? Was weiß seine Familie über meine Situation?

»Willst du wirklich, dass ich mitkomme?«, frage ich ihn direkt.

»Ja.« Er gibt mir eine knappe Antwort und macht ein Gesicht, das ich nicht deuten kann.

Ich ziehe eine Augenbraue hoch, und ein wilder Windstoß weht mir das Haar ins Gesicht. Inzwischen ist es Abend, und es ist kühler geworden. Ich bin für einen milden Frühlingsnachmittag angezogen.

Ich ziehe die Tür auf, steige ein, versuche die verwirrenden Bemerkungen aus meinen Gedanken zu vertreiben, und schnalle mich stattdessen an.

»Ich war überrascht, zu sehen, dass du weg bist, als wir nach Hause kamen«, meint er einige Häuserblocks weiter.

»Ich war nur ein wenig bummeln«, sage ich. »Es gibt ein paar wirklich nette Läden hier in der Gegend.«

»Eine kurze Notiz wäre nett gewesen.« Er setzt den Blinker und starrt stur geradeaus.

»Stecke ich in Schwierigkeiten?«, schnaube ich.

»Nein. Es ist nur eine Frage von Höflichkeit.«

»Tut mir leid.« Ich verberge mein Kichern hinter meinem Handrücken. Vielleicht wird er mich ja später dafür *bestrafen*, wenn ich Glück habe. »Ich hinterlasse beim nächsten Mal eine Notiz.«

»Danke.«

»Weißt du, mein Handy funktioniert hier tatsächlich. Du hättest mich anrufen können.«

Er greift zum Radio und dreht den Disneysender lauter, um unsere Unterhaltung zu übertönen.

»Hast du dir Sorgen um mich gemacht?« Ich werfe ihm einen Blick zu.

Er hält an einer roten Ampel und dreht sich mir zu. »Ja. Irgendwie schon.«

Niemand hat sich je Sorgen um mich gemacht. Nicht einmal mein eigener Vater. Er hat immer andere Leute dafür bezahlt, sich um mich zu sorgen.

»Egal.« Ich atme aus und erzähle ihm von einem Mopswelpen mit Namen Munch, den ich heute im Arm hatte. Er ist sechs Wochen alt, hat einen überaus liebenswerten Unterbiss, und ich wäre beinahe mit ihm auf dem Arm aus dem Laden spaziert. Ich bin absolut nicht in der Position, mir einen Hund anzuschaffen. Und ich hatte nie irgendein Haustier. Aber er war ein absolut süßer kleiner Kerl mit riesengroßen braunen Augen, und das war ein schwerwiegender Fall von Liebe auf den ersten Blick.

»Daddy, können wir einen kleinen Hund haben?«, übertönt Haven die Musik, die offensichtlich nur sehr wenig dagegen hilft, dass sie hört, was vorn gesprochen wird.

»Nein.« Derek macht das Radio aus.

Wir fahren auf einen Highway, in Richtung der nächsten Kleinstadt. Ich denke, man muss eine besondere Art Mensch sein, um das Leben in einer Kleinstadt zu mögen. Jemand mit einer genügsamen Natur. Jemand, der Frieden, Ruhe und Stille liebt und absolut in der Lage ist, allein mit seinen Gedanken zu sein. Jemand, der sich nicht damit aufhält, sein eigenes Glück mit dem der Nachbarn zu vergleichen.

Derek scheint auf jeden Fall so jemand zu sein.

»Meine Schwester«, meint er, als wir ein gelbes Ranchhaus auf einem weitläufigen Eckgrundstück erreichen. Davor parkt ein älterer Subaru. »Könnte sein, dass sie ausflippt, wenn sie dich sieht.«

Ich grinse. »Was? Wieso?«

»Sie ist … sozusagen ein Fan. Was ich bis letzte Woche gar nicht wusste.«

Ich bin ständig irgendwelchen Fans begegnet, obwohl die ganze Idee, dass eine prominente Millionenerbin Fans hat, überhaupt keinen Sinn für mich ergibt. Aber sobald *Page Six* über dich berichtet oder *US Weekly* ein Foto von dir bringt, bist du jemand.

Ich hatte keine Wahl, aber es ist, wie es ist. Ich muss respektieren, dass es Menschen da draußen gibt, die meinen Namen und mein Unternehmen kennen, und dass einige von ihnen glauben, mich zu mögen – die öffentliche Version von mir.

»Ist schon in Ordnung, Derek.« Ich schnalle mich ab und steige aus, streiche meine Bluse glatt und hänge mir meine Tasche über die Schulter. »Ich bin sicher, dass sie ganz reizend ist.«

Derek nimmt Haven an der Hand, geht mit ihr zur Garagentür, gibt dort einen Code ein und geht hinein, als würde ihm das Haus gehören. Vielleicht machen Menschen in der Kleinstadt das so? Oder zumindest Kleinstadtfamilien?

»Klopf, klopf.« Er öffnet die Tür von der Garage ins Haus und steckt den Kopf in einen Raum, der wohl die Küche ist. »Wir sind da.«

Der Duft von Tomatensoße liegt in der warmen Luft, als wir eintreten.

Eine junge Frau mit dichtem, dunklem Haar, das hoch auf ihren Kopf getürmt ist, wuselt in der Küche herum und kümmert sich um Kochendes in Töpfen auf dem Herd und einen piepsenden Timer am Backofen.

»Hey, hey«, ruft Demi mit dem Rücken zu uns. »Ich mache nur noch hier fertig. Macht es euch im Wohnzimmer bequem. Royal ist auch jeden Moment zu Hause.«

Haven zieht ihre Schuhe aus und rennt los, als wäre sie schon tausend Mal hier gewesen und weiß genau, wo sie hin muss.

Demi zieht ein Paar Ofenhandschuhe über, holt ein Blech mit Knoblauchbrot aus dem Ofen und wedelt den Dampf weg, der herausquillt, bevor sie den piepsenden Timer abstellt.

Dann zieht sie die Handschuhe wieder ab, wischt sich über die Stirn und dreht sich um, um uns zu begrüßen. Ihr Blick landet zuerst auf Derek und dann auf mir.

Sie erstarrt, und ihr bleibt der Mund offen stehen. »Oh. Äh. Ich … ich bin …«

»Serena, das ist meine Schwester Demi. Demi, das ist Serena Randall. Sie ist eine Klientin von mir und wohnt im Moment in Rixton Falls. Vorübergehend.« Derek steht da mit vor dem Bauch gefalteten Händen, und ich frage, ob er immer so förmlich ist.

Demis Lächeln kommt und geht, und ihr Blick ist nervös. Die Frau verhält sich, als wäre sie irgendwo zwischen Händeschütteln und Hofknicks gefangen, also tue ich ihr einen Gefallen und beuge mich vor, um sie zu umarmen. Ich bezweifele, dass irgendjemand hier Küsschen auf die Wangen verteilt, und ich will sie nicht noch mehr zum Ausflippen bringen als ohnehin schon.

Sie entspannt sich, atmet aus, atmet mich ein und erwidert meine Umarmung mit einer festen Umarmung ihrerseits. Der Duft von Shampoo aus dem Drogeriemarkt und Körperspray mit Erdbeerduft füllt die Luft, die ich atme. Sie ist authentisch. Sie ist echt. Ich liebe es.

Ich löse mich von ihr und schenke ihr ein warmes Lächeln. »Sehr erfreut, dich kennenzulernen.«

Demi fächelt sich Luft zu, und Reste vom Dampf aus dem Ofen schweben um uns herum in der Luft. »Hätte ich gewusst, dass du kommst, hätte ich mehr als nur Spaghetti gemacht.«

»Ich liebe Spaghetti.« Ich zucke mit den Schultern.

Derek legt mir die Hand auf die Schulter.

Ich weiß nicht, warum.

Aber sie bleibt da liegen. Und wandert dann an meinen Rücken.

Und wirkt beruhigend auf mich.

Es ist, als wüsste er, dass ich nicht in meinem Element bin, und es ist nicht so, dass ich Beruhigung oder Trost von ihm bräuchte, aber es ist eine nette Geste, die er mir nicht hätte gewähren müssen.

Demi beobachtet uns eindringlich, verfolgt jede Bewegung ihres Bruders, bis er zwischen mir und dem Kühlschrank durchschlüpft und in einem anderen Zimmer verschwindet.

»Kannst du Hilfe gebrauchen?«, frage ich.

Dereks Schwester wird rot, blickt sich in ihrer bescheidenen Küche um, als hätte sie irgendwie Grund, sich beschämt zu fühlen, und schüttelt dann den Kopf.

»Ist schon okay, Serena. Kann ich dich Serena nennen?« Sie stolpert vom Spülbecken zum Herd und holt ein Nudelsieb, eine Zange und ein Brotmesser.

»Natürlich«, antworte ich. »Bist du sicher, dass du keine Hilfe willst?«

Ich biete meine Hilfe an und weiß dabei ganz genau, dass ich wie eine Vollidiotin aussehen werde, die keine Ahnung von einer Küche hat, aber es scheint mir in diesem Fall höflich zu sein, und vielleicht würde es ihr ja helfen, über den anfänglichen Schock hinwegzukommen, dass sie Abendessen gemacht hat für jemanden, den sie bisher nur in einem Hochglanzmagazin gesehen hat.

»Ähm.« Sie lässt den Blick über den Küchentresen schweifen. »Wenn du willst, könntest du die Spaghetti abschrecken?«

Ich schnappe mir ein Paar Ofenhandschuhe und stelle das Nudelsieb in das Spülbecken. Das kriege ich noch hin.

»Wie lange wohnst du schon hier?«, frage ich und gieße vorsichtig den Topf mit dem kochenden Wasser in das Sieb.

»Seit der Weihnachtszeit«, antwortet sie. »Ich bin Vertretungslehrerin an einer Schule hier in der Stadt, und Royal studiert Jura. Nun ja, derzeit ist er noch im Vorbereitungskurs aufs Jurastudium. Noch zwei Jahre, dann ist er damit fertig, und dann kann er Jura studieren.«

»Wird er dann bei Rosewood & Rosewood arbeiten?«

Demi schneidet das heiße Knoblauchbrot in Scheiben. »Ich denke nicht. Er will eine andere Richtung einschlagen.«

»Gut für ihn. Ich nehme an, dein Vater würde ihm auf der Stelle einen Job geben. Ist sicher nicht einfach, einen garantierten Job nach dem College abzulehnen.«

Demi zögert und wirft mir einen Blick zu. »Ich meine, er folgt seinem Herzen, aber ich denke, dass es da noch Verletztheit gibt zwischen meinem Vater und Royal. Er würde es nicht zugeben, aber vor langer Zeit ist etwas passiert, und mein Vater hat Royal nicht geglaubt und … ich will dich nicht mit den Details langweilen, aber es hat ihn wirklich verletzt, und ich glaube einfach, dass er nicht von meinem Vater abhängig sein will, weißt du? Ich glaube, er will … seinen eigenen Weg gehen.«

»Das ist sehr bewundernswert.«

Die Garagentür schwingt auf, und ein unglaublich gut aussehender Mann mit leuchtend blauen Augen, dunklem, kurz geschnittenem Haar und Tattoos auf den Unterarmen kommt herein und lässt eine Ledertasche neben den Herd fallen. Zuerst sieht er mich gar nicht und geht direkt zu ihr.

»Hey, Babe.« Er küsst Demi langsam und sanft, lässt die Hand an ihren Nacken gleiten, und erst als er sich von ihr löst, bemerkt er mich. »Oh, tut mir leid. Habe dich gar nicht gesehen.«

»Alles gut.« Ich nicke lächelnd.

»Das ist Serena«, stellt Demi mich vor. »Serena, das ist mein Royal.«

Ihr Royal. Das gefällt mir.

Wir geben uns die Hände, er richtet sich auf, und zu meiner Erleichterung erkennt er mich nicht.

»Riecht großartig.« Er tätschelt Demi am Po und geht davon, und dann höre ich, wie er Derek nebenan begrüßt, während Haven quietscht.

Demi schnaubt kopfschüttelnd. »Haven liebt Royal. Die beiden sind sich so ähnlich. Sie verhalten sich, als würden sie sich schon das ganze Leben lang kennen, und dabei hat sie ihn erst letztes Weihnachten kennengelernt.«

»Manche Männer können einfach großartig mit Kindern, als läge es ihnen im Blut.«

»Derek ist so. Er sollte einen Preis als Vater des Jahres bekommen.« Ihre Lippen formen eine harte Linie. »Ich kann immer noch nicht glauben, dass Kyla das vorrangige Sorgerecht bekommen hat. Tut mir leid. Wahrscheinlich bekommst du gerade weit mehr Informationen, als du wolltest.«

»Schon in Ordnung.«

»Ich schätze, jede Familie hat ihr Drama, richtig?«

»Wie wahr.«

»Essen ist fertig«, ruft Demi nach nebenan. Der Küchentisch ist schon gedeckt. Für fünf Personen. Papierservietten.

Einfache Keramikteller mit blauem Blumenmuster um den Rand. Die Becher passen nicht zusammen, und in jedem sind große Eiswürfel. Sie bemerkt, dass ich den gedeckten Tisch mustere, und wird rot. »Tut mir leid. Irgendwann werden wir auch mal ein hübsches Porzellanservice haben mit Tellern, die passen.«

»Nein, nein«, sage ich. »Ich liebe es.«

Und das meine ich ernst. Es ist malerisch. Heimelig.

Eine deutliche Erinnerung daran, dass Dinge nicht vollkommen sein müssen, um vollkommen wunderbar zu sein.

Haven und die Männer kommen wieder, und wir alle setzen uns, während Demi das Essen in die Mitte auf den Tisch stellt, in nicht zusammenpassendem Geschirr in Olivgrün und Senfgelb. Gebraucht, wenn ich raten müsste.

»Riecht köstlich, Demi. Vielen Dank, dass du so gut für uns gekocht hast«, sage ich.

»Halt bloß die Klappe, Derek.« Demi tritt Derek unter dem Tisch an den Fuß, und ich bin verwirrt. »Er war drauf und dran, sich über meine Kochkünste lustig zu machen. Ich bin viel besser geworden, möchte ich dir mitteilen, lieber Bruder.«

Dereks Lippen kämpfen gegen ein Lächeln an, und er tut schockiert. »Du bist eine großartige Köchin. Wenn nicht, wäre ich nicht hier.«

»Du bist nur hier, weil du nicht für Haven kochen wolltest. Bleiben wir mal einen Moment lang realistisch«, kontert Demi.

»Manche Dinge ändern sich nie.« Royal schiebt sich eine Gabel voll Spaghetti in den Mund.

Das Essen wird zu mir weitergereicht, und ich nehme nur eine kleine Portion, weil mein Magen noch voll ist von meinen Genüssen heute Nachmittag.

»Siehst du, jetzt hast du sie von meinen Kochkünsten abgeschreckt.« Demi zeigt auf meinen Teller.

Derek wirft ihr einen Blick zu und wendet sich dann an mich. »War nur ein Scherz. Demi kann wirklich kochen. Ich würde dich nicht hier essen lassen, wenn es anders wäre.«

»Nein, nein.« Ich winke ab. »Ich hatte heute ein spätes Mittagessen bei Maraschino.«

»Das Straßencafé in der Radcliff Street?« Demis Gesicht leuchtet auf.

»Ja, genau da«, antworte ich.

Sie gibt Royal einen Klaps auf den Arm. »Da müssen wir am Samstag hin. Das will ich schon die ganze Zeit unbedingt probieren. Ich habe gehört, die haben dort Zimtbrotpudding, für den man sterben könnte.«

»In was zieht sie dich denn dieses Wochenende hinein?«, fragt Derek leise und sieht Royal an.

Royal grinst. »Trödeljagd. Sie steht gerade auf alte Sachen.«

»Alte Sachen?«, schnaubt Derek.

Demi sitzt aufrecht da und dreht Nudeln um ihre Gabel. »Seit Brooks bin ich einfach auf einem antimaterialistischen Trip. Ich habe kein Interesse an glänzend neuen Sachen. Oder an teuren Sachen. Ich mag Sachen mit Geschichte. Sachen, die von Bedeutung sind.«

Sie legt die Hand auf die von Royal, und sie sehen sich in die Augen, gefolgt von einem müden Lächeln.

Derek verdreht die Augen. »Diese Woche sind es alte Sachen. Nächste Woche sind es Sachen, die sie an ihre Kindheit erinnern. Schnapparmbänder. Caboodles-Köfferchen. Trollpuppen. Was habe ich vergessen?«

Demi wirft den Kopf in den Nacken und lacht, und der Tisch wackelt, während sie Derek noch einmal gegen das Schienbein tritt.

»Gameboy, Tamagotchi, Polly Pocket, Barbie-Puppenhaus, Popples-Stofftiere, Gak …«, zählt sie weiter auf.

»Ich hatte Gak«, werfe ich ein.

Eudora fuhr einmal mit mir im Auftrag meines Vaters in die Universal Studios, und dort gab es einen Nickelodeon-Store. Ich war neun, und Eudora erlaubte mir, eine Dose Gak-Schleim in jeder Farbe zu kaufen.

»Den Geruch vergesse ich nie«, sage ich noch.

»Wie konntest du nur? Das Zeug war schrecklich«, meint Demi und rümpft die Nase. »Wenn man damit spielte, stanken die Hände noch ewig danach.«

»Aber es hat so viel Spaß gemacht.« Ich hatte immer Klumpen davon abgerissen und die überall im Haus verteilt, um unsere Haushälterin zu ärgern, die es absolut widerlich fand, dass ein kleines Mädchen mit stinkigem Schleim spielen will, wenn es doch ein perfektes Puppenhaus im Nebenzimmer stehen hat.

»Ich glaube, Delilah hat noch mein altes Caboodles-Köfferchen.« Demi macht einen Schmollmund. »Sie hat mir immer Sachen geklaut. Aber um Daphne musste ich mir da nie Sorgen machen. Sie hat meine Sachen in Ruhe gelassen.«

»Daphne war schlau«, wirft Royal ein.

»Wer sind Delilah und Daphne?«, frage ich.

»Unsere jüngeren Schwestern«, antwortet Derek kauend.

»Sie sind Zwillinge«, erklärt Demi. »Man würde es kaum erkennen. Sie sind völlig verschieden und sehen sich auch gar nicht ähnlich.«

»Dann gibt es also vier von euch?«, frage ich.

Derek nickt. Er hatte nicht nur das Zuhause der Kindheit, von dem ich immer nur geträumt habe, sondern auch noch die große, perfekte Familie dazu.

Gut für ihn.

Ich seufze und esse noch eine Gabel von Demis Spaghetti,

die köstliche Schlichtheit vom Feinsten sind. Ich bin sicher, dass die Soße aus dem Glas und die Spaghetti aus der Schachtel kommen, aber es schmeckt trotzdem richtig gut.

»Du sagst ja gar nichts, Miss Haven«, sage ich zu der kleinen Blondine mit roter Soße im Gesicht. Sie lächelt und schaut dann erst mich und dann ihren Daddy an.

»Sie hatte Hunger«, meint Derek und wuschelt ihr durch die Haare.

»Daddy.« Sie schiebt seine Hand von ihrem Haar. »Du bringst meine Haare in Unordnung.«

»Nicht cool, Derek«, spielt Demi mit.

Das kennzeichnet das erste Abendessen, das ich bisher hatte, in dem sich die Unterhaltung nicht darum dreht, dass alle sich gegenseitig überbieten wollen. Nichts war oberflächlich. Nichts gezwungen. Nichts drehte sich um Geld, verschwenderische Urlaubsreisen oder Wartelisten oder um Klatsch in der gehobenen Gesellschaft.

Und das Beste: Niemand hat mich mit Fragen bombardiert. Keine bohrenden Fragen. Kein Fischen nach Infos. Nichts, bei dem ich mich innerlich krümmen und mir wünschen würde, dass ich nicht mitgekommen wäre.

»Ich bin pappsatt«, erklärt Royal eine Weile später.

Derek reibt sich über den festen Bauch und lehnt sich ausatmend zurück. Demi seufzt. Ich starre auf meinen leeren Teller.

Royal steht auf, seinen Teller in der Hand und bückt sich, um Demi auf die Stirn zu küssen. »Danke, Mama.«

Ich stehe als Nächstes auf und biete an, die übrigen leeren Teller zu nehmen. »Lass mich spülen.«

»Nein. Das kann ich nicht verlangen«, winkt Demi ab.

»Ich bestehe darauf.« Ich lächele und weiß dabei genau, dass ich noch nie im Leben Geschirr gespült habe und dass es höchste Zeit ist, es zu lernen. »Es wäre mir eine Ehre.«

Demi sieht Derek nach Bestätigung suchend an, und er zuckt mit den Schultern.

»Wieso hilfst du nicht mit, Derek? Es ist das Mindeste, was wir tun können, nach der großzügigen Gastfreundschaft deiner Schwester heute Abend.« Ich ziehe die Augenbrauen hoch. Wenn ich bis zu den Ellbogen in seifigem Spülwasser stehen werde, dann kann er das auch.

»Ja, Derek.« Demi verschränkt die Arme, mit Kussmund und lebhaftem Blick.

Er steht auf, knöpft die Ärmel seines weißen Anzughemdes auf, rollt sie hoch und begegnet meinem Blick.

Mein Herz macht einen Satz.

Ich ignoriere es.

»Komm, Haven, wir gehen Lego spielen im Wohnzimmer. Dein Daddy räumt meine Küche auf. Gehen wir, bevor er seine Meinung ändert.« Demi nimmt Haven bei der Hand, und sie folgen Royal ins Zimmer nebenan.

Als wir die Küche für uns haben, schaue ich mich gründlich um und erkenne in dem Moment erst in vollem Ausmaß, was für eine umfangreiche Aufgabe ich mir gerade aufgehalst habe.

»Bereit?«, frage ich.

Er nickt mit angespannten Lippen, und ich gehe zum Spülbecken, nehme einen Stöpsel vom Rand und lasse warmes Wasser einlaufen.

»Bist du immer noch wütend auf mich?«, frage ich.

Wir sind nur durch eine Wand von den anderen getrennt, aber sie könnten ebenso gut auch eine ganze Welt entfernt sein. Hier und jetzt gibt es nur uns.

»Ich war nie wütend«, antwortet er.

»Du redest kaum mit mir«, sage ich und lasse meine andere Frage ungefragt. *Geht es hier in Wahrheit um gestern Nacht?*

»Ich habe nur nichts zu sagen.« Er nimmt eine halb leere

Flasche Spülmittel und quetscht den Inhalt in das einlaufende Wasser.

»Hast du dir wirklich Sorgen um mich gemacht?«

»Im Augenblick bin ich in gewisser Weise für dich verantwortlich. Da möchte ich gern wissen, wo du bist.« Er stöhnt auf. »Mein Gott, ich höre mich an wie Eudora.«

Ich nicke. »Stimmt.«

»Es ist nicht so.«

»Ich weiß.«

Derek stellt das Wasser ab und taucht die Hände – genau die Hände, die gestern Nacht meinen Körper erforscht haben – in die Seifenlauge und sucht nach einem Schwamm.

»Ich spüle. Du trocknest ab«, sagt er, nimmt einen schmutzigen Teller und taucht ihn ins Wasser.

Wir arbeiten Arm an Arm, und innerhalb von Minuten haben wir ein brauchbares System. Ich reiche ihm eine von Soße bedeckte Schöpfkelle, als er gerade nicht aufpasst, und er dreht sich um und streift sie mit seinem weißen Hemd.

»Ups.«

»Mist.« Er tritt einen Schritt zurück und begutachtet den leuchtend roten Fleck auf seinem makellos weißen Hemd.

Ich drücke mir die Hand auf den Mund. »Oh mein Gott. Tut mir leid.«

Ich nehme ein Tuch, tauche es ins Wasser und will damit den Fleck abwaschen, aber das Wasser tropft und verläuft, und der Fleck wird pink und sein weißes Hemd durchsichtig.

Ich bin amüsiert, schon weil das *keine* Absicht war.

Derek weicht noch einen Schritt zurück. »Serena, hör auf damit. Das ist kein Wet-T-Shirt-Contest.«

»Ein was?« Ich ziehe die Nase kraus und stelle mich dumm. Er regt sich doch ernsthaft über ein dummes Anzughemd auf. »Was ist ein Wet-T-Shirt-Contest?«

Er zieht den nassen, an der Haut klebenden Stoff weg und seufzt.

Was genau der Moment ist, in dem ich das Tuch wieder ins Wasser tauche und ihm an den Oberkörper werfe, worauf noch eine nasse, durchsichtige Stelle entsteht. Er hat die vollen Lippen missbilligend verzogen, doch dann blickt er auf und sieht den Schalk in meinen Augen.

»Ernsthaft?« Er geht zum Spülbecken und zieht die Hand durch das schmutzige Wasser, das auf meine cremefarbene Bluse spritzt, bis die so durchsichtig ist wie sein Hemd.

Mir bleibt der Mund offen stehen, und das Wasser wird schnell kühl, und die Bluse klebt mir an der Haut.

»Okay, das ist nicht fair.« Ich bespritze ihn wieder und erwische dieses Mal sein Gesicht.

»Oh nein, Süße. Das ist Gerechtigkeit. Glaub mir, ich weiß alles über Gerechtigkeit.« Er schnippt über das Wasser, bis eine Seifenblase mit Apfelblütenduft in meinem Haar landet.

»Ist das alles, was du kannst?« Ich lege den Kopf schief und schnippe die Seifenblasen auf den Boden.

Darauf klatscht Derek mit der flachen Hand auf das Spülwasser, und eine Welle spritzt hoch, die uns beide gleichermaßen durchweicht.

Ich denke, das war Absicht.

Er grinst.

Oh ja, das war absolut Absicht.

Wenn man uns beide so betrachtet, könnten wir jetzt auch halb nackt dastehen.

»Na gut, na gut. Waffenruhe.« Ich strecke die Hand aus.

»Waffenruhe.« Er nimmt meine Hand, und zwischen uns knistert es.

Sein Blick trifft meinen und gleitet dann tiefer.

Tiefer.

Und noch tiefer.

Er hält immer noch meine Hand und zieht mich an sich. »Komm mit.«

»Wohin gehen wir?«

19. KAPITEL

Derek

»Was machen wir hier unten?« Serena steht bibbernd unten an der Kellertreppe. Wir sind umgeben von Betonziegelwänden, Betonboden und Fußbodenbalken: die Unterseite des kleinen Ranchhauses, in dem Royal und Demi zur Miete wohnen.

»Zieh das Oberteil aus.« Ich zeige auf den Trockner.

Serenas zarte, zitternde Finger öffnen die Perlenknöpfe ihrer hellen Bluse, und ich tue dasselbe mit meinem Hemd. »Wie lange wird das dauern? Es ist eiskalt hier unten.«

Sie schält sich aus dem nassen Stoff, und ihr BH ist genauso durchnässt.

»Den wirst du mir auch geben müssen«, sage ich und tue so, als würde es mir nicht großes Vergnügen bereiten, ihren unglaublich sexy Körper wieder zu sehen.

Serena drückt die Hände auf die Spitzenkörbchen. »Warum?«

»Dein BH ist nass. Wenn du dann die trockene Bluse darüber anziehst, weicht er sie nur erneut durch.«

Sie verdreht die leuchtend blauen Augen, greift hinter sich, öffnet die Verschlüsse und lässt die Satinträger von den weichen Schultern gleiten.

»Schön. Hier.« Sie bedeckt mit einem Arm ihre Brüste und gibt mir den BH. »Eigentlich darf man ihn nicht in den Trockner geben, aber …«

»Wir haben keine Zeit, deine Unterwäsche an der Luft zu trocknen.«

»Danke für diese kleine Information, Anwalt Obvious.«

Ich stecke ihre Sachen mit meinem Hemd in Demis Trockner und stelle auf starke Wärme und Schnelltrockenzyklus. Auf dem Timer steht zwanzig Minuten. Wenn wir Glück haben, kommt in der Zeit niemand, um nach uns zu suchen. Serena Randall oben ohne in einem fremden, kalten Keller – das ist etwas, wofür ich nicht verantwortlich sein will.

Obwohl, um fair zu sein: bin ich ja irgendwie.

Aber sie hat damit angefangen.

Reiner Zufall, dass ich vorhabe, es zu beenden.

»Wieso bedeckst du dich?« Ich lehne mich an die Waschmaschine, verschränke die Arme und genieße den Anblick. »Ich hatte gestern Nacht Sex mit dir, und jetzt willst du schüchtern sein?«

Serena fährt mit der Zunge über ihre Unterlippe und hält den Kopf hoch. »Ich bin nur zurückhaltend und respektvoll im Heim deiner Schwester. Und das hier ist kein sexueller Moment für mich.«

Ich lache und gehe auf sie zu. »Nicht?«

Sie schluckt und fixiert mich mit dem Blick. »Nein.«

»Willst du, dass es einer ist?«

»Ich dachte, bei dir gibt es keine Wiederholungen?«

»Stimmt. Außerdem arbeite ich nicht an Samstagen, ich nehme keine Klientinnen mit zu mir nach Hause und ich nehme ganz sicher keine mit zum Abendessen zu meiner Schwester.«

»Was willst du also damit sagen?«

Sie atmet mich ein, und meine Finger kribbeln bei der klaren Absicht, sie wieder überall zu berühren.

Meine Hand legt sich an ihre Wange, und unsere Lippen

sind auf einer Linie. Jedes bisschen Selbstbeherrschung, das ich je hatte, steigt an die Oberfläche und löst sich in Luft auf, als hätte es von Anfang an nie existiert.

»Ich will damit sagen, dass ich mit dir bisher alle Regeln gebrochen habe.« Ich hauche die Worte an ihren süßen Mund und bin kurz davor, ihn zu erobern.

»Warum?« Ihre Wimpern flattern langsam. »Wieso mit mir?«

»Ich wünschte, ich wüsste es.« Ich küsse ihre leicht geöffneten Lippen leidenschaftlich, und sie stöhnt in meinen Mund, als bräuchte sie die Erlösung noch mehr als ich.

Den größten Teil des heutigen Tages habe ich im Büro verbracht, ins Leere gestarrt, mit offenen Augen von unserer Nacht geträumt und mich dabei gefragt, wieso ich, zum ersten Mal seit Jahren, es nicht erwarten konnte, sie wieder zu berühren. Dasselbe wieder zu erfahren.

Und wieder.

Und wieder.

Meine Hände gleiten an ihre Taille, und ich hebe sie auf den summenden, vibrierenden Trockner und spreize ihre Beine, bis sie um meine Taille liegen. Ihre Arme legen sich um meine Schultern, und ihre Finger wandern meinen Nacken hinauf und verlieren sich in meinem Haar, als unsere Zungen sich zu intensiven Küssen treffen.

Ihre Brüste pressen sich an meinen Oberkörper, und ihre rosigen Brustwarzen, lebendig und aufgerichtet, streifen bei ihren Bewegungen über meine Haut.

Sie hat überall Gänsehaut, aber mit jedem Moment wird sie wärmer.

Mein Mund löst sich von ihrem, und ich ziehe eine Spur von Küssen über ihren Hals, bis sie den Kopf nach hinten sinken lässt und die Nägel in meine Schultern gräbt. Ich genieße ihre süße Haut, senke mich zwischen ihre Brüste und umkreise mit der Zunge eine aufgerichtete Brustwarze.

Der Keller ist kühl und feucht, aber alle Wärme, die wir brauchen, umgibt uns in einer Wolke unserer eigenen Lust. Meine Hände wandern ihre Oberschenkel hinauf, öffnen die Knöpfe ihrer Jeans und ziehen sie nach unten.

Der Trockner rumpelt unter ihr, und sie lehnt sich nach hinten und stützt die Hände auf, als ich mit einem Finger über den feuchten Stoff ihres Seidenhöschens streiche. Ich schiebe den feinen Stoff zur Seite und sehne mich danach, sie auf meiner Zunge zu kosten.

Mit dem Kopf zwischen ihren Beinen streiche ich mit der Zunge über ihre Schamlippen und umkreise dann ihre pralle Klitoris.

Serena stöhnt, und ich hebe die Hand an ihren Mund. Wir müssen leise sein. Und schnell.

Die Uhr läuft.

Sie nimmt meinen Finger in den Mund, beißt sachte darauf und saugt daran, und mein Schwanz pocht vor Freude darüber, dass ihr Körper meinen begehrt.

Der Trockner brummt, und Serenas Schenkel zittern. Ihre Atemzüge werden schneller, und sie fährt mit der Hand durch mein Haar, gräbt die Faust hinein, als sie in bebenden Wogen an meinem Mund kommt.

Als es vorbei ist, stehe ich auf und ziehe sie vom Trockner in meine Arme.

Sie drückt sich die Hand aufs Herz und ist genauso atemlos wie gestern Nacht.

»Du liebe Güte, Derek.« Ihre Worte sind ein unruhiges Seufzen. »Das hatte ich nicht erwartet.«

»Ich auch nicht.«

Das Summen des Trockners unterbricht rüde, was auch immer das gerade war, und ich erkenne einen Anflug von Enttäuschung in ihrer überaus befriedigten Miene.

Ich greife an ihr vorbei, ziehe die Tür auf und hole unsere warmen Sachen heraus. Als wir wieder angezogen sind und nach oben gehen, hat Demi unseren liegen gebliebenen Abwasch übernommen, arbeitet geschäftig am Spülbecken und will uns um keinen Preis in die Augen sehen.

20. KAPITEL

Serena

Haven schläft auf der Heimfahrt.

Das Mondlicht betont Dereks markantes Profil, und ich ertappe mich dabei, dass ich ihm immer wieder Seitenblicke zuwerfe.

Wir reden nicht, aber ich bin mir auch nicht sicher, was es da zu reden gibt. Nach dem Rendezvous im Keller murmelte Derek eine Entschuldigung, dass er Haven rechtzeitig zur Bettzeit nach Hause bringen müsse, und wir sahen zu, dass wir uns auf den Weg machten.

Demi wusste total Bescheid. Wie auch nicht? Wir kamen nach oben und sahen dabei aus wie zwei Katzen, die ein Leckerli hatten – oder in Dereks Fall …

Die Fahrt nach Hause dauert nur zwanzig Minuten, und Derek trägt seine schlafende Tochter hinauf in die Wohnung und bringt sie ins Bett, während ich die Lichter anmache. Sie wacht nicht auf. Nicht ein Mal. Und ich bin irgendwie enttäuscht deswegen, denn ich hatte gestern Abend wirklich Spaß dabei, ihr eine Gutenachtgeschichte vorzulesen. So etwas hatte ich noch nie gemacht, aber es war süß und entspannend, und ihr Haar roch nach Pfirsichshampoo, und sie wollte meine Hand halten.

»Ich habe nachgedacht«, sage ich zu Derek, nachdem er sachte Havens Tür zugezogen hat.

Er sieht mich mit einer hochgezogenen Augenbraue an und

zeigt ins Wohnzimmer. Seine Hand drückt meine linke Schulter, als er mich von Havens Zimmer weg geleitet.

»Worüber hast du nachgedacht?«, fragt er.

»Wenn die Sachwaltung beendet ist«, sage ich, »dachte ich mir, ich sollte zurück in die City ziehen.«

Derek runzelt die Stirn. »Bist du dafür bereit?«

»Was tue ich denn hier?« Ich habe den ganzen Nachmittag damit verbracht, mir diese Frage zu stellen. »Ich verstecke mich in deiner Wohnung vor dem Rest der Welt, als wäre ich etwas Zerbrechliches. Das bin nicht ich. Ich will mich nicht mehr verstecken. Ich will zurück in die City, diesen Ärschen, die ich einmal Freunde nannte, ins Gesicht sehen und ihnen etwas Neues geben, worüber sie tratschen können. *Page Six* würde zur Höchstform auflaufen, wenn die wüssten, was Veronica mir angetan hat.«

»Serena.« Derek legt die Hand auf meinen Arm und kommt näher. »Ich werde dir nicht sagen, wo du leben oder was du tun sollst, aber wenn du das machen willst, dann muss es aus den richtigen Gründen sein. Zurückzugehen, damit du es den Ärschen heimzahlen kannst, ist der letzte Grund, warum du zurückgehen solltest.«

Ich entziehe ihm meinen Arm, lasse mich auf sein Sofa fallen und starre auf den ausgeschalteten Fernseher auf der anderen Seite im Zimmer.

»Wird es nicht ermüdend?«, fragt er.

»Wie bitte?« Ich drehe mich zu ihm um.

»Für alle anderen zu leben. Dein Leben findet wie unter einer Lupe statt und wird von jedermann begutachtet. Ich weiß nicht, wie du das schaffst.«

»Es ist alles, was ich je gekannt habe.« Ich falte die Hände im Schoß. »Ich habe es nie anders erlebt. Ich wünschte, ich hätte. Ich wünschte, ich wäre aufgewachsen in einem großen blauen Haus mit einer Horde Schwestern und zwei Eltern, die verrückt nacheinander sind, aber das ist nicht das, was ich hatte. Es ist nicht das, was ich bin.«

Derek setzt sich neben mich. »Die Vergangenheit spielt keine so große Rolle, wie du glaubst. Konzentriere dich auf das Hier und Jetzt. Was kannst du heute, genau jetzt, tun, was das Morgen besser machen wird?«

»Körperliches Training?« Ich unterdrücke ein Lächeln und lasse mich in die Polster sinken.

»Ich meine es ernst, Serena.« Derek macht schmale Augen und rutscht ein wenig von mir weg.

Ich greife nach seinem Arm und ziehe ihn näher zu mir. »War nur ein Scherz. Du warst so ernst, und ich will nicht mehr darüber reden. Es macht mich traurig.«

»Siehst du?« Derek schnaubt und legt den Kopf schief. »Du rennst zurück in genau das Leben, über das du nicht reden willst, weil es dich traurig macht.«

»In Ordnung.« Ich setze mich aufrecht. »Dann lass uns über meine Alternativen reden. Ich kann in dieser Stadt hier bleiben, wo mich niemand kennt, wo ich keine Freunde habe, kein soziales Leben, nichts außer dir. Und wir können uns gemeinsam für die absehbare Zukunft hier verkriechen, und du kannst mich jeden Tag daran erinnern, dass du ja ein Junggeselle bist und dass du dies nicht tust und das nicht tust und dass nichts irgendetwas bedeutet.«

Derek lehnt sich zurück und mustert mich. »Wieso tust du jetzt so, als ob es hier um mich ginge?«

»Tue ich nicht. Ich will damit nur sagen, dass es hier nichts für mich gibt.«

»Du bist nicht hierhergekommen, um etwas zu finden. Sondern um zu entfliehen.«

»Und ich fühle mich genauso gefangen, Derek.« Ich beuge

mich vor, die Ellbogen auf den Knien und den Kopf in den Händen. »Ich bin seit zwei Tagen hier und fühle mich genauso isoliert wie zuvor. Versteh mich nicht falsch. Ich bin dir dankbar. Und ich bin viel lieber hier als auf Belcourt, aber ich bin immer noch allein.«

Immer noch einsam.

Derek stößt hart die Luft durch die angespannten Lippen aus. »Das will ich nicht für dich. Ich habe nur versucht zu helfen.«

Ich lege meine Hand auf seine. »Ich weiß. Ich bin auch nicht verärgert. Ich will nur sagen …«

»Dass du nicht mehr hier sein willst.«

Er sagt es so leichthin – die Worte, die mir schon den ganzen Nachmittag auf der Zunge liegen. Ich kam an einer kleinen Boutique mit einer grünen Markise über der Tür vorbei, und sie erinnerte mich an den kleinen Laden die Straße hinauf von meinem Apartment in Lexington aus. Und ich bekam Heimweh nach der City. Nach dem Leben. Nach gesichtslosen Fremden. Aufregung. Und die Art von Energie, durch die ich mich an den schlimmsten Tagen wie eine Million Dollar gefühlt hatte.

Und dann aß ich zu Mittag in einem kleinen Straßencafé, und der Kellner war ein absolut liebenswerter älterer Herr mit einer grauen Baskenmütze. Er brachte mir Extrabrot, sagte mir, ich hätte das warmherzigste Lächeln, das er je gesehen hatte, und dass ich ihn an seine verstorbene Frau erinnere, wenn ich spreche.

Diese Art Service bekommt man nicht in der City.

Danach marschierte ich in eine Tierhandlung und hielt einen Hundewelpen auf dem Arm. Die Frau an der Registrierkasse fragte mich, ob ich einen Garten habe, und ich dachte an die Gemeinschafts-Dachterrasse in meinem Gebäude und das kleine Stück Rasen, das sich alle Hunde im Gebäude teilen.

Ich gab dem Hündchen einen Kuss auf den Kopf und setzte ihn zurück.

Als ich die Tierhandlung verließ, dachte ich darüber nach, wie es wohl sein würde, ein charmantes, winziges Haus mit einem großen Garten in einer malerischen kleinen Stadt zu kaufen. Allein die Idee wärmte mich von innen, und ich fühlte, dass mein Herz dieser Wärme viel zu nahe kam, wie ein neugieriges Kind einer flackernden Kerzenflamme.

Also blies ich sie aus.

Und dann hielt Derek neben mir und lud mich zu seiner Schwester ein.

»Ich bin gern hier«, sage ich.

»Du musst nicht lügen.«

»Aber ich vermisse mein Zuhause.« Ich blicke aus dem Fenster auf die Aussicht eines funkelnden Rixton Falls bei Nacht. Es ist kein Vergleich zu New York, aber es ist durchaus eine entfernte Ähnlichkeit festzustellen. Ich gehe zum Fenster, hole tief Luft und schlinge die Arme um mich.

Einen Moment später gleiten Dereks warme Hände meine Arme hinauf, und sein Körper drückt sich an meinen Rücken.

Ich drehe mich zu ihm um. »Was tust du da?«

Unsere Blicke begegnen sich, und in seinen steht ein wahrer Sturm an Emotionen. Verwirrung. Aufregung. Kühnheit.

»Geh nicht, Serena. Noch nicht.« Seine Stimme ist leise, seine Bitte entschlossen.

»Und warum?«

Er gibt ein frustriertes Stöhnen von sich, obwohl ich ja glaube, dass sein Frust sich gegen ihn selbst richtet. »Ich weiß nicht. Vergiss, dass ich etwas gesagt habe.«

»Gute Nacht, Anwalt.«

Den Rest des Wochenendes halte ich die Füße still, damit Derek Zeit mit seiner Tochter verbringen kann, und vertiefe mich in die Bücher, die ich im Laden um die Ecke bekommen habe.

Außerdem sehe ich mir nicht weniger als drei Schnulzenfilme an und eine ganze Staffel von *House of Cards* – Dereks Empfehlung.

Zwischen Fernsehen und Büchern finde ich mich in Gedanken verloren und frage mich, ob ich bleiben – aus unbekannten Gründen – oder gehen sollte.

Dereks Worte hallen in meinem Kopf – nicht seine Bitte, länger hierzubleiben, sondern seine Warnung. Er ist nicht, was ich brauche. Er ist nichts, was ich je brauchen werde. Und dasselbe gilt für ihn.

Wir gehören nicht zusammen, auch wenn unsere Körper das anders sehen.

Ich sollte gehen.

Vielleicht nicht morgen. Vielleicht nicht diese Woche. Aber bald.

21. KAPITEL

Derek

»Du bist zwanzig Minuten zu spät.« Es ist Sonntagnachmittag, und Kyla stürmt die Stufen ihres viktorianischen Protzhauses herab. Je näher sie kommt, umso mehr fällt mir die unglaubliche Menge Make-up auf ihren von zu viel Wind und Sonne verbrannten Wangen auf und die blasse Fläche um ihre Augen von der Skibrille.

»Es war viel Verkehr.« Ich steige aus und gehe zum Rücksitz.

»Um vier Uhr an einem Sonntag?« Sie stemmt die Hand in die Hüfte.

Jede andere Mutter würde um ihre Tochter herumwuseln, nachdem sie sie tagelang nicht gesehen hat, aber Kyla ist mehr damit beschäftigt, mich wegen nichts zu beschimpfen.

»Musst du irgendwohin?« Ich schnalle Haven ab und hebe sie aus ihrem Autositz.

»In der Tat, ja.« Sie hebt den Kopf. »Herb hat für uns in diesem neuen französischen Restaurant in Hawthorne reserviert. Man fährt fünfundvierzig Minuten dorthin, und unsere Reservierung ist in vierzig Minuten.«

»Isst Haven denn französisch?« Ich stelle meine Tochter auf den Rasen, und sie rennt zur Tür und bleibt noch einmal stehen, um mir einen Kuss zuzuwerfen. Sie wartet, als ich so tue, als würde ich ihn in der Luft auffangen, und verschwindet dann im Haus.

»Wir nehmen Haven nicht mit.« Kyla redet schnell und schaut an mir vorbei. »Wir haben einen Babysitter.«

»Willst du mich verarschen, Kyla?« In meiner Kehle ist ein Grollen, und ich bin kurz davor, hineinzugehen, Haven in meine Arme zu heben und sie mit nach Hause zu nehmen. Aber ich werde mich nicht festnehmen lassen wegen dieser verdammten Idiotin, also hat sie Glück. »Du hast deine Tochter vier Tage lang nicht gesehen, und dann zwingst du mich, sie Sonntagnachmittag in aller Eile zurückzubringen, damit du auf ein Date mit deinem Herb gehen kannst?«

»Wir stehen schon seit Monaten auf der Warteliste.« Kyla stampft mit dem Fuß auf. »Wir bekamen den Anruf auf dem Heimweg. Wir hatten nicht damit gerechnet. Absolut letzte Minute.«

Als würde es *das* irgendwie akzeptabler machen.

»Das ist einfach unglaublich.« Ich schüttele den Kopf, fahre mir durchs Haar und knirsche mit den Zähnen. Dann gehe ich zum Rücksitz, hole Havens Tasche und drücke sie Kyla in die Arme. »Du verdienst es nicht, ihre Mutter zu sein, und das weißt du.«

Ihr bleibt der Mund offen stehen. »Das hast du jetzt *nicht* gesagt, Derek.«

Ich steige wieder in den Wagen, und ihre Miene wird sanfter, als sie ans Fenster auf der Fahrerseite kommt.

»Wo ist denn deine hübsche kleine Freundin?«, fragt sie süßlich. Sie fischt im Trüben.

Ich starte den Motor und stelle den Rückwärtsgang ein.

»Na schön, dann antworte eben nicht.« Kyla schnaubt. »Oh, und vergiss nicht. Du hast Haven auch nächstes Wochenende. Ich veranstalte eine Ausstellung von Koffern für einen örtlichen Designer, und danach fährt Herb mit mir in die Stadt. Da wäre sie nur im Weg. Und wir müssen über den Sommer reden, denn die Ferien sind ja bald. Wir fahren sechs Wochen lang nach Europa, und das ist einfach zu viel für eine Vierjährige, also wird sie bei dir bleiben müssen. Und wir müssen über die Kinderbetreuung im späteren Sommer sprechen. Ich nehme an, du willst mir bei Bewerbungsgesprächen mit Nannys helfen. Ich habe einfach nicht die Geduld, den ganzen Tag, jeden Tag, mit einer Vierjährigen zu verbringen. Und bevor die Vorschule wieder anfängt, wird sie einen Monat in San Francisco bei meiner Mutter verbringen.«

Ich drehe mich langsam zu ihr um – mein Entschluss steht fest. »Kannst du mir das alles per Mail schicken, bitte?«

Kyla runzelt die Stirn. »Äh, sicher, okay.«

Verdammte Idiotin.

Ich fahre aus ihrer Ausfahrt und baue im Geiste meinen Sorgerechtsfall auf, während ich die langen zwei Stunden nach Hause fahre.

»Schöne Rückfahrt gehabt?«, begrüßt mich Serena, als ich zurückkomme, obwohl ich nicht allerbester Stimmung bin. Sie steht am Küchentresen und mustert mich. »Alles in Ordnung?«

Ich stöhne auf, brumme irgendwas Sinnloses vor mich hin und winke ab.

»Okay, ich lasse dich in Ruhe.« Serena geht weg von mir in den Flur zu ihrem Zimmer. »Es wird spät, also … ich wünsche dir eine gute Nacht.«

»Du hast einen Termin morgen. Um zehn Uhr vormittags.« Mir wird klar, dass ich am Wochenende vergessen habe, ihr das mitzuteilen, aber um fair zu sein, sie ist mir seit Freitagabend auch ziemlich aus dem Weg gegangen.

Serena, schon halb über den Flur, bleibt stehen und dreht sich um. »Bei wem?«

»Einer örtlichen Psychiaterin«, sage ich. »Ihr Name ist Dr. Lia Perez. Sie wird dich entlasten, und sobald ich ihre Aussage habe, fülle ich die Papiere aus und reiche die Petition bei Gericht ein, um die Sachwaltung zu beenden.«

Ihr Gesicht leuchtet auf, und ich glaube, wenn ich nicht so schroff wäre, würde sie jetzt in meine Arme laufen.

»Danke, Derek.«

»Ich hole dich um neun Uhr dreißig ab. Sei pünktlich.«

Ich gehe in mein Zimmer, ohne ihre Antwort abzuwarten. Soweit es mich betrifft, gibt es sonst nichts zu bereden. Sie will fort von hier, und ich werde todsicher nicht versuchen, sie aufzuhalten.

Den ganzen Montagmorgen haben wir gerade mal zwei Wörter miteinander gewechselt.

Jetzt sitze ich im Wartezimmer von Dr. Lia Perez' privater psychiatrischer Klinik und blättere eine zerfledderte Ausgabe von *Men's Fitness* vom Oktober letzten Jahres durch. Das dauert jetzt schon zwei Stunden. Wäre besser gewesen, nicht zu warten.

»Mr Rosewood?« Dr. Perez' Sprechstundenhilfe öffnet eine Tür. »Sie können jetzt wiederkommen.«

Ich folge ihr über einen Flur mit Kirschholzvertäfelung. Früher war das hier ein Bed & Breakfast. Jetzt ist es ein Ort, an den die Leute kommen, um ihr gebrochenes Herz Leuten auszuschütten, die fürs Zuhören bezahlt werden.

Ich habe nie einen Wert darin gefunden, jemandem seine Seele zu offenbaren, der sich nur um andere kümmert, um Geld zu verdienen, aber das ist lediglich meine Ansicht.

»Gleich hier rein. Die Ärztin wird bald da sein.« Die Schwester zeigt auf eine glänzende Holztür, und ich sehe Serena, die bereits vor dem Schreibtisch der Ärztin sitzt.

Sie hat die Beine übergeschlagen, und ihr Fuß zuckt und wippt, als hätte sie Grund, nervös zu sein.

Dr. Perez kommt herein, als ich gerade Platz nehme. Sie ist eine kleine Frau, knapp unter vierzig, mit kohlschwarzem Haar, das dasselbe Gesicht umrahmt, das ihre Brille zu verstecken versucht. Wenn ich raten müsste, würde ich sagen, sie ist genauso zurückhaltend wie jeder andere auch. Wenn man sein Geld damit verdient, sich die Geheimnisse anderer Leute anzuhören, macht das etwas mit einem, und ich spreche da aus Erfahrung.

Die Ärztin schüttelt mir die Hand. »Mr Rosewood, freut mich, Sie persönlich kennenzulernen.«

»Ebenso.« Ich lasse ihre weiche Hand los und streiche meine Krawatte glatt, als ich mich setze.

Serena beobachtet mich und kaut an ihrer Lippe.

»Also«, sagt sie. »Ich habe etwas Zeit mit Ms Randall verbracht, und ich sehe keinen Grund, warum sie einen Finanzverwalter für ihr Vermögen benötigen sollte.«

Dr. Perez lächelt strahlend, und ihr Blick geht zwischen Serena und mir hin und her.

Serena atmet langsam aus, verlagert die Beine und setzt sich aufrecht. Sie ist erleichtert.

»Das sind ausgezeichnete Neuigkeiten«, sage ich.

»Meine Bewertung sollte bis Anfang nächste Woche getippt und fertig sein. Im Allgemeinen erbitte ich dafür sieben bis zehn Arbeitstage, aber angesichts Serenas mildernder Umstände will ich sie nicht so lange warten lassen.«

»Wir wissen das zu schätzen, Doktor.« Ich spreche für uns beide. Je früher sie weg ist, umso früher bekomme ich sie aus meinem verdammten Kopf. Seit dem Tag, als ich ihr begegnet bin, zieht sie da drin ihre Kreise.

Ich wusste, dass es ein Fehler war. Sie zu berühren. Zu küssen. Alles davon war falsch.

Ich wollte widerstehen.

Aber sie wollte ich mehr.

Verdammt. Wahrscheinlich werde ich ihren Vermögensfall jetzt an jemand anderen weitergeben müssen. Sollen die sich mit dem Schmierentheater von Veronica Kensington-Randall herumschlagen. Ich lasse die Hände von dieser Familie.

Als ich aufstehe, wird mir klar, dass wir noch nicht damit fertig waren, das durchzusprechen. Dr. Perez und Serena wechseln einen verwirrten Blick, und ich rette mich, indem ich auf meine Uhr sehe und eine angebliche Verabredung für heute Mittag erwähne.

»Sicher«, sagt Dr. Perez. »Dann lasse ich Sie beide mal gehen. Serena, ich habe Ihnen meine Karte gegeben. Ich möchte, dass Sie mich kontaktieren, falls Sie je etwas brauchen. Ihre Medikamente ohne ärztliche Überwachung abzusetzen war ziemlich riskant, aber ich freue mich, zu hören, dass es Ihnen gut geht. Rufen Sie mich an, falls sich etwas ändert, okay?«

»Danke, Frau Doktor.« Serena nimmt ihre Handtasche, steht auf und folgt mir zur Tür.

Als wir mein Auto erreichen, haben wir immer noch nicht viel miteinander geredet. Aber das ist in Ordnung für mich. Serena ist nicht meine Freundin. Wir hatten nur ein Mal Sex.

Ich muss nicht auf Zehenspitzen um sie herumschleichen. Ich muss keine Wogen glätten. Ich habe ihr das Beste von mir gegeben, und ich schulde ihr gar nichts.

Sie sollte sich glücklich schätzen.

Ich öffne mein Zuhause nicht für jeden, vor allem nicht in Anwesenheit von Haven.

Ich schüttele den Kopf und schäme mich, weil ich es verdammt noch mal besser wusste.

Wen interessiert, dass sie gleichermaßen wunderschön und unvorhersehbar ist? Wen interessiert, ob sie wundervoll mit meiner Tochter umgehen kann? Wen interessiert, dass sie Demis Spaghetti ohne die geringste Beschwerde gegessen und danach sogar noch angeboten hat aufzuräumen?

Frauen wie Serena gibt es wie Sand am Meer. Ich könnte heute Abend in die Stadt fahren und fünf Frauen mit nach Hause bringen, die genauso sind wie sie.

Verdammt.

Nein, kann ich nicht.

»Willst du mich jetzt die ganze Zeit mit Schweigen strafen?«, fragt Serena, als wir auf halbem Weg nach Hause sind.

»Ich strafe dich nicht mit Schweigen.« Ich packe fest das Lenkrad. »Ich habe nur gerade viel im Kopf. Bin nicht in der Stimmung für triviale Unterhaltungen.«

»Autsch.«

Verdammt.

»So habe ich es nicht gemeint«, fahre ich fort.

Serena starrt aus dem Fenster und weigert sich, auch nur in meine Richtung zu blicken. Ich schätze, das habe ich verdient.

Ich setze sie vor meinem Zuhause ab und fahre zurück zur Arbeit – nur dass ich nicht damit rechne, meinen Vater an meinem Schreibtisch sitzen zu sehen, mit verschränkten Armen und gerunzelter Stirn.

Er steht auf und streicht mit dem Daumen über seinen Schnurrbart. »Derek. Komm herein und setz dich. Wir müssen reden.«

22. KAPITEL

Serena

Mein Handy klingelt bei der Hälfte von *Zeit der Sehnsucht*. Ich stelle den Fernseher stumm, bringe meine müden Knochen in Sitzposition, ziehe mein iPhone über Dereks Tisch zu mir und blicke blinzelnd auf die Anrufer-ID.

Poppy?

Ich räuspere mich und setze mich aufrecht. »Hallo?«

»Oh, mein Gott, Serena?« Poppys schrilles Trällern plärrt aus dem Lautsprecher. »Ich kann nicht glauben, dass du abgehoben hast.«

Ich verdrehe die Augen, sammele alles, was ich an positiver Einstellung habe, und zwinge mich, so zu tun, als würde ich mich freuen, von ihr zu hören. Wo war sie vor zwölf Wochen? Wo war sie, als ich auf Belcourt Prison weggesperrt wurde?

»Geht es dir gut? Ist alles in Ordnung? Ich habe mir solche Sorgen um dich gemacht«, sagt sie atemlos vor Aufregung.

Ach wirklich? Sie hat sich Sorgen um mich gemacht? Ich dachte immer, Leute, die sich Sorgen machen, rufen an und erkundigen sich nach ihren Freunden.

»Es geht mir gut«, sage ich. »Ich muss gerade ein paar Dinge ins Reine bringen, aber es geht mir gut.«

»Oh, Gott sei Dank«. Poppy lacht. »Ich habe monatelang versucht, dich zu erreichen. Ich bin Veronica bei Bergdorf begegnet, kurz nach … dem Vorfall am Flughafen … und sie sagte, du würdest dir medizinische Hilfe suchen und wärst zur

Erholung auf Belcourt und dass du keine Besucher empfängst. Ich habe Blumen geschickt. Hast du sie bekommen?«

Ich beuge mich stirnrunzelnd vor. »Blumen?«

»Ja. Pinke Rosen. Deine Lieblingsblumen. Und ein paar Schachteln mit europäischer Schokolade aus diesem kleinen Laden auf der Madison. Ich habe sogar ein Carepaket mit Nagellack, Gesichtspeeling, Zeitschriften und ätherischen Ölen geschickt. Ein paar wahllose Dinge, von denen ich dachte, dass sie dich vielleicht aufmuntern könnten.«

»Poppy, ich habe nie etwas davon erhalten. Du bist sicher, dass du sie nach Belcourt geschickt hast?«

»Auf jeden Fall.«

»Warum sollte sie jemand abfangen?«

»Keine Ahnung.« Sie atmet laut in den Hörer. »Das ist wirklich seltsam. Auf jeden Fall, wo bist du jetzt? Wann kommst du nach Hause?«

»Ich wohne gerade in einer Kleinstadt namens Rixton Falls. Mein Anwalt wohnt hier.« Dabei belasse ich es. Es ergibt keinen Sinn, ihr mehr Informationen zu geben als nötig. Nicht bis ich weiß, was sie wirklich will.

»Nie gehört. Wann kommst du nach Hause? Wir vermissen dich. Alle vermissen dich.«

Einen Moment lang wird mir schwer ums Herz. Ich will glauben, dass mich alle vermissen. Und vielleicht haben ja ein paar von ihnen versucht, mich zu erreichen. Ich werde es nie erfahren.

»Du freust dich sicher zu hören, dass Natasha und Tenley im Wesentlichen aus unserem kleinen Kreis verbannt wurden.« Poppys Stimme wird vertraulich, genau der Tonfall, in den sie immer verfällt, wenn sie Insiderinfos erzählt. Tratsch. »Nach dem, was sie mit Keir gemacht haben … was er dir angetan hat …«

Sie muss nicht weiterreden. Es hat keinen Sinn, die schlimmsten Momente meines Lebens wieder aufzuwärmen.

»Weißt du, wir glauben alle, dass sie Keir geködert haben. Natasha war immer so eifersüchtig auf dich, und Tenley wollte schon immer, was du hattest. Sie hat dein Make-up kopiert, deine Frisur, deine Schuhe und Handtaschen. Sie hat ja sogar deinen Stylisten geklaut.« Poppy schwafelt weiter, und ich blende sie einen Moment lang aus.

»Ist mir egal, ob Keir geködert wurde. Er hat den Köder geschluckt. Das ist alles, was zählt. Von dort gibt es kein Zurück mehr. Ich werde ihm nie mehr vertrauen.«

»Oh, Süße, ich weiß.« Poppy stöhnt mitfühlend. »Das Ganze war so schrecklich. Das hätte dir nie zustoßen dürfen. Du hattest das nicht verdient. Aber auf jeden Fall ist es jetzt sicher, nach Hause zu kommen.«

»Wovon sprichst du da?«

»Natasha hat die letzten zwei Monate Ferien auf den Malediven gemacht. Angeblich. Und Tenley ist zurück nach L.A. zu ihrem Sugardaddy. Ich wäre schockiert, wenn die zwei noch einmal ihr Gesicht in dieser Stadt zeigen würden.« Einen Moment lang klingt ihre Stimme dumpf. »Tut mir leid. Meine Essenslieferung ist gerade angekommen. Langsam habe ich Hühnchen mit Brokkoli und Süßkartoffeln so satt. Ich hatte seit Monaten keine richtige Mahlzeit mehr. Hey, du solltest dieses Wochenende zurückkommen. Meine Schwester ist endlich ausgezogen, also habe ich ein Gästezimmer.«

»Ich weiß nicht.«

»Och, komm schon«, jammert sie. »Ich schicke dir morgen früh meinen Fahrer, um dich abzuholen, und am Sonntagabend bringt er dich wieder zurück. Du bist schon viel zu lange weg. Ich vermisse dich. Das meine ich ernst. Du warst meine beste Freundin. Bist du immer noch. Du weißt, dass ich dich eine Million Mal lieber mag als irgendeine von diesen anderen Schlampen.«

Ich lache durch die Nase.

»Bitte?«, fragt sie. »Lass mich nicht betteln.«

Ich denke im Stillen über meine Antwort nach.

»Ich werde kein Nein akzeptieren«, sagt sie. »Gib mir deine Adresse, und ich schicke Carlos, damit er dich morgen um neun abholt. Wann hast du dir zum letzten Mal die Haare machen lassen? Ich kann Katinka anrufen und sehen, ob sie dich mit einschieben kann. Danach können wir ein wenig Shoppen gehen. Bei Giuseppe's an der Fifth essen. Etwas im Bar Gray trinken. Alles, was du willst.«

Das klingt gut. Wirklich. Ich schiebe mir das Haar hinters Ohr und streife mit den Fingerspitzen meine Wangen.

Und dann gebe ich nach. »Also gut, Poppy. Ich schicke dir die Adresse.«

»Yay! Ich bin so aufgeregt. Du hast ja keine Ahnung.«

Da piept ein ankommender Anruf an meinem Hörer, und ich halte das Handy weg. Es ist Eudora.

»Ich muss auflegen«, sage ich.

»Vergiss nicht, mir die Nachricht zu schicken.«

»Mache ich.« Ich beende Poppys Anruf und nehme den eingehenden an. »Eudora, hallo.«

»Serena.« Sie ist außer Atem. »Ich bin ja so froh, dass ich Sie erreiche.«

»Was ist denn los? Ist alles in Ordnung?«

»Nein.«

Mein Herz beginnt zu hämmern, und ich sinke zurück in die Polster. »Was ist los?«

»Ihr Vater«, sagt sie. »Er ist gestürzt. Hat sich am Kopf verletzt und konnte nicht mehr aufstehen. Ich denke, er könnte sich etwas gebrochen haben.«

So viele Fragen rasen durch meinen Kopf. Warum war Eudora bei ihm? Was ist aus ihrem bezahlten Urlaub geworden? Aber nichts davon ist in diesem Augenblick wichtig.

»Wo ist Veronica?« Meine Frage kommt wie eine wütende Forderung heraus.

»Ich weiß es nicht, Liebes«, antwortet Eudora. »Sie ist heute Morgen gegangen. Sie sagte, sie hätte außerhalb der Stadt zu tun und würde erst nach Anbruch der Dunkelheit wiederkommen.«

Natürlich.

»Wo ist er?«, frage ich.

»Der Krankenwagen hat ihn gerade ins Amherst Good Samaritan Hospital gebracht, in der Nähe von Hilldale Estate. Sie sollten hinkommen.«

»Ich komme, so schnell ich kann.« Ich beende den Anruf und suche mit zitternden Fingern und völlig fahrig in meinen Kontakten nach Dereks Nummer.

Ich bin nicht sicher, warum mein erster Instinkt der ist, ihn um Hilfe zu bitten, aber mein Finger ist kurz davor, auf »Senden« zu drücken, als seine Apartmenttür aufgeht.

Er steht in der Tür, Aktentasche in der Hand, die Krawatte locker um den Hals. Ich werfe einen Blick auf die Uhr, und es ist erst kurz nach halb zwei. Er sollte noch gar nicht zu Hause sein.

Dereks schwere Schritte dringen ins offene Apartment. Nach dem Sturm in seinen Augen und seinen angespannten Schultern zu urteilen, ist er noch so ziemlich in derselben Stimmung wie heute Morgen. Vielleicht noch mehr.

Aber über ihn kann ich im Moment nicht nachdenken oder über seinen Macho-Anfall oder seine albern überzogene Reaktion darauf, dass er seinen Kopf nicht bei mir durchsetzen kann.

Meine Hände zittern, und das Handy rutscht mir durch die Finger und landet mit einem dumpfen Aufprall auf dem Teppich zu meinen Füßen. Ich bücke mich, hebe es auf und gehe dann mit vorsichtigen Schritten zur Küche, wo er die Post durchsieht, als würde es ihn anwidern.

Er hält einen Moment inne, blickt auf zu mir, dann wieder auf seine Post und zurück. Dann verzieht er das Gesicht. »Was ist los mit dir?«

»Ähm.« Meine Lippen fühlen sich bebend an, und meine Stimme versagt. »Ich …«

»Was? Raus damit.«

»Mein Dad ist gestürzt. Er ist im Krankenhaus.« Meine Augen werden feucht, und ich blinzele die Tränen weg. »Ich muss zu ihm, und ich …«

Er schnappt sich seine Schlüssel vom Tresen, und seine schroffe Miene ist ganz plötzlich sanfter. »Fahren wir.«

23. KAPITEL

Derek

Das Wartezimmer des Amherst Good Sam riecht nach Bleiche. Ich bin umgeben von weißen Wänden, grauen Stühlen und Postern mit Ratschlägen, wie man sich gegen Grippe schützt. Die Fahrt dauerte zwei Stunden, in denen Serena und ich größtenteils für uns blieben.

Sie wirkte distanziert und nicht in Plauderstimmung.

Schätze, da ging es ihr wie mir.

Ich nehme mir eine abgegriffene Ausgabe der National Geographic und gebe vor zu lesen, denn die Frau, die links neben mir sitzt, ist offenbar unfähig, dezente Hinweise zu deuten.

Nein, ich will nicht mit dir reden.

Nein, ich will deinen Namen nicht wissen.

Nein, mir ist egal, warum du hier bist.

Nein, ich erzähle dir nicht, woher ich komme.

Nein, mir ist egal, dass dir mein Anzug gefällt.

Nein, ich erzähle dir nicht, wo ich meine Schuhe gekauft habe.

Ihr näselnder Long-Island-Akzent quasselte mir ganze zwanzig Minuten lang ins Ohr, bis Gott sei Dank ihr Handy klingelte und sie ranging. Ich nutzte die Gelegenheit, mich zu entschuldigen, eine Tour durch diese Seite des Krankenhauses zu machen und dabei so zu tun, als hätte ich mich auf der Suche nach einem Verkaufsautomaten verlaufen.

Als ich zurückkam, war sie weg.

Doch dann kam sie zurück.

Jetzt trommelt sie mit ihren extralangen Acrylnägeln auf einen Beistelltisch und schwafelt lang und breit darüber, dass wir diese Woche wohl noch Regen bekommen werden.

»Tut mir wirklich leid«, sage ich schließlich, stehe auf und gehe auf die andere Seite des Wartezimmers.

Der Frau fällt die Kinnlade herunter, und ich höre, wie sie mich »Arschloch« nennt.

Aber das war es wert.

Ich sitze in einer stillen Ecke des Wartebereichs, und meine Gedanken wandern zurück zu früher am Nachmittag, nur ein paar Stunden zuvor.

»Derek, komm herein und setz dich. Wir müssen reden.« Mein Vater strich mit dem Daumen über seinen dichten Schnurrbart und stand von meinem Bürostuhl auf.

Ich schloss die Tür und machte mich gefasst auf einen Vortrag über etwas, von dem er glaubt, dass ich es getan oder nicht getan habe.

Er setzte sich auf den Rand meines Schreibtisches, die Hände angespannt über dem steifen Oberkörper gefaltet, die Augen durchdringend und schmal.

»Beherbergst du Serena Randall?« Mein Vater verlor keine Zeit.

»Ja.«

»Warum. In aller Welt. Solltest du das tun?« Er öffnete die Arme, um mit der Faust auf den Mahagonitisch zu schlagen. Ein Glas mit Stiften darin klapperte und kippte dann um. Er hielt mir den Finger nur Zentimeter vors Gesicht. »Ich habe dir ausdrücklich gesagt, dass du dich nicht derart involvieren darfst, und du hast mir dein Wort gegeben, Derek. Du hast versprochen, dass du die Grenze nicht überschreiten würdest. Und jetzt wohnt sie bei dir?«

Verdammt, Demi.

Ich hätte ihr sagen sollen, dass sie nichts weitersagen soll, aber ich hatte es so eilig, an dem Abend wegzukommen, dass ich keine Chance dazu hatte.

»Richter Harcourt hat unsere Firma zur Sachwaltung für Serena Randall bestellt. Weißt du, warum?«

Ich antworte nicht, denn ich gehe davon aus, dass das eine rhetorische Frage ist.

»Weißt du warum, Derek?« Seine Worte wurden begleitet von einem Sprühregen aus Spucke. »Weil wir einen aufrechten Ruf haben. Einen, dessen Aufbau ich meine ganze Karriere gewidmet habe. Und den ich mich weigere, von dir sinnlos vernichten zu lassen, weil du eine Schwäche für einen heißen Arsch mit fettem Bankkonto hast.«

Er lehnte sich näher zu mir und sein Aftershave brannte mir in der Nase.

»Ist dir klar, wie das aussieht? Gott helfe dir, wenn die Medien davon Wind bekommen.« Er donnerte wieder mit der Faust auf den Tisch. »Ich lasse mich nicht zur Lachnummer machen, weil mein Sohn sein Ding nicht in der Hose behalten kann. Und ich will noch gar nicht von den beruflichen Auswirkungen deiner Indiskretionen anfangen. Verdammt, Derek.«

Ich verstand, dass mein Vater wütend war. Ich verstand, dass sich seine Wahrnehmung der Wahrheit nicht ändern ließ. Und mir war klar, dass ich nichts sagen oder tun konnte, was das, was bereits getan war, ändern würde.

»Ich kann dir versichern, dass ich nur ihre Interessen vertrete. Es gibt keine Liebe, keine Romanze, nichts in der Art«, sagte ich. »Serena Randall ist eine Klientin, und nur eine Klientin. Der Ruf der Firma ist nicht in Gefahr.«

Seine Miene wurde nur ein klein wenig sanfter. Er wollte mir glauben. Aber er hasste es auch, in seinen Überzeugungen falschzuliegen.

Er glitt von meinem Schreibtisch und richtete sich hoch auf, ohne seinen sengenden Blick von mir zu wenden. »Verarsch mich nicht, Derek. Und verarsch dich nicht selbst. Frauen sind nicht die Hälfte der Probleme wert, die sie machen. Außer deine Mutter. Sie ist eine verdammte Heilige.«

Ganz genau. Sie war eine Heilige, weil sie es die letzten dreißig Jahre mit dem emotionslosen Arsch ausgehalten hatte.

Mein Vater ging zur Tür, ein hoffnungsvolles Zeichen dafür, dass sein kleiner Vortrag endlich zum Ende kam.

»Auf keinen Fall«, sagte er und zeigte noch mal mit dem Finger auf mich. »Lass dich keinesfalls mit ihr ein. Sag niemandem, dass sie bei dir wohnt. Überschreite nicht die Grenze.«

Ich wollte am liebsten fragen: »Oder was?«

Aber ich kannte die Antwort schon.

»Du hast keinen Grund zur Sorge«, sagte ich. Egal was passiert ist oder passieren wird, Serena hat absolut klargemacht, dass sie nach der ganzen Sache nichts mit mir zu tun haben will. Ich bin ihr Anwalt. Ihr Finanzverwalter. Nicht mehr und nicht weniger. »Da ist nichts zwischen Ms Randall und mir.«

Gar nichts.

»Gut.« Er schnaubte. »Denn gleich schicke ich dir ihre Stiefmutter herein. Sie ist heute in Tränen aufgelöst hier aufgetaucht und wollte wissen, wo sich Serena aufhält. Sie ist krank vor Sorge um ihre Tochter und das Vermögen, und du darfst derjenige sein, der ihr versichert, dass es nicht so ist, wie es aussieht.«

Damit schlug die Tür zu.

Das war gar nicht Demis Werk. Sondern Eudoras.

Fünf Minuten später bat Gladys Mrs Randall herein. Veronica Kensington-Randall. In Fleisch und Blut. In voller Ein-Meter-siebzig-Lebensgröße. Ein Meter achtzig, wenn man die roten High Heels mitrechnete.

Serena kommt aus einem langen weißen Flur, ein beruhigtes Lächeln auf den Lippen, als sie auf mich zukommt.

»Er wird wieder gesund«, sagt sie, atmet aus und setzt sich neben mich. »Er hat eine Gehirnerschütterung von dem Sturz und ein paar angeknackste Rippen. Er hatte starke Schmerzen, aber das bekommen sie unter Kontrolle.«

»Das ist gut.«

»Danke.« Serena legt ihre Hand auf meine. »Danke, dass du alles stehen und liegen gelassen und mich hergefahren hast. Das bedeutet mir alles.«

Ich nicke und blättere eine Seite in der Zeitschrift um, die ich zu lesen vorgebe.

»Er wird mindestens ein paar Tage hier sein«, sagt sie. »Aber er ist in guten Händen.«

»Gut.«

Sie verzieht das Gesicht. »Würdest du damit aufhören? Was ist aus der Regel mit ›kein Bullshit zwischen uns‹ geworden? Du verhältst dich seltsam, seit du mich gebeten hast zu bleiben.«

Ich zucke mit den Schultern. »Keine Ahnung, was du meinst, Serena. Ich bin eben so. Manchmal bin ich nicht in der Stimmung für Konversation. Das ist kein Verbrechen.«

Sie überkreuzt die Beine, lehnt sich auf dem unbequemen Stuhl im Wartezimmer zurück und schüttelt den Kopf.

»Was?«, frage ich.

»Du bist nur nicht der Mensch, für den ich dich gehalten habe.«

»Das hat man davon, wenn man denkt, man hätte jemanden durchschaut, den man nicht einmal zwei Wochen lang kennt.« Ich blättere wieder um. »Jemanden kennenzulernen braucht viel Zeit. Und man kann jahrelang mit jemandem zusammen sein, ohne ihn wirklich zu kennen. Aber ich schweife ab.«

Klappernde Absätze auf dem Fliesenboden lenken unsere

Aufmerksamkeit auf die Glasschiebetüren am Eingang. Veronica Kensington-Randall stürmt durch die Lobby, immer noch in dem albern pinken Chanel-Tweedkostüm, das sie bereits vor einigen Stunden trug.

»Oh Gott.« Serena versteift sich. »Hier kommt die böse Hexe der Ostküste.«

Veronica sieht uns sofort und ballt die Fäuste. Sie stürmt auf uns zu, und wenn ich raten müsste, passt es ihr gar nicht, dass wir es geschafft haben, als Erste hier zu sein. Hätte sie nicht in Rixton Falls gelauert, um herauszufinden, wo sich Serena aufhält, wäre sie vielleicht früher hier gewesen.

Vorhin hatte ich mich geweigert, ihr zu sagen, wo ich wohne, genauso wenig hatte ich bestätigt, dass Serena tatsächlich bei mir wohnt. Wenn sie meine Adresse haben will, kann sie ihren iPad Mini nehmen und eine schnelle Google-Suche machen wie der Rest der Welt.

Und genau das ist es, was mit Leuten wie ihr nicht stimmt. Sie sind privilegiert. Sie stellen eine Forderung und erwarten, dass die erfüllt wird, als wären wir alle Flaschengeister, die ihnen stets zu Diensten sind.

»Sie schon wieder«, schnaubt sie und verdreht die Augen.

Sie mag mich nicht besonders, vor allem nicht nach unserem kleinen Treffen in meinem Büro heute Morgen. Mein Vater wollte, dass ich die Wogen glätte, aber er hat eine Sache vergessen – mein Job besteht darin, strikt in Serenas bestem Interesse zu handeln. Veronica spielt dabei keine rühmliche Rolle, vor allem nicht bei all dem Schmutz, den ich über sie auszugraben im Begriff bin.

Ich versicherte ihr lediglich, dass Serena in guten Händen ist. Dass ihr Vermögen im Wesentlichen unberührt ist. Und dass sie keinen Grund zur Sorge hätte.

Und dann habe ich sie hinausgebeten.

»Schon wieder?«, fragt Serena.

»Ja«, antworte ich. »Ich hatte das große Vergnügen, deine Stiefmutter heute Nachmittag zu treffen. Sie hat Rosewood & Rosewood einen Besuch abgestattet.«

»Warum solltest du das tun?« Serena starrt Veronica mit hartem Blick an.

»Ich war in Sorge um dich.« Veronica verschränkt die Arme.

»Lügnerin.« Serena rümpft die Nase. »Du konntest es nicht ertragen, die Kontrolle über mich zu verlieren, aber ich habe Neuigkeiten für dich …«

»Serena.« Ich lege ihr die Hand über den Schoß, damit sie nichts mehr sagt. »Sagen Sie kein Wort mehr.«

Veronica grinst spöttisch, und ihre Miene ist übermäßig zuversichtlich. Zu selbstsicher.

»Aber …«, protestiert Serena.

»Als Ihr Anwalt weise ich Sie an, kein weiteres Wort mehr zu sagen.« Ich stehe auf und biete Serena den Arm. Sie zögert kurz und schiebt dann die Hand in meine Armbeuge. Sie blickt erst Veronica und dann mir in die Augen. Ich wende mich an Ms Randall. Es wäre verlockend, sie zu warnen, damit herauszuplatzen, dass wir auf dem Weg sind, die Sachwaltung aufzulösen und die Änderung der medizinischen Handlungsvollmacht zu beantragen.

Aber ich weiß es besser.

Wir lassen uns nicht in die Karten schauen.

Und wenn die Zeit kommt, werden wir gewinnen.

Das heißt, wenn ich Serena bis dahin noch vertrete.

»Ich wünsche Ihnen einen schönen Abend, Veronica.« Ich ziehe Serena an mich, und wir verlassen das Amherst Good Sam und fahren zurück nach Rixton Falls.

»Danke.« Serena mustert mich aus dem Augenwinkel, als wir nach Hause fahren.

»Ich mache nur meinen Job.«

»Du bist gut in dem, was du tust«, sagt sie.

Ich zucke mit den Schultern.

Sie mustert mich vom Beifahrersitz aus. »Gefällt mir, dich auf meiner Seite zu haben.«

24. KAPITEL

Serena

Es ist Donnerstagabend, Viertel nach Mitternacht, und ich bin hellwach. Jetzt wäre ein toller Zeitpunkt für eine dieser verschriebenen Schlaftabletten, die Eudora mir noch vor Wochen verabreicht hat, aber ich weiß, dass ich ohne sie besser dran bin.

Derek ist schon die ganze Nacht weg. Er ist los, um sich mit Royal auf einen späten Burger und ein Bier zu treffen, und er ist noch nicht zurück.

Wenn ich so darüber nachdenke, war er den größten Teil der Woche weg. Lange arbeiten. Früh das Haus verlassen. Ich bin sicher, dass er diese Woche mindestens sechzig Stunden gearbeitet hat, und ein Mädchen könnte auf die Idee kommen, dass er einem aus dem Weg geht, wenn ein Mädchen ein klitzekleines bisschen unsicherer wäre, als gut für es ist.

Aber ich weigere mich, das persönlich zu nehmen. Das Leben ist zu kurz. Wenn ich ihn tatsächlich mal sehe, tue ich so, als wäre alles in Ordnung, denn wenn es etwas gibt, worin wir Randalls gut sind, dann darin, so zu tun, als wäre alles gut, wenn es das absolut nicht ist.

Die meiste Zeit jedenfalls.

Auf seinem Beistelltisch liegt ein ordentlicher Stapel Bücher. Sie sind groß. Voll mit Fotos über alte Autos und Flugzeuge. Vintage-Fotografie.

Ich habe über einiges nachgedacht.

Es ist still hier. Zu still. Und ich bin absolut nicht müde.

Vor fünfzehn Minuten habe ich dann durch die Kanäle in Dereks Fernseher gezappt, dabei hauptsächlich Infomercials und Wiederholungen von Friends gefunden und mich dann stattdessen für den Klang der Stille entschieden.

Ich habe beschlossen, kommendes Wochenende nach Hause zu fahren, um Poppy ein paar Tage zu besuchen.

Ich habe es Derek noch nicht gesagt.

Aus dem Nichts schwingt die Tür auf, und Derek steht im Türrahmen. Seine Schlüssel hängen locker in der Hand und klimpern, als er die Schuhe auszieht. Er trägt Jeans und T-Shirt, ein lässiger Aufzug für einen lässigen Männerabend.

»Wie war das Abendessen?«, frage ich und blättere einen Bildband von Ansel Adams durch. Und schon wieder klinge ich wie seine Ehefrau.

Dann schlendert er durchs Apartment, nimmt Schlüssel und Brieftasche aus den Taschen und steckt sein Handy in die Ladestation in der Küche.

»War gut«, sagt er.

»Wie geht es Royal?«

»Dem geht es gut.«

Ich beiße mir auf die Lippe, um nicht etwas zu sagen, das ich bereuen werde. Ich begreife nicht, wie er so gut zu mir sein kann, so freundlich, und sich dann weigert, eine schlichte Unterhaltung zu führen. Es könnte mir guttun, ihm in diesem Moment einen Vertrauensbonus zu gewähren. Vielleicht würde mich das weniger aufbringen. Ich mahne mich, dass er müde ist und ich es gut sein lassen soll.

»Wieso bist du noch auf?« Er läuft durchs Wohnzimmer und bleibt stehen, als er das Sofa erreicht. »Sitzt du einfach hier im Dunkeln?«

Ich nicke und blicke auf das Buch auf meinem Schoß.

»Wie kannst du da was erkennen?« Er streckt die Hand aus, macht eine Lampe an, und sanftes Licht flutet um uns herum.

»Danke.«

»Willst du Gesellschaft?«

Mein Blick begegnet seinem. »Oh. Äh. Sicher.«

»Ist das ein Ja?«

»Ja.« Ich mustere sein tragisch umwerfendes Gesicht. Wäre Derek Rosewood doch nur normaler Durchschnitt – innen und außen –, dann würde ich ihn vielleicht jetzt nicht anstarren und mich nach seinen Händen in meinem Haar und seinen Lippen auf meinen sehnen.

»Du wirkst unsicher.«

»Ich will dich nur nicht mit *trivialem* Geplauder langweilen«, stichele ich, lecke mir über den Zeigefinger und blättere um.

Er setzt sich neben mich. »Mein Onkel Edgar gab mir dieses Buch kurz vor seinem Tod. Und dann hat er mir seine Kamera vermacht. Das Ding liegt schon seit Jahren in meinem Schrank. Ich kann mich nicht dazu bringen, zu lernen, wie es funktioniert.«

»Warum nicht?«

»Ich weiß nicht. Vielleicht würde ich sie kaputtmachen. Vielleicht würde ich beschissene Fotos machen. Das, und sie erinnert mich zu sehr an ihn.«

»Du hast Angst.«

»Ich habe keine Angst.« Er schnaubt.

»Oh mein Gott. Ich glaube, jetzt habe ich dich endlich durchschaut.«

»Das bezweifle ich.«

Ich drücke mir die Hand aufs Herz und drehe mich zu ihm. »Wenn dir etwas Unbehagen bereitet, physisch, emotional, was auch immer, dann packst du es in einen Karton und stellst den auf ein Regal, damit du es nicht mehr sehen musst. Du tust so, als wäre es nicht da, damit du nicht fühlen musst.«

»Wie meta.«

Ich verdrehe die Augen und gebe ihm einen Klaps auf den harten Oberkörper. Der Stoff seines Jerseyshirts umschmiegt seine Muskeln und betont ihr Auf und Ab, das ich erst kürzlich genießen konnte.

Zuerst bemerke ich es gar nicht, aber dann stelle ich fest, dass ich grinse. Das ist der Derek, den ich bevorzuge. Ziemlich entspannt. Gelassen. Bereit zu plaudern.

»Wieso lächelst du so?«, fragt er.

»Tue ich gar nicht.« Ich versuche, ein ausdrucksloses Gesicht zu machen. Vergeblich. »Tut mir leid. Ich habe versucht, zu tun, was du tust.«

»Und was wäre das?«

»Alles leugnen«, erkläre ich. »Du leugnest, leugnest, leugnest, selbst wenn dir die Wahrheit offen ins Gesicht starrt.«

Sein Mund zuckt, und er schüttelt den Kopf. »Nicht wirklich.«

Ich pikse ihn in die Schulter. »Du tust es genau jetzt.«

»Eine falsche Anschuldigung zu leugnen ist etwas anderes, als offensichtliche Wahrheiten zu leugnen, Serena.«

»Was immer du sagst, Anwalt.«

Er zeigt mir ein halbes Lächeln, und das macht beinahe den Rest dieses schrecklichen Tages wett. »Wieso nennst du mich eigentlich Anwalt?«

»Weil es kitschig ist und dramatisch, und weil du dich selbst ein bisschen weniger ernst nehmen solltest.« Ich stehe auf und fühle, wie mich ein Anflug warmer Schläfrigkeit überkommt, aber Derek nimmt mein Handgelenk und zieht mich auf seinen Schoß. »Hallo.«

Ich setze mich rittlings auf ihn und mache es mir bequem. Ich könnte ihn fragen, was er da tut. Ich könnte so tun, als würde ich ihm widerstehen. Aber es hat keinen Sinn, eine verlorene Schlacht zu schlagen. Wir wissen beide, wie das laufen wird, allen Absichten zum Trotz. Teufel auch.

»Ich bin noch nicht so weit, dich gehen zu lassen.« Seine Stimme klingt leise und kehlig, und wir blicken uns tief in die Augen.

»Ich wollte gerade zu Bett …«

»Oh ja.« Seine Hände gleiten meine Oberschenkel hinauf, langsam und absichtsvoll, und dann umfasst er meinen Po und hebt mich hoch. »Aber du wolltest in die falsche Richtung.«

Meine Arme ruhen auf seinen Schultern, und er trägt mich in sein Zimmer und setzt mich auf den Rand seines Doppelbetts. Seine Hände öffnen seinen Gürtel, und sein Blick verschlingt mich. Er schiebt sich über mich, und ich atme den Duft von teurem Rasierwasser und Bier ein.

Seine Arme sperren mich ein, und ich fühle mich sicher. Abgeschirmt. Geschützt.

Sein Körper liegt auf meinem, und ich absorbiere sein Gewicht und ziehe gierig am Saum seines Hemdes, bis es über seinen Kopf geht. Sein wundervolles dunkles Haar ist durcheinander, und ich fahre mit den Fingern hindurch, als seine Lippen sich auf meine drücken.

Dereks Hände gleiten zwischen seinen und meinen Bauch und ziehen meine Leggings über die Beine nach unten, während er sich über mir aufstützt. Auf Knien schiebt er einen Finger unter den Bund meines Spitzenhöschens und lässt es auf meine Haut schnappen, bevor er es mir über die Hüften zieht.

Dann schiebt er es über meine Beine nach unten, wirft es beiseite und widmet sich schließlich wieder mir. Meine Hände wollen seine Jeans öffnen und streifen über den Umriss seiner Härte, gefangen in der seidenen Boxershorts. Als ich ihn endlich befreie, erwacht er zum Leben, und ich drücke die Hände an seinen Brustkorb und dränge ihn wortlos, sich auf den Rücken zu legen.

Dann setze ich mich rittlings auf seine Oberschenkel, bücke mich und greife seine Erektion. Ich führe seine Spitze an meine Lippen und bedenke ihn mit leichten Strichen meiner Zunge, die seinen Schaft befeuchten.

Seine Hände sind in meinem Haar, zupfen daran und führen mich, während ich einen Rhythmus finde, der ihm am besten zu gefallen scheint. Einen Moment lang halte ich inne, massiere ihn mit den Händen und blicke in seine hypnotisch dunklen Augen.

Mein Herz setzt einen Schlag lang aus, total kitschig, und ich versuche, mich stattdessen auf das Feuer in meinem Unterleib zu konzentrieren.

Das Ganze hier ist rein körperlich. Nichts Emotionales.

Mein Mund kehrt zurück zu seiner pochenden Länge, aber er schiebt die Hand unter meinen Arm und zieht mich auf sich. Rittlings liege ich auf ihm, meine sehnsuchtsvolle Klitoris streift seinen Schaft, in qualvoller Süße, Haut an Haut. Er ist ganz auf mich konzentriert, umfasst meine Brüste und lässt die Hände an meinen Po wandern, bevor er neckend über meine Oberschenkel streicht.

Ich bin nicht sicher, wie wir von *kaum miteinander reden* zu *über Fotografie reden* und von da aus zu *nackt in seinem Bett landen* gekommen sind, aber ich vermute, die Antwort ist unwichtig.

Hier sind wir.

Und tun es.

Nichts in der Welt könnte uns heute Nacht aufhalten.

Seine linke Hand wandert an meinen Kopf und umfasst mein Kinn. Sein Daumen streicht über meine Unterlippe, und er führt meine Lippen an seine.

»Linker Nachttisch. Oberste Schublade«, flüstert er.

Ich beuge mich über ihn, ziehe die Schublade auf und rechne mit einem Haufen Kondome. Stattdessen finde ich Spielzeug vor. Für Erwachsene. Reichlich.

»Oh.« Ich zögere. Es ist dunkel, aber diese Sachen starren mir offen wie im Tageslicht entgegen.

»Da sollte eine Schachtel sein …«, sagt er. »Rot …«

»Ich suche nach Kondomen, richtig?«

»Ja.«

Endlich sehe ich die rote Schachtel und reiße ein Päckchen von dem Streifen ab. »Hier.«

Er reißt die Folie zwischen den Zähnen auf, und ich rutsche beiseite, als er das Kondom überzieht. Ich zählte nicht weniger als zwei Paar Handschellen. Ein Durcheinander aus Leder. Mehrere Augenbinden. Dildos, die aussahen, als wären sie nicht von dieser Welt, und ein paar Neonvibratoren als Zugabe.

»Be … benutzt du die?«, frage ich, als er mich wieder auf seinen Schoß zieht.

Seine Mundwinkel gehen nach oben, und seine perfekten Zähne erhellen die Dunkelheit. »Serena.«

Dereks Hände greifen meine Hüften, und er zieht mich auf sich. Ich gleite auf seinen Schaft und atme aus, als er mich füllt.

Mit der Hand an meinem Nacken zieht er meinen Mund an seinen und drückt einen einzelnen Kuss darauf. »Bei dir benutze ich die nicht, weil ich sie nicht brauche. Du bist genug. Du bist alles, was ich brauche.«

Ich verberge mein erleichtertes Lächeln hinter einem Vorhang aus Haar, während meine Hüften sich vor und zurück auf seinem harten Schaft wiegen.

Niemand hat mir je gesagt, dass *ich* genug bin.

Niemand hat mir je das *Gefühl* gegeben, genug zu sein.

Ich bewege mich auf und ab, Reibung und Wärme, und verliere mich in der Dunkelheit seines Zimmers, der Sicherheit seiner Arme und der vorübergehenden Zuflucht, die ich in der kleinen Stadt Rixton Falls nie zu finden gedacht hätte.

Nur seine Hände sind noch begieriger als sein Mund, und er erobert jeden Zentimeter von mir, als ich mich darauf konzentriere, seine Härte immer wieder in mich dringen zu spüren. Er nimmt eine meiner prallen Brüste in die Hand, hebt die Brustwarze an seinen Mund und leckt mit der Zunge darüber, bevor seine Zähne über die empfindliche Knospe schrammen.

Wir brauchen kein *triviales* Geplauder, wenn unsere Körper die Unterhaltung führen können.

Langsam und provozierend bewegen sich meine Hüften. Ich will es hinauszögern. Ich will, dass es ewig so weitergeht. Aber mein Körper rast in aller Eile auf die Ziellinie zu.

Ich presse die Lippen auf seine warme Brust und koste ihn. Verschlinge ihn. Will mich für immer an alles in diesem Moment erinnern, denn irgendwo tief in mir bin ich davon überzeugt, dass dies das letzte Mal sein wird.

Wir sind zu verschieden.

Wir wandeln auf zwei völlig verschiedenen Wegen.

Leben auf zwei völlig verschiedenen Planeten.

Und eines nahen Tages, wenn wir nicht vorsichtig sind, werden wir kollidieren.

Er sagt, er ist nicht der Typ, der sesshaft wird. Aber ich glaube ihm nicht.

Er kann es leugnen, leugnen, leugnen.

Aber ich weiß es.

Er ist dabei, sich in mich zu verlieben.

Und das wird nicht gut ausgehen.

25. KAPITEL

Derek

»Ich habe diese Woche mit einer alten Freundin gesprochen.« Serena liegt in meinen Armen, und meine Finger malen sanfte Kreise auf ihrer weichen Schulter – was gegen alles geht, wofür ich stehe.

Ich kuschele nicht. Ich bin nicht liebevoll. Ich genieße nicht die stillen kleinen Momente oder sehne mich nach dem Gefühl einer Frau in meinen Armen nach dem Sex.

Wäre sie jemand anders, würde ich ihr beim Anziehen zusehen, ihr noch ein oder zwei Komplimente machen und darauf warten, dass sie in ihre Schuhe schlüpft und zur Tür marschiert.

Mein Schwanz ist immer noch hart und noch feucht von ihrer Erregung. Der Geruch von Sex und verlorenen Hemmungen füllt meine Lungen, und ihr Aroma liegt auf meiner Zunge.

»Ah ja?« Ich lege den Kopf auf das Kissen.

»Ich fahre am Samstagmorgen zurück in die City.«

Ich sehe sie an.

»Nur für das Wochenende. Am Sonntag bin ich wieder da.« Sie räuspert sich, drückt die Hand an meine Brust und lässt die Wange dort ruhen. »Es ist einfach etwas, was ich tun muss.«

Ich halte es für keine gute Idee, aber das habe ich nicht zu bestimmen. Sie ist ihre eigene Herrin. Sie kann tun, was sie will.

»Meine Freunde, sie vermissen mich«, sagt sie. »Sie wollen, dass ich nach Hause komme. Und auch ich vermisse mein Zuhause. Aber die ganze Zeit, als ich vorhin telefoniert habe, konnte ich nur daran denken, dass ich diesen kleinen Ort hier vermissen werde.« Sie lacht. »Was albern ist, denn ich bin doch erst so kurz hier.« Ihre Stimme wird zu einem leisen Flüstern. »Und dann habe ich mich gefragt, ob du wohl das wärst, das ich vermissen werde.«

Sie setzt sich auf und schiebt sich eine rote Haarsträhne hinters Ohr. Unsere Blicke finden sich in der Dunkelheit.

»Und dann wurde mir klar, dass das albern wäre, denn ich kenne dich ja erst seit einer Woche.« Sie lacht ein rauchiges, nervöses Lachen, und ihr Blick fällt auf ihre Hände, die im Moment fast so aussehen, als würden sie einen Pulli stricken. »Ich weiß nicht, warum ich dir das alles erzähle. Ich schätze, mein Punkt ist der, dass ich keine Ahnung habe, was ich will. Und ich weiß, dass du mich gebeten hast, noch etwas länger in Rixton Falls zu bleiben. Bei dir.«

Sie blickt zu mir auf, und die Welt um uns bleibt stehen.

»Ich habe keine Ahnung, warum du wollen solltest, dass ich bleibe«, sagt sie. »Ich finde es lustig, denn du hast die ganze Zeit damit verbracht, mir zu sagen, dass ich mich fernhalten soll, dass du nichts sein kannst, was ich brauche … und dabei ist es in Wahrheit andersherum.«

»Wovon sprichst du?«, breche ich mein Schweigen. Ihre Gedanken sind wie Pusteblumensamen, die sich im Wind verteilen, in alle Richtungen.

»Du bist *Unsere kleine Farm* und ich *Sex and the City*. Unsere Welten werden nie miteinander verschmelzen, egal wie heiß der Sex ist.« Ihr Haar fällt über ihre Schultern und umrahmt ihr wunderschönes Gesicht. »Und wir können so tun, als ob das, was immer das hier ist, sich nur um Sex dreht, aber wir wissen es beide besser. Das ist eine heikle Lage, Derek.«

»*Du* wolltest das«, erinnere ich sie. »Weißt du noch?«

Serena löst sich von mir und rutscht näher an den Bettrand, und dieser Moment löst sich vor meinen Augen auf.

»Ich wollte, was du zu bieten hattest.« Sie legt den Kopf schief. »Du hättest mich nicht bitten sollen, zu bleiben, Derek. Das war nicht Teil des Deals. Das hat … die Dinge verändert.«

»Erklär mir das.«

»Ich wollte nur Spaß mit dir haben. Ich wollte nicht, dass daraus etwas Großes wird …«

»Du liest da zu viel hinein.« Ich stöhne.

»Tue ich das?«

Wir sitzen schweigend da. Ich kann ihre Frage nicht beantworten. Ich habe keine Antwort. Ich weiß nur, dass jede Frau, die mir in den letzten zwei Jahren begegnet ist, gleich war. Dramaqueens, eine wie die andere. Vanille. Einfach. Wollen unbedingt gefallen. Wollen unbedingt geliebt werden. Und zum ersten Mal seit langer Zeit ist mir jetzt eine Frau begegnet, die etwas ganz tief in mir geweckt hat.

Eine Frau, die mich dazu bringt, meine Überzeugungen infrage zu stellen.

Eine Frau, die mich dazu gebracht hat, jede Regel, die ich je aufgestellt habe, zu brechen.

Serena steigt aus dem Bett, ohne mich aus den Augen zu lassen. »Ich bin Sonntagabend zurück. Ich denke, wir können ohnehin ein paar Tage getrennt voneinander gebrauchen. Das hier … geht einfach zu schnell. Es wird etwas, das es nie hätte werden sollen.«

Und einfach so ist sie verschwunden.

Am Freitag gehe ich früh zur Arbeit und fahre danach direkt am Freitagabend weiter, um Haven abzuholen. Samstagmorgen wache ich besonders früh auf und gehe mit meiner Tochter auswärts frühstücken, damit ich nicht mitansehen muss, wie Serena geht.

26. KAPITEL

Serena

Am Samstagmorgen erwartet mich eine freudig kreischend auf mich zu hüpfende Poppy. Sie wirft die schlaksigen Arme um meine Schultern und drückt mich fest.

»Das heißt dann wohl, du hast mich vermisst.« Ich lache und ersticke beinahe an ihrem Gardenienparfüm, während ich mich zugleich in seiner Vertrautheit sonne.

»Ich kann gar nicht glauben, dass du hier bist.« Sie lässt mich wieder los, grinst von einem Ohr zum anderen und macht dann einen Schmollmund. »Bleib nie wieder so lange weg. Das ist nicht richtig. Die Stadt war nicht dieselbe ohne dich. Meine *Wochenenden* waren nicht dieselben ohne dich.«

»Das finde ich schwer zu glauben. Du hast es doch immer gut geschafft, die Stadt ganz allein bunt zu machen.«

»Trotzdem. Du hast mir gefehlt.« Sie hakt sich bei mir unter und führt mich in ihr Apartment. »Komm mit. Setz dich. Lass uns darüber plaudern, was alles passiert ist.«

Poppy sieht gut aus. Dasselbe glänzende, lebhafte Haar im perfekten Gwyneth-Paltrow-Blond. Derselbe Pilates-trainierte Körper. Dasselbe blendend weiße Lächeln.

Ich folge ihr in das weiß gehaltene Wohnzimmer und lasse mich auf ihr leinenbezogenes Chesterfield-Sofa sinken. Sie setzt sich auf den Stuhl mir gegenüber und mustert mich stirnrunzelnd.

»Was ist?«, frage ich.

»Du siehst aus, als hättest du die Kontrolle verloren.« Sie sagt es in feinfühligem Tonfall, aber das macht den Schlag nicht weniger schwer.

»Ich hatte andere Prioritäten, P.«

»Trotzdem. Wann warst du zuletzt beim Friseur? Und deine Nägel. Diese Nagelhäute.« Sie rümpft die Nase. Liebevoll. So ist sie nun einmal.

Zum ersten Mal bin ich Poppy in der Schuhabteilung bei Bergdorf begegnet. Wir wollten beide die letzten Reitstiefel von Gucci in Größe siebenunddreißigeinhalb. Zuerst war es nicht besonders angenehm, doch irgendwie gingen wir am Ende da raus als Freundinnen mit einer auf die Rückseite eines Kassenzettels gekritzelten gemeinsamen Sorgerechtsvereinbarung, während wir Pläne fürs Mittagessen machten.

»Egal.« Poppy winkt ab. »Ich spendiere dir einen Tag zum Verwöhnen. Haare. Nägel. Gesichtspflege. Massage. Shopping. Abendessen und Drinks. Du wirst im Himmel sein, meine Liebe.«

»Du bist die Beste, P. Ich brauchte so dringend ein Mädchenwochenende. Du hast ja keine Ahnung.« Ich lege die Beine hoch und mache es mir bequem. Ihr Apartment hat die beste Aussicht, und ich habe hier schon viele Male übernachtet. Es war wie ein zweites Zuhause für mich. Und fühlt sich immer noch so an.

Obwohl es jetzt viel stiller ist, nachdem Paige ausgezogen ist.

Sie schaut prüfend auf die elegante Rolex an ihrem linken Handgelenk und winkt mir dann, dass ich aufstehen soll. »Okay, wir müssen los. Unser erster Termin ist in vierzig Minuten.«

Wir sammeln unsere Sachen ein, marschieren zum Aufzug und fahren hinunter in die Lobby.

»Etwas ist anders an dir.« Sie mustert mich, als wir dem Erdgeschoss entgegenschweben. Die Türen gehen mit einem Ping auf, und sie mustert mich aus dem Augenwinkel, als wir auf die Drehtür zugehen. Ihr Fahrer parkt vor der großen grünen Markise.

»Alles ist anders an mir.«

Sie verzieht die Lippen. »Nein. Du hast so einen Schimmer an dir.«

»Wirklich? Denn vor ein paar Minuten hast du mir noch lang und breit erklärt, wie schrecklich ich aussehe.«

Ihr Fahrer öffnet die Beifahrertür, und wir steigen ein und lassen uns auf die schwarzen Ledersitze hinten in ihrer Limousine sinken.

»Das ist es nicht.« Sie studiert mich eingehender. »Es ist, als würdest du von innen leuchten. Du hast so einen inneren Schimmer. Die Sorte, die man nicht mit Frisur und Schminke bekommt.«

Ich atme kichernd aus. »Okay.«

»Du hast einen Liebhaber.« Sie klatscht sich auf den Oberschenkel. »Das ist es. Mit wem schläfst du, Serena?«

Ich reibe die Lippen aneinander und unterdrücke ein breites Grinsen. »Sei nicht albern. Mit wem sollte ich denn im Moment Sex haben?«

»Ausgezeichnete Frage«, meint Poppy. »Willst du darauf antworten?«

»Nein.«

Sie zwickt mich in den Arm wie eine Fünfjährige, und ich ziehe die Hand weg.

»Mit wem schläfst du?« Sie will das Thema nicht fallen lassen. Sie ist wie ein Hund mit einem Knochen. Poppy umfasst ihr Kinn wie Sherlock Holmes. »Warte. Du wohnst gerade bei deinem Anwalt …«

Ich schaue aus dem Fenster, damit sie mein Gesicht nicht sehen kann.

»Oh mein Gott. Du schläfst mit deinem Anwalt.« Poppy macht einen kleinen Hopser, als hätte sie gerade das interessanteste Rätsel der Welt gelöst. »Ist er heiß?«

Ich antworte nicht.

»Sieh mich an.« Sie packt mich an der Schulter und schüttelt mich. »Du kannst mich nicht ewig ignorieren. Erzähl es mir. Wie ist er so? Wie sieht er aus? Ist er gut im Bett? Wie ist das passiert?«

Ich kenne Poppy und weiß genau, dass sie nicht nachgeben wird, bis sie bekommt, was sie will. Also hole ich tief Luft und drehe mich zu ihr.

Ich erzähle ihr alles.

Und es fühlt sich gut an, damit herauszurücken.

Es fühlt sich gut an, über ihn zu reden – über ein paar der besten Tage in meiner jüngeren Vergangenheit zu reden.

Und die ganze Zeit lächele ich – was immer das bedeuten mag.

Heute Abend bin ich eine ganz neue Frau – äußerlich. Neue Frisur. Neue Kleidung. Neues Make-up. Frische Maniküre.

Poppy hat, dramatisch wie sie ist, ein Vorher- und ein Nachher-Foto gemacht. Mir war gar nicht klar gewesen, wie sehr ich mich verändert hatte, bis ich beide Fotos nebeneinander sah. Aber zu meiner Verteidigung: Wenn man auf Belcourt eingesperrt ist, ist eine tägliche Glamourbehandlung unnötig.

»Wie fühlst du dich, Liebes?« Poppy streckt die Hand aus und streicht über meinen Arm. »Du siehst um-wer-fend aus.«

Ich lächele und lasse den Blick durch die voll besetzte Bar Gray schweifen. Alle sind gestylt von Kopf bis Fuß. Alle sind hier, weil sie unbedingt hier sein wollen. Heute Abend. Als gäbe es nichts Wichtigeres, mit dem man einen Samstagabend verbringen kann. Alle sind hier, um zu sehen und gesehen zu werden.

Ich trage ein marineblaues Bandage-Kleid, und meine glatten und pedikürten Füße stecken in hochhackigen hautfarbenen Lederschuhen.

»Dieses Kleid sieht fantastisch an dir aus. Hast du abgenommen?«, fragt Poppy.

Ich begegne kurz ihrem Blick, und zum ersten Mal wird mir klar, wie sehr ich diese Unterhaltung eigentlich gar nicht führen will. Es gibt wichtigere Gesprächsthemen als Gewicht und Mode und Aussehen.

War ich bisher wirklich derart geistlos?

Ich überkreuze die Beine und lehne mich zu Poppy, während wir an der Bar Getränke bestellen.

»Lass uns über etwas anderes reden«, sage ich.

Ein Barkeeper mit Männerdutt und Milchgesicht bleibt vor uns stehen, klopft auf den Bartresen und fragt, was wir heute Abend trinken möchten.

Poppy bestellt zwei Mal Champagner, bevor ich protestieren kann.

»Heute Abend feiern wir.« Sie legt ihre Clutch auf den Tresen und grinst.

»Was feiern wir denn?«

»Ähm, die Tatsache, dass du hier bist.« Sie macht ein albernes Gesicht, als wäre der Grund offensichtlich. »Und die Tatsache, dass wir dein Leben wieder auf den richtigen Weg bringen werden.«

»Wieder auf den richtigen Weg?«, wiederhole ich. »Ich weiß nicht, P. Ich bin gerade in einer seltsamen Lage. Ich versuche herauszufinden, was ich will. Wohin ich gehen will. Was ich tun will. Ich stelle mir die schweren Fragen. Und es gibt so vieles, was ich dir noch nicht erzählt habe …«

Der Barkeeper kommt mit unseren Getränken zurück, und wir heben unsere Gläser.

»Darauf, dass Serena ihr Leben zurückbekommt«, spricht Poppy einen Toast aus. Sie ignoriert meine Worte und stößt mit ihrem Glas an meines. Dann trinkt sie einen kleinen Schluck, und ihr Blick geht über meine Schulter hinweg. »Okay, bitte hasse mich nicht. Werde nicht wütend …«

»Poppy.« Mir sinkt das Herz, und meine Stimme vibriert im Brustkorb. »Was. Hast. Du. Getan?«

Sie gleitet mit Finesse von ihrem Barhocker und verschwindet hinter mir in einem Meer übertrieben gestylter Stammgäste, und als ich sehe, wer sich auf ihren Platz setzt, will ich mich übergeben.

»Serena.« Keir setzt sich neben mich und zieht seinen Barhocker näher, bis sein Knie an meinem Oberschenkel ruht.

Ich bekomme keine Luft, und alles dreht sich um mich. Als ich mich suchend nach Poppy umdrehe, ist es zu spät. Sie ist längst weg. Und ich bin mehr als wütend auf sie. Ich bin fuchsteufelswild.

»Ich weiß, du hast nicht damit gerechnet, mich heute Abend zu sehen«, sagt er und lehnt sich nahe zu mir. Seine Lippen streifen über mein Ohr, als er die Worte ausspricht, die nur für mich bestimmt sind. »Und vielleicht bin ich nicht würdig, mich in deiner Gegenwart aufzuhalten, aber ich musste dich sehen, Serena. Ich war verzweifelt.«

Ich weiche zurück, schnappe mir das Champagnerglas und kippe den Rest hinunter. Das bisschen Getränk wird mir nicht viel helfen, aber es ist besser als gar nichts.

»Diese letzten drei Monate ohne dich«, sagt er, »waren reine Folter. Ich habe mich nur noch selbst in den Hintern getreten.

Ich habe dich verloren, Serena. Ich habe das Beste genommen, das mir je passiert ist, und habe es weggeworfen.«

Nichts davon ist wichtig.

Es liegt in der Vergangenheit.

Ich werde nie vergessen. Ich werde ihm nie eine zweite Chance geben.

Ich öffne meine Clutch und lege einen Zwanziger unter meine leere Champagnerflöte, gleite vom Hocker und marschiere schnurstracks zur Damentoilette, um einen Anruf zu tätigen und zuzusehen, dass ich hier wegkomme.

Als ich die Damentoilette erreiche, steht dort eine Schlange von mindestens einem Dutzend Frauen, und Keir ist nur wenige Schritte hinter mir. Als er mich einholt, hakt er sich bei mir unter und zieht mich zur Seite. Die Frauen um uns herum bemerken es und glotzen den umwerfenden Mann mit dem gut frisierten Haar und den breiten Schultern in dem lachhaft teuren Maßanzug an.

Sie flüstern miteinander. Zeigen mit Fingern. Gaffen. Grinsen. Tun für einen Moment so, als wären sie ich – die einzige Empfängerin der ungeteilten Aufmerksamkeit von Keir Montgomery.

Wenn sie nur wüssten.

»Lauf nicht weg.« Keir überwindet den Abstand zwischen uns, und ich finde mich mit dem Rücken an einer Wand wieder. »Wir müssen reden.«

»Da gibt es nichts zu reden.«

Sein Blick hält meinem stand, und er weigert sich, mich freizugeben. Ich hasse es, dass er nach allem, was passiert ist, immer noch meine Aufmerksamkeit beherrschen kann, so wie damals in Washington D.C., als wir uns zum ersten Mal begegneten.

Ich war zu Besuch bei meiner Cousine, Araminta, und sie brachte mich in diese Untergrundbar, die nur Eingeweihte und das Who's who der politischen Welt kannten. Zuerst sah ich nur schwarz gekleidete Männer – Secret Service. Aber dann sah ich ihn.

Er erwählte mich aus einem Meer von Frauen, und als er mich ansah, verblasste alles andere zu Hintergrundrauschen. Keir kam auf mich zu wie kein Mann zuvor, Entschlossenheit in seinen Schritten und sündige Absichten hinter seinem sexy Grinsen. Und als er mit mir redete, glaubte ich jedes Wort, das er sagte. Ich schmolz dahin in jener Nacht, wie noch nie für irgendwen zuvor. Er schwächte meine Entschlossenheit, zerschmetterte meinen Widerstand und eroberte meinen Körper nicht nur einmal, sondern zweimal in einem Apartment mit Blick auf die Skyline.

Aber am nächsten Morgen verschwand er nicht, wie ich erwartet hatte. Er blieb und bestand darauf, dass wir unsere Nummern austauschten. Und am Wochenende darauf kam er in die City.

Wir bekamen nicht genug voneinander.

Es war keine Beziehung – es war eine Sucht.

Es gab eine Zeit, da war ich abhängig von dem Gefühl, das mir Keir Montgomery vermittelte. Ich gab ihm all die Macht. Ich gab ihm mein Herz – das erste Mal, dass ich überhaupt irgendwem mein Herz schenkte. Und ich lief blind in das Chaos und die Verheerung hinein, die seine Welt darstellte.

Die Boulevardpresse *liebte* uns.

Man schrieb Artikel mit Details über seine Taten und Eskapaden in der Vergangenheit und verpasste mir das Etikett des Mädchens, das endlich *Ihn, Der Nicht Geändert Werden Kann*, veränderte. Ich war eine willensstarke amerikanische Prinzessin, Erbin eines Vermögens und unabhängig bis ins Übertriebene. Und er war ein amerikanischer Prinz, der Sohn des Präsidenten. Bekannt für seine Frauengeschichten und seine Untreue. Wir galten beide in der Öffentlichkeit als Menschen, die sich nicht zähmen lassen – bis wir einander fanden.

Ich hatte geglaubt, dass das, was wir hatten, etwas Besonderes wäre.

»Serena.« Keir streicht mir das Haar aus dem Gesicht und beugt sich vor, bis unsere Wangen einander streifen. Seine Hände gleiten über meine Arme, und mein Körper zuckt vor seiner Berührung zurück. »Können wir irgendwohin und reden?«

»Nein.« Ich schüttele den Kopf und schiebe ihn weg. »Da gibt es nichts zu reden. Und jetzt geh. Du hättest heute Abend gar nicht hierherkommen sollen.«

Ich klemme mir die Clutch unter den Arm und übe im Geiste all die Aussagen durch, die ich Poppy entgegenschmettern werde, wenn ich sie wiedersehe. Das war alles ihr Werk. Der Wellnesstag. Die Bar. Dass sie Keir gesagt hat, wo er wann sein soll.

Das meinte sie also damit, mein Leben wieder auf den richtigen Weg zu bringen.

»Ich liebe dich immer noch, Serena.« Keir hakt die Hand in seine Gürtelschlaufe ein, schiebt seine Anzugjacke nach hinten und stellt seine schmalen Hüften zur Schau. Seine Miene spannt sich an. »Also soll ich dich einfach gehen lassen? Dich einfach so hinter mir lassen?«

Ich grinse. »Ja. Du hast es schon einmal getan. Ich bin sicher, du findest die Kraft, es erneut zu tun.«

Ich dränge mich an ihm vorbei, zwischen zwei Secret-Service-Agenten durch, die ich zuvor gar nicht gesehen habe, und marschiere direkt zum Ausgang vorn in der Bar.

Durch einen Sturm pulsierender Musik und plaudernder Gäste hindurch höre ich ihn immer wieder meinen Namen rufen.

Aber ich ignoriere es.

Ich gehe, und er kann mich nicht aufhalten.

Zwei Taxis stehen vor der Bar, und ich hoffe inständig, dass ich eines von beiden erwische, bevor es jemand anders tut. Als ich die Eingangstür erreiche, fährt ein Taxi weg, und eine Gruppe Frauen belagert das zweite.

»Serena!« Wieder ruft er meinen Namen, härter, tiefer, und will mich nicht gehen lassen.

Laute Stimmen.

Blitzlichter.

Männer, die *nicht* Keir sind, rufen meinen Namen und werfen mir ein Dauerfeuer an Fragen entgegen.

Serena! Sind Sie wieder mit Keir Montgomery zusammen?«

»Serena, haben Sie Keir vergeben, dass er Sie betrogen hat?«

»Findet die Hochzeit doch statt?«

»Serena, kann ich ein Foto bekommen?«

»Schauen Sie hierher!«

Das Blitzgewitter von mindestens einem Dutzend Paparazzi-Kameras blendet mich. Die Menschenmenge ist so dicht, dass ich kaum durchkomme. Gäste und Fotografen drängen sich um mich und nehmen mir jede Chance, wegzukommen, und obwohl es eine belebte Straße mitten in Manhattan ist, ist nicht ein einziges Taxi zu sehen.

»Komm mit.« Eine Hand greift meinen Arm, aber ich bin geblendet vom Blitzlicht und kann nicht sehen, wer mich da aus dem unkontrollierten Wahnsinn zur Seite führt.

Meine Augen passen sich so weit an, dass ich sehen kann, dass ich zu einem schwarzen SUV geführt werde – in dem ich schon viele Male gesessen habe. Ein Agent zieht eine Tür auf, Keir hilft mir hinein, und ich wehre mich nicht, denn es ist nicht so, als hätte ich im Moment eine andere Option.

Blitzlichter erleuchten das Innere des Rücksitzes, trotz der dunklen Tönung der Fenster.

»Geht es dir gut?«, fragt er, die Hand an meinem Knie.

»Es geht mir gut.« Ich wehre seine Berührung ab und weiche zurück. »Lass mich beim Gramercy raus.«

Ich nehme mir für heute Nacht ein Zimmer dort, fern von Poppy, fern von Keir, fern von allem. Und morgen fahre ich zurück zu Derek nach Rixton Falls.

Ich war nie jemand, der sich auf jemand anderen verlässt, aber in diesem Moment könnte ich eine Dosis seiner typischen Ruhe wirklich gut gebrauchen. Trotz allem war er, seit dem Augenblick, als er in mein Leben trat, mein Fels.

Er ist der Fels, den ich nie zu brauchen geglaubt hätte – der Fels, den ich nie brauchen wollte.

Er ist die Gelassenheit in allem Irrsinn.

Das Gewicht von Keirs Blick lässt mich innerlich zusammenzucken. Meine Haut juckt, als wäre sie allergisch gegen ihn. Ich starre aus dem Beifahrerfenster und suche nach Straßenschildern, um abzuschätzen, wie nahe wir dem Hotel kommen, und wundere mich darüber, dass er nicht die Gelegenheit nutzt, um mir ein Ohr abzukauen.

Der SUV hält vor dem Eingang zum Gramercy, und ich öffne die Tür, noch bevor er ganz zum Stehen gekommen ist.

Keir läuft mir nach. »Da ist etwas, das du wissen musst.«

Ich bleibe stehen und drehe mich mit verschränkten Armen zu ihm um. »Das bezweifele ich sehr.«

Hinter dem SUV kommt ein Taxi quietschend zum Stehen, und eine Horde Paparazzi kommt heraus. Und das Blitzlichtgewitter beginnt erneut. Ich bin sicher, dass ein Foto von Keir und mir gutes Geld bringt, wenn man meinen öffentlichen Zusammenbruch bedenkt, das Getratsche und den Skandal durch die Lösung unserer Verlobung.

Ich werfe einen Blick auf die Lobby. Dort sind die nicht zugelassen. Ich muss hinein.

Keir kommt näher, drückt seinen Oberkörper fast an meinen und blickt mir tief in die Augen. »Ich liebe dich, Serena, und ich habe es vermasselt. Ich gebe es zu. Ich übernehme die volle Verantwortung dafür, dass ich zerstört habe, was wir hatten. Aber du solltest wissen, dass Veronica mich dazu angestiftet hat. Sie hat uns dreien eine *Menge* Geld bezahlt. Du wurdest reingelegt.«

Mir rutscht das Herz in die Hose. Gleich wird mir schlecht. Ich blicke in Keirs reuevolle Augen und fühle nichts als Wut, die in meine Adern flutet. Wenn die Fotografen nicht wären, würde ich ihm jetzt eine knallen.

»Du hast mich doch angeblich so sehr geliebt.« Meine Stimme wird lauter. »Wie konntest du, Keir?«

»Das habe ich mich selbst jeden Tag seitdem gefragt.« Ich höre ihn kaum über das Geschrei der Paparazzi hinweg. »Kann ich mit hineinkommen und dir alles erklären? Ich erzähle dir alles, was du wissen musst.«

Alles in mir will ihm ein Nein ins Gesicht schreien. Aber er hat Informationen, die ich brauche. Informationen, die Derek und unserem Fall gegen Veronica helfen werden.

»So lange Erklären alles ist, was du vorhast.« Ich drehe mich um und gehe durch die Lobbytüren, fische meine Geldbörse aus der Clutch und hole tief Luft.

Seine Hände finden meinen Rücken, und er flüstert mir ins Ohr, dass er sich um das Zimmer für heute Nacht kümmern wird. Und dann sagt er mir, dass ich zur Bar gehen soll, denn ich würde etwas zu trinken brauchen, bevor wir zu reden anfangen.

27. KAPITEL

Derek

Es ist Samstagabend, und ich stecke meine Tochter ins Bett, bleibe dann daneben stehen und sehe ihr noch eine Minute beim Schlafen zu. Ihr weißblondes Haar ist auf dem pinken Kissen ausgebreitet, und sie hat die Hände in Gebetshaltung unter die linke Wange geschoben. Mir ist egal, was irgendwer sagt – Haven Rosewood ist ein Engel. *Mein* Engel. Für dieses Mädchen würde ich *morden*, und das sagt eine Menge aus, wenn man bedenkt, dass ich für die *richtige* Seite des Gesetzes arbeite.

Wir haben den ganzen Tag gemeinsam verbracht und alles gemacht, was sie wollte. Eis. Park. Kindermuseum. Fahrradfahren mit Grandma Bliss. Pizza. Lego. Barbies.

Vor zehn Minuten hat sie mich *gebeten*, ins Bett zu dürfen, und das macht sie sonst nie.

Ich habe mich den ganzen Tag auf meine Tochter konzentriert und getan, was ich konnte, um die Flut an Fragen zu ignorieren, die als Hintergrundgeschnatter in meinem Kopf zu hören sind. Ich habe eine Stunde mit dem Gefühl verbracht, dass ich wissen müsste, was Serena gerade tut. Mit wem sie zusammen ist. Ob sie überhaupt zurückkommt. Und dann habe ich mich zusammengerissen, mir selbst ein paar aufmunternde Worte vorgesagt und mir ins Gedächtnis gerufen, dass mich Serena Randalls Leben nichts angeht.

Sie ist meine Klientin. Ich bin ihr Anwalt.

Ich bin nicht ihr Freund.

Ich will nicht einmal ihr Freund sein.

Das ist genau der Mist, der Beziehungen in Verruf bringt. Menschen verbringen zu viel Zeit damit, sich auf andere Menschen zu fixieren, auf Dinge, die jenseits ihrer Kontrolle sind, sodass sie nie wirklich glücklich sind. Sie verbringen ihr Leben süchtig nach den Gipfeln und Tälern, den Aufs und Abs.

Das ist keine Art und Weise zu leben, und es ist auf keinen Fall die Art und Weise, wie ich gedenke, den Rest dieses einen Lebens zu verbringen, das ich habe.

Nachdem ich Havens Tür geschlossen habe, lasse ich mich in den Ledersessel im Wohnzimmer sinken und nehme mein Handy aus der Tasche. Meine Finger schweben über dem Bildschirm, als ich meine Nachrichten durchsehe.

Ich habe eine Textnachricht, aber nicht von *ihr*.

KESLEY: Ich bin draußen! Lass mich rein.
ICH: Draußen ... wo?
KESLEY: Vor deiner Tür, du Trottel. Beeil dich. Ich werde auch nicht jünger.

Vor mich hin brummelnd hieve ich mich aus dem Sessel, gehe zur Tür und spähe durch den Türspion. Und tatsächlich, da steht Kesley Black, ehemalige, unvergleichliche Sexbekanntschaft. Ich begegnete ihr kurz nach meiner Scheidung, als wir beide frisch *un*verheiratet und beide nicht auf der Suche nach etwas Ernsthaftem waren. Sie kommt nicht aus Rixton Falls, aber von Zeit zu Zeit hat sie geschäftlich hier zu tun, und immer, wenn sie in der Stadt ist, schaut sie bei mir vorbei. Kesley ist die wahre Definition einer Sexbekanntschaft, und in der Hinsicht ist sie ihr Gewicht in Gold wert.

Aber zum ersten Mal, seit ich sie kenne, gibt mein Schwanz nicht mal ein Zucken von sich, als ich durch den Türspion gucke und ihre üppigen Rundungen in engen Klamotten sehe.

Ich ziehe die Tür auf, und sie wirft sich in meine Arme, presst ihre Doppel-D an mich und hüpft auf ihren High Heels.

»Schau dich an! Kann es sein, dass du noch besser aussiehst als bei unserem letzten Treffen?« Ihre Hände wandern meinen Oberkörper hinauf, und sie atmet mich ein und geht auf Zehenspitzen, um mich zu küssen, aber ich reagiere nicht darauf. Kesley zieht einen Schmollmund, und eine blonde Strähne fällt über ihre grünen Augen. »Was ist los?«

»Zum einen ist meine Tochter hier, also musst du leise sein.«

»Oh. Shit. Tut mir leid.« Sie beißt sich auf die Lippe. »Das wusste ich nicht.«

Wir gehen hinein, und sie zieht die Schuhe aus, worauf sie augenblicklich zehn Zentimeter kleiner wird und genau unter mein Kinn passt. Sie hakt sich bei mir unter, zieht mich mit sich ins Wohnzimmer und macht es sich dort bequem, so wie schon Dutzende Male zuvor.

»Worauf wartest du?« Sie tätschelt die Stelle neben sich.

Ich zögere. »Kes, ich bin nicht in Stimmung.«

Sie zieht wieder einen Schmollmund, verschränkt die Arme, und ihr Brüste heben sich noch höher als zuvor.

»Ich habe mich extra für dich aufgedonnert.« Sie hält sich ihr Handgelenk unter die Nase und hebt es dann an meine. »Sogar dein Lieblingsparfüm.«

»Es war eine lange Woche.« Ich hebe die Hände hinter den Kopf, verschränke die Finger und gähne. »Tatsächlich wollte ich gerade zu Bett.«

Sie verzieht das Gesicht. »Im Ernst? Um neun Uhr an einem Samstagabend?«

»Richtig.«

»Ich bin frühestens in zwei Monaten wieder in Rixton Falls. Und du willst mich derart hängen lassen?« Und wieder ein Schmollmund, wie der, den sie immer macht, wenn ich sie um meinen Schwanz *betteln* lasse. Die Frau hat eine Schwäche für Spiele mit Dominanz und Unterwerfung, und wer wäre ich, den Fantasien einer Dame nicht nachzukommen? Kesley studiert einen Moment lang meine Miene. »Oh mein Gott. Du hast jemanden kennengelernt.«

»Nein.« Ich schüttele den Kopf und wende den Blick ab von ihr, hin zu der Aussicht auf den Nachthimmel hinter ihr, und einmal mehr merke ich, dass ich mich frage, was Serena wohl gerade macht.

»Lügner.« Sie schnappt sich ein Sofakissen und wirft es scherzhaft nach mir. »Wie ist sie?«

Ich setze mich neben sie, breitbeinig und die Hände im Schoß, und starre mit leerem Blick auf den flackernden Fernsehbildschirm. Vielleicht geht sie ja von allein, wenn ich sie zu Tode langweile.

»Es gibt niemanden«, beteuere ich, und zappe dabei durch die Kanäle.

»Bist du sicher?«

»Yep.«

»Gut.« Sie klettert rittlings auf meinen Schoß und schlingt die Arme um meinen Nacken. »Ich wollte dich nicht an jemand anderen verlieren.«

Kesley beugt sich vor, um mich zu küssen, und ohne nachzudenken drehe ich mich weg.

Was zur Hölle ist los mit mir?

»Derek.« Sie setzt sich aufrecht hin und nimmt die Arme von meinen Schultern. »Warum bist du so merkwürdig?«

»Sage ich doch. Nicht in Stimmung.«

Kesley gleitet von meinem Schoß und sinkt in unterwürfiger Pose zwischen meine Knie. Ihre Finger verschwenden keine Zeit, als sie den Knopf meiner Jeans öffnet. Und mein Schwanz hängt nur da und rührt sich nicht.

Ihre Zunge gleitet über ihre Oberlippe. »Vielleicht kann ich dich ja in Stimmung bringen …«

Ich drehe mich weg, stehe auf und richte mein derangiertes Hemd. »Kes, du musst jetzt gehen.«

Sie steht langsam auf, mit flammend roten Wangen. Ich bin sicher, dass sie sich jetzt gedemütigt fühlt, aber es ist, wie es ist. Ich habe versucht, sie zu warnen.

Sie schiebt sich eine blonde Strähne hinters Ohr und blickt mit Tränen in den Augen zu mir auf. »Findest du mich nicht mehr sexy?«

Herr im Himmel.

Genau deshalb sind Frauen wie Kesley ganz strikt nur Stoff fürs Bett. In denen geht nicht viel vor außer einer deutlich unnötigen Konzentration auf das Äußerliche.

Oberflächlich.

»Du bist sexy ohne Ende, Kesley«, sage ich und lege ihr die Hand auf den Arm.

»Es *gibt* jemanden.« Ihre Stimme bricht, und jetzt wird mir klar, dass sie sich an die Hoffnung geklammert hatte, dass unser kleines *Arrangement* eines Tages zu mehr würde. Damit hätte ich nie gerechnet. Sie lächelt unter Tränen. »In Ordnung. Schön. Ich hoffe nur, dass sie dich glücklich macht.«

Ich antworte nicht und entscheide, ihre Behauptung weder zu bestätigen noch zu leugnen.

»Das Leben ist zu kurz, richtig?« Sie schnieft, fährt sich mit dem Handrücken über die Nasenspitze und blickt zu mir auf, als wünschte sie, dass sie diejenige wäre. »Wenn du eine findest, die dich dazu bringt, die Regeln zu brechen, dann musst du sie festhalten und nie wieder gehen lassen.«

Ich nicke. »So etwas in der Art.«

Fuck. Eher *alles* in der Art.

»Mach's gut, Derek.« Sie geht zur Tür, steigt in ihre High Heels, dreht sich zu mir um und hebt die Hand an meine Wange. »Sie ist eine glückliche Frau, wer auch immer sie ist. Nur versprich mir eins.«

»Und was?«

Sie legt einen Finger auf mein Herz. »Wenn sie dir wirklich wichtig ist, dann lass sie *da* rein.«

Ich lege meine Hand auf ihre und ziehe sie weg. *Da* habe ich über zwei Jahre lang keine reingelassen, und ich bin nicht mal sicher, ob das dumme Ding überhaupt noch funktioniert.

»Danke für den Rat, Kes.« Leider werde ich ihn nicht brauchen.

»Hätte ich gewusst, dass das im Februar unser letztes Mal war, hätte ich dieses dämliche französische Dienstmädchenkostüm getragen, von dem du immer wolltest, dass ich es anziehe.« Sie lacht, und ihre grünen Augen leuchten auf. Alles an Kesley ist hübsch und schlicht, und obwohl ich mir nie die Zeit genommen habe, sie so gut kennenzulernen, bin ich sicher, dass sie eines Tages einen Mann sehr glücklich machen wird.

»Ich hoffe, du findest, was du suchst«, sage ich. »Es tut mir leid, dass ich dir nicht geben konnte, was du wolltest.«

»Keine Reue.« Sie zuckt lächelnd mit den Schultern und öffnet die Tür.

Und damit ist mein Arrangement mit Kesley Black offiziell aufgelöst.

Ich gehe zu Bett, lege mein Handy auf den Nachttisch, sehe ein letztes Mal nach wie ein lustkranker Idiot und finde nichts. Ich rolle mich an die Stelle, an der ich gestern Nacht Serenas Körper erobert habe, und greife das Kissen, in das sie ihren Kopf vergrub, als ich von hinten in sie eindrang. Es riecht nach ihr. Ich packe den weichen Stoff und werfe es durch das Zimmer.

Ich bin nicht wütend auf sie.

Ich bin wütend auf mich selbst und meine lächerliche Unfähigkeit, den Kopf aus dem Allerwertesten zu ziehen und endlich nicht mehr Trübsal zu blasen wie ein Trottel.

28. KAPITEL

Serena

Wir trinken an der Bar zu Ende und gehen hinauf in die Suite, die Keir reserviert hat, damit wir ungestört reden können. Ich setze mich aufs Ende eines Zweisitzer-Sofas mit Fischgrätenmuster, schlage die Beine übereinander und wende ihm meine ganze Aufmerksamkeit zu.

»In Ordnung«, sage ich. Der Cocktail, den ich gerade genossen habe, kursiert in meinen Adern und macht alles warm und milde, trotz der Wendung der Ereignisse heute Abend. »Erzähl mir alles. Und bleib auf der anderen Seite im Zimmer. Ich denke nicht, dass du heute Abend in der Lage bist, deine Hände bei dir zu behalten.«

Keir mixt sich einen Belvedere mit Soda aus der Minibar und kommt näher. Er schlüpft aus der Anzugjacke und setzt sich an einen Tisch für zwei Personen, solide zwei Meter von mir entfernt, ohne den Blick von mir zu wenden. Die Art, wie er mich ansieht, weckt Sehnsucht in mir nach den Tagen, als wir glücklich waren, als unsere Liebe noch funkelnagelneu und unsere Zukunft ein wundervoller Tagtraum war, den wir zügig in Realität verwandelten.

»Ich habe vieles getan, worauf ich nicht stolz bin. Ich habe nie behauptet, dass ich perfekt wäre. Für einen Mann meines Alters habe ich eine beschämende Menge an Dingen zu bereuen.« Keir dreht sein Kristallglas zwischen Daumen und Zeigefinger und wendet einen Moment lang den Blick ab, bevor er die ozeanblauen Augen wieder auf mich richtet. »Aber dich verletzt zu haben? Das bereue ich am meisten.«

»Wenn du darauf aus bist, mein Mitleid zu gewinnen: Das funktioniert nicht.« Meine Worte sind trocken und gleichgültig, und er verdient jedes einzelne davon.

»Veronica kam vor einigen Monaten auf mich zu.« Er räuspert sich und trinkt einen Schluck. »Sie bat mich um ein Treffen zum Abendessen, denn sie hätte einen Vorschlag, den sie mir unterbreiten wollte. Ich nahm an, dass es etwas mit der Hochzeit zu tun hat, also stimmte ich als pflichtbewusster künftiger Schwiegersohn zu.«

Er senkt den Kopf und fährt mit dem Daumen über seine Augenbraue.

»Stattdessen«, erzählt er weiter, »bestand ihr Vorschlag darin, mich dafür zu bezahlen, dass ich Sex mit zwei deiner Freundinnen habe und sicherstelle, dass du uns dabei erwischst.« Er schüttelt den Kopf und atmet schnaubend aus. »Fünfzehn Millionen Dollar, um meine Untreue zu erkaufen.«

»Verdammt, Keir. Wieso?« Meine Lippen zittern. Der vertraute Schmerz in der Brust ist mein Herz, das nun wieder ganz auseinanderbricht. »Du wusstest doch, dass ich Geld habe. Du wolltest mich heiraten. Du brauchtest das Geld doch nicht. Mein Gott, deine Familie hat Geld. Habe ich dir so wenig bedeutet?«

»Nein, nein.« Seine Kinnmuskeln spannen sich an. »Du hast mir die Welt bedeutet, Serena. Das tust du immer noch.«

»Ich verstehe nicht, warum du so einer Sache zustimmen solltest, vor allem, wenn du in erster Linie doch gar keine Geldsorgen hattest.«

»Meine Familie hat Geld, ja, aber bis zu ihrem Tod sehe ich keinen Cent davon, und seien wir ehrlich, Montgomerys neigen dazu, ewig zu leben.« Er seufzt, als wäre das etwas Schlechtes.

»Und um ehrlich zu sein, insgeheim war es mir nicht recht, dass du nach unserer Hochzeit für uns sorgen müsstest. Ich wollte auch etwas auf den Tisch legen. Ich wollte kein armseliger Blutsauger sein.«

»Was hat dich denken lassen, dass wir immer noch heiraten, nachdem ich dich in flagranti beim Sex mit zwei meiner besten Freundinnen erwischt habe?«

Er schüttelt den Kopf, zieht die Unterlippe zwischen die Zähne und gibt ein niedergeschlagenes Lachen von sich. »Das ist es ja gerade. Ich *habe nicht* gedacht. Ich schätze, ich war geblendet von Dollarzeichen, weil ich wirklich geglaubt habe, dass du mir verzeihen würdest. Ich dachte, unsere Liebe wäre stark genug, um das durchzustehen. Ich dachte, es wäre nur ein unwesentliches Problem.«

Ich schmolle. »Ein *unwesentliches* Problem. Willst du mich veräppeln?«

»Ich weiß. Ich war wie verhext durch ihr Angebot; ich habe das Ganze nicht zu Ende gedacht. Ich habe es einfach gemacht. Und du solltest wissen, dass Natasha und Tenley nicht deine Freundinnen sind, denn als ich ihnen die Idee unterbreitete, haben sie mit keiner Wimper gezuckt.«

Ich schnaube und zupfe an einem losen Faden an der Sofalehne.

Mistbienen.

Obwohl, inzwischen kann ich wohl sagen, dass sie mir einen Gefallen getan haben. Ich hätte einen Mann geheiratet, der dumm genug ist, zu behaupten, dass er mich liebt, und leichtfertig genug, um zu denken, dass ich ihm seine eigennützigen Fehltritte verzeihen würde.

Ich lasse den Blick durchs Zimmer schweifen, über die teuren Lampen und die modernen Tapeten, und nichts davon fühlt sich nach einem Zuhause an.

Wenn ich mir in diesem Moment aussuchen könnte, wo ich sein will, würde ich jetzt auf Dereks Sofa lümmeln, in seinem Apartment, ihn aufziehen und so tun, als würde ich mich nicht heftig zu ihm hingezogen fühlen und wäre drauf und dran, über ihn herzufallen.

»Warum sollte Veronica mir das antun wollen?« Ich blicke auf zu Keir, der niedergeschlagen an seinem Drink nippt, als wäre *er* das Opfer.

»Ich weiß es nicht, Serena. Ich glaube, sie wollte dich einfach nur verletzen. Dir das Einzige nehmen, dass du je geliebt hast. Sie wollte, dass du zusammenbrichst.« Er stößt die Luft aus und sieht mich wieder an. »Und genau das ist ja auch passiert.«

29. KAPITEL

Derek

Schweiß steht mir auf der Stirn, als ich am Sonntagabend vom Laufen komme. Zuvor habe ich Haven zurück zu ihrer Mutter gebracht und bin dann nach Hause, um zu joggen, denn offenbar brauchte ich mehr als eine zweistündige Fahrt, um einen klaren Kopf zu bekommen.

Ich schäle mich aus meinen Sachen und steige in die Dusche. Langsam werden meine Atemzüge wieder regelmäßiger und meine Gedanken klarer, und als ich heraussteige, vibriert mein Handy auf dem Badezimmertresen.

Es ist Demi.

»Was ist los?«, melde ich mich, und Dampf hüllt das Display ein, als ich das Handy auf laut stelle. Ich schnappe mir ein Handtuch, trockne mich ab und wickele es mir eng um die Taille.

»Gott sei Dank, dass du rangehst.« Demis Stimme ist atemlos, und mir sinkt das Herz.

»Was? Was ist los?« Ich halte es nicht aus, wenn sie mich so auf die Folter spannt, und das weiß sie.

»Hast du schon gehört?«

»Was denn?« Meine Fingerknöchel werden weiß, so fest packe ich mein Handtuch.

»Ich bin gerade online«, sagt sie. »Da macht gerade eine Story die Runde. Und Fotos. Von gestern Abend.«

»Worüber?«

»Serena.«

Mir wird unsagbar eng in der Brust, sodass ich alle Kraft brauche, um das Gefühl zu ignorieren, und eine Mischung aus Emotionen, die mir die Worte raubt und mich erst einmal sprachlos macht.

»Es ist ganz groß auf der Website von *Page Six*. Auf *Radar Online. TMZ.*« Demi atmet ins Telefon aus. »Offenbar war Serena gestern Abend mit Keir Montgomery zusammen. Es gibt Fotos davon, wie sie eine Bar verlassen und zum Gramercy Hotel fahren. Wusstest du, dass sie in die City zurückgefahren ist, um ihn zu sehen?«

Einen Moment lang sehe ich rot. Und dann schwarz. Ich weiß nicht, wie viel Zeit vergeht, aber als ich höre, wie Demi immer wieder meinen Namen ruft, komme ich zurück aus meiner Zeitschleife.

»Ich bin noch da«, sage ich.

»Okay, denn da ist noch mehr.«

»Herr im Himmel.«

»*Page Six* schreibt, laut einer Quelle stünde Serena in einer körperlichen Beziehung zu ihrem Finanzverwalter, dem Anwalt Derek Rosewood von Rosewood & Rosewood LLP.«

»Verdammt.« Ich donnere die Faust auf Granit, aber ich fühle gar nichts.

Deshalb wollte ich mich nicht auf sie einlassen.

Sexuelle Beziehungen zwischen Anwalt und Klientin verletzen den *Ehrenkodex* und die *Regeln* des Berufsstandes.

Das ist übel. Das ist wirklich, wirklich übel. Und ich wusste es doch besser. Ich wusste es verdammt noch mal besser.

»Danke für die Aufmunterung, Dem.« Ich lege auf und versuche, mich weiter fertig zu machen, während ich mir gleichzeitig die Fotos von Serena und Keir reinziehe, die das Internet überschwemmen.

Auf einem Foto, draußen vor dem Hotel, liegt seine Hand an ihrem unteren Rücken, und er beugt sich nahe zu ihr und flüstert ihr etwas ins Ohr.

Ich kann nicht geradeaus denken.

Ich kann nicht geradeaus sehen.

Und als ich endlich aus meinem Zimmer komme, ist das Erste, was ich sehe – *sie*.

30. KAPITEL

Serena

»Hey.« Ich stehe mitten im Foyer seines Apartments, und mein Herz erholt sich noch von dem Satz, den es gemacht hat, als ich seine Tür aufgehen hörte. Ich bin seit mindestens einer halben Stunde hier draußen, und ich war mir nicht sicher, ob er mir aus dem Weg geht.

Oder ob er den neuesten Klatsch und Tratsch gehört hat.

Derek geht an mir vorbei in die Küche und tut dabei mehr oder weniger so, als wäre ich gar nicht da.

»Hattet du und Haven ein schönes Wochenende?« Ich folge ihm und frage seinen Rücken.

»Wieso bist du hier?«

Langsam hebe ich die Hand ans Herz. »Wie meinen?«

Als er sich zu mir umdreht, ist seine Miene hart, erfüllt von der Verbitterung, die er wahrscheinlich sonst für seine Ex-Frau reserviert.

»Du bist in die City gefahren, um deinen Ex zu treffen«, sagt er. »Den, der dich verarscht hat.«

Ich lache. Er hat die Artikel gesehen. »Das kann ich erklären.«

»Das wird nicht nötig sein.«

»Offensichtlich hast du die Artikel gelesen, und du weißt so gut wie ich, dass die nur schreiben, was sie schreiben wollen.« Ich gehe um die Kücheninsel auf ihn zu. »Alles, was sich verkauft. Es muss nicht stimmen.«

»Ich habe die Fotos gesehen.« Er geht weg von mir, und seine Kinnmuskeln spannen sich immer wieder an. »Aber es spielt keine Rolle, weil du nicht meine Frau bist. Du gehörst nicht mir. Ich bin nicht dein Freund. Aber sag mir, Serena, wieso berichtet *Page Six*, dass du eine sexuelle Beziehung mit deinem Anwalt hast? Verstehst du, was das bedeutet? Was das möglicherweise meiner *Karriere* antut?«

Ich lehne mich über den Rand der Kücheninsel, stütze die Ellbogen auf und berge das Gesicht in den Händen. »Es tut mir so leid, Derek.«

»Was in aller Welt hast du getan, Serena? Wem hast du davon erzählt? Warum solltest du ...«

Ich zwinge mich, ihn anzusehen. Mich dem zu stellen, was ich getan habe. »Ich übernehme die Verantwortung.«

»Wie *ehrenwert* von dir.« Er geht zum Spülbecken und dreht mir wieder den Rücken zu.

»Ich war in der City, um Poppy zu besuchen. Sie ist eine meiner besten Freundinnen.« Ich atme aus. »War. Sie *war* eine meiner besten Freundinnen.«

»Weißt du, an diesem Punkt spielt es echt keine verdammte Rolle mehr.« Er lacht, ein gemeines Lachen. »Der Schaden ist schon angerichtet. Es braucht nur eine einzige Person, die eine Beschwerde gegen mich einreicht, und dann wird eine Untersuchung in Gang gesetzt.«

»Können wir nicht einfach alles abstreiten?«

»Klar, denn wenn ein Anwalt bei seiner eigenen Überprüfung lügt, ist das ja nicht zu einhundert Prozent ein Grund für ein dauerhaftes Berufsverbot.«

»Wir hatten ein Mädchenwochenende«, erzähle ich. »Es fühlte sich gut an, zur Abwechslung mal über etwas Schönes zu reden, und ich habe ihr von dir erzählt. Über den Spaß, den wir hatten. Wie toll du im Bett bist ...«

»Spar dir das.«

Ich ignoriere ihn, denn er muss das hören, und dies könnte das letzte Mal sein, dass ich die Chance bekomme, es ihm zu sagen.

»Wir waren gestern aus, etwas trinken. Keir tauchte auf. Poppy hatte ihm einen Tipp gegeben«, erzähle ich. »Offenbar haben sie miteinander geredet, und sie wollte uns wieder zusammenbringen. Sie dachte, sie würde helfen. Auf jeden Fall wollte Keir mich nicht in Ruhe lassen. Und dann tauchten die Paparazzi auf, und ich hatte keine Möglichkeit, da hinauszukommen, also fuhr er mich zu einem Hotel.«

Derek lacht. Er glaubt mir nicht. Und das ist nur fair. Ich weiß, wie weit hergeholt meine Geschichte klingt, aber jedes Wort davon ist wahr, ob er mir nun glauben will oder nicht.

»Als ich ging, hielt er mich auf. Er sagte, er müsse mir etwas gestehen«, fahre ich fort. »Ich ließ ihn mit auf das Zimmer kommen, damit wir ungestört reden konnten.«

Er sieht mich an, die perfekten Lippen zu einem spöttischen Grinsen verzogen. »Wirke ich so naiv auf dich, Serena?«

»Er hat mir erzählt, dass Veronica ihn zu allem angestiftet hätte. Sie hat ihm fünfzehn Millionen Dollar bezahlt, damit er mich betrügt und dafür sorgt, dass ich ihn dabei erwische. Sie wollte, dass ich es sehe und mich aufrege. Sie wollte, dass ich zusammenbreche, um damit ihren Masterplan in Gang zu setzen.«

»Oh. Okay. Ich verstehe. Da er bestochen wurde, ist jetzt alles in Ordnung. Du wirst ihm verzeihen, zu deinem alten Leben und dieser Teufelsbrut von Freundinnen zurückkehren. Na dann, auf Nimmerwiedersehen.«

Ich runzele die Stirn und gehe auf ihn zu. Etwas in mir übernimmt die Kontrolle. Ich weiß nicht, was es ist. Ich weiß nur, dass Sekunden später meine Handfläche brennt von der Ohrfeige, die ich ihm gerade verpasst habe, und er steht da, stoisch und unbewegt, und akzeptiert sie wie ein Mann ohne Seele.

»Nein«, sage ich. »Nein, damit ist es nicht in Ordnung. Ich habe ihm nicht verziehen. Und ich gebe keine zweiten Chancen.«

Bevor er darauf antworten kann, bin ich an der Tür. Ich gehe.

Als ich draußen auf dem Gehweg stehe, wird mir klar, dass ich keine Handtasche habe. Keine Geldbörse. Kein Handy.

Ich habe keine Ahnung, wohin ich gehen soll, aber ich kann nicht wieder da hinein. Derek ist nicht in einer Stimmung, in der ich vernünftig mit ihm reden kann, und er hat jedes Recht, wütend auf mich zu sein. Seine Karriere steht auf dem Spiel, und wofür?

Weil ich so egoistisch war und ihn verführt habe.

Mir tun die Füße in meinen flachen Schuhen weh, und ein frischer Windhauch weht durch meine Bluse, als ich über die Gehwege in der Innenstadt von Rixton Falls marschiere.

Ich weiß nicht, wo ich bin oder wie spät es ist. Ich weiß nur, dass ich noch nicht so weit bin, zurückzugehen.

Knirschende Reifen auf Schotter lenken meine Aufmerksamkeit auf einen kleinen Parkplatz in einer Allee, und das Fenster auf der Fahrerseite geht herunter.

»Serena?«, ruft eine Frauenstimme.

Ich sehe näher hin und erkenne die Fahrerin sofort.

»Demi.« Ich gehe zu ihr und zwinge mich zu einem Lächeln.

»Was machst du hier draußen? Wo ist mein Bruder?«

»Ich gehe nur spazieren. Er ist zu Hause.«

Sie mustert mich und runzelt die Stirn. »Was hat er jetzt wieder angestellt?«

Ich lache. »Alles in Ordnung.«

»Du siehst traurig aus. Er war wieder ein Arsch, richtig? Was hat er gemacht?« Ihre Miene wird traurig. »Es geht um die Fotos, oder? Die Artikel?«

Meine Unterlippe zittert. »Er hat nichts gemacht. Das war alles ich.«

Demi verzieht die Lippen. »Steig ein. Lass uns reden.«

Wir fahren gefühlt stundenlang, und Demi erzählt, wie schwierig ihr Bruder sein kann und dass es einen besonderen Menschen braucht, um ihm überhaupt eine Chance zu geben, dass sie ihn nur liebt, weil er Familie ist, und wenn er das nicht wäre, würde sie ihn als riesiges Arschloch bezeichnen, dem nur seine Karriere und seine Tochter wichtig sind. Sie erzählt, dass sie ihm schon seit Jahren sagt, dass er sich mehr öffnen soll. Netter sein soll. Andere an sich heranlassen soll. Und dann erzählt sie mir von der Scheidung und von Kyla und dass sie ihn jetzt nur noch lächeln sieht, wenn er Haven hat.

Und dann sagt sie mir, falls ich zurück zu Keir will, dann soll ich mir das von Derek nicht ausreden lassen. Dass ich mein eigener Herr bin und tun muss, was das Beste für mich ist.

»Danke, Demi. Aber du solltest wissen, dass ich nicht wieder mit Keir zusammen bin«, sage ich nach einer Weile. »Und im Ernst. Derek hat nichts gemacht. Das war alles ich.«

»Pfft.« Demi winkt ab. »Mein Bruder ist nicht perfekt. Du musst die Schuld nicht auf dich nehmen. Jeder Kampf ist fifty-fifty. Das sagt unser Vater immer.«

Ich starre einen Moment lang aus dem Fenster und sammele meine Gedanken.

»Könnte sein, dass ich einer Freundin von … unserer Indiskretion erzählt habe.« Ich schlucke den harten Kloß in meiner Kehle hinunter. »Und wie sich herausstellt, war diese Freundin am Ende doch keine so gute Freundin, denn sie hat die Information verkauft.«

Demi schnappt nach Luft und drückt sich die Hand auf den Mund. »Wie schrecklich, Serena.«

»Deshalb ist Derek aufgebracht«, sage ich. »Und mit Recht. Er war so wütend vorhin. Ich will wirklich nicht zurück dorthin. Ich denke, ich sollte ihm Freiraum geben.«

»Wohin willst du denn?«

»Ich habe keine Ahnung. Alle meine Sachen sind noch dort. Meine Geldbörse. Mein Handy.« Ich stütze den Ellbogen an die Tür und drücke die Stirn an meine Hand. »Er war wütend, und ich habe nicht nachgedacht. Ich bin einfach nur weg.«

»Du bleibst bei mir.« Demi hält an einem Stoppschild und dreht sich zu mir um.

»Das kann ich dir nicht antun.«

»Ich bestehe darauf.« Sie nickt. »Du kannst bei uns bleiben, solange du es brauchst. Und morgen, wenn mein Bruder in der Arbeit ist, fahre ich mit dir zurück zu seiner Wohnung, damit du hinein und deine Sachen holen kannst.«

»Wow … danke, Demi. Das ist so lieb von dir.«

Sie lächelt, ihr Blick ist sanft und mütterlich, und ich wünsche mir augenblicklich, dass wir beste Freundinnen wären. Alles an ihr ist aufrichtig und honigsüß, und sie hat nicht eine Bemerkung gemacht, die auch nur entfernt auf meine äußere Erscheinung abzielte.

»Nicht der Rede wert.« Sie winkt ab, und wir fahren zu ihr.

Ich bin nicht sicher, wann ich Derek wiedersehen werde, aber so, wie es im Moment ist, bin ich nicht sicher, ob er mich überhaupt je wiedersehen will.

31. KAPITEL

Derek

Vor vier Tagen hat Serena mein Apartment verlassen.

Vor drei Tagen kam ich von der Arbeit und fand das Gästezimmer geräumt vor.

Vor zwei Tagen, aus einer Laune heraus und mit nicht weniger als sechs Flaschen Heineken intus, rief ich jedes Hotel im Umkreis von dreißig Meilen an, um zu sehen, ob sie irgendwo abgestiegen war.

War sie nicht.

Gestern war mein Vater gezwungen, mich in bezahlten Urlaub zu schicken, bis zur Klärung der Untersuchung einer Beschwerde gegen mich durch unbeteiligte Dritte, wegen Sex mit einer Klientin.

Soweit ich weiß, hat Serena gepackt und ist in die City zurückgekehrt. Wahrscheinlich zieht sie jetzt zusammen mit diesem Arsch, der mit Silberlöffel im Mund geboren wurde und nicht fähig ist, ein Foto zu machen, auf dem mal nicht sein typisches selbstgefälliges Grinsen drauf ist.

Aber sie ist offiziell nicht mehr mein Problem.

Ihre Sachwaltung wurde an eine Anwaltskollegin in der Kanzlei übergeben, die sich von jetzt an auch um Serenas Petition kümmern wird.

Im Grunde genommen bin ich nicht mehr an Serena Randall gebunden, auch wenn die Boulevardpresse seit Sonntag nicht aufgehört hat, über uns zu schreiben. Gerüchte und

Spekulationen sind alles, was die Klatschblätter haben. Ein Magazin hat sogar ein altes Jahrbuch von mir veröffentlicht und irgendeine Frau interviewt, von der ich nie gehört habe, die aber vorgegeben hat, sie sei eine Ex-Freundin vom College.

Aber nichts davon ist wichtig.

Der Schaden ist angerichtet.

Ich werde überprüft, und mein Name steht auf die schlimmste nur mögliche Art mit ihrem in Verbindung.

Ich hätte lediglich Nein sagen müssen.

Aber eine Dosis Serena Randall war alles, was nötig war, um hemmungslos süchtig zu werden.

32. KAPITEL

Serena

Es ist zwei Wochen her, seit ich Dereks Apartment verlassen habe, und vor einer Woche erhielt ich einen Anruf von einer Anwältin namens Shayla, die in seiner Kanzlei arbeitet. Sie sagte, mein Fall sei an sie weitergegeben worden, und ich habe nicht nach Einzelheiten gefragt.

Das musste ich nicht.

Er will nichts mit mir zu tun haben.

Und ich kann ihm keinen Vorwurf deswegen machen.

Unsere Anhörung war am letzten Freitag, und seit heute Nachmittag bin ich offiziell frei von den Fesseln dieser lächerlichen Sachwaltung.

»Du packst?« Demi steht in der Tür zum Gästezimmer in dem kleinen Haus, das sie mit ihrem Freund bewohnt. Das Zimmer ist winzig, kaum groß genug für ein Doppelbett, aber es war einer der gemütlichsten Orte, die ich je zeitweilig mein Zuhause nennen durfte.

Ich will nicht fort von hier.

»Stimmt«, sage ich.

Demi macht einen Schmollmund. »Es war so schön, dich hierzuhaben.«

»Danke, dass ich hier wohnen durfte«, sage ich. Wann immer ich wegen ihrer Freundlichkeit protestierte und mir ein Hotel suchen wollte, lehnte Demi ab. Und dafür bin ich dankbar, denn diese letzten paar Wochen allein mit meinen Gedanken zu sein wäre wahrscheinlich nicht das Beste für mich gewesen.

»Komm doch heute mit zum Brunch zu meinen Eltern.« Demis Gesicht hellt sich auf. »Meine Mom macht die besten Quiches und Zimtrollen, und meine Schwestern sind auch in der Stadt, und ich weiß, dass sie dich liebend gern treffen würden.«

Mir stockt der Atem, denn das Erste, was mir in den Sinn kommt, ist der Gedanke, Derek wiederzusehen.

Das kann ich nicht.

Ich kann nicht dorthin gehen und wissen, dass ich ihm vielleicht begegne, wissen, dass der bloße Gedanke an ihn mir unzählige Knoten im Bauch macht.

Meine Hände werden fahrig, als ich meine Sachen falte und ordentlich unten in den Koffer lege. »Ich kann mich nicht aufdrängen.«

»Du würdest dich nicht aufdrängen. Meine Mutter *liebt* es, für Gäste zu kochen. Sie würde sich *wahnsinnig* freuen.« Demi kommt herein und setzt sich aufs Fußende des Bettes. »Und mein Dad ist … er ist in vielem wie Derek. Er ist gewöhnungsbedürftig. Aber harmlos. Er wird dich lieben. Ganz bestimmt.«

»Demi.« Ich seufze und spüre, dass meine Augen zu brennen beginnen. Ich will die Tränen wegblinzeln, aber es ist schon zu spät.

Letztes Wochenende wollte Demi mich dazu überreden, zu Havens Geburtstagsparty zu kommen. Offenbar hatte Haven wieder von mir gesprochen und gefragt, ob ich komme. Es brach mir das Herz, aber ich konnte einfach nicht. Ich konnte nicht riskieren, die Situation peinlich und unbehaglich zu machen, und ich war mir auch nicht sicher, ob Derek mich überhaupt dabeihaben wollte.

»Falls es dabei um Derek geht«, Demi rutscht näher und lehnt sich zu mir, »ich glaube nicht, dass er in der Stadt ist, Süße. Das Letzte, was ich gehört habe, war, dass er für eine Weile weggefahren ist.«

Ich ziehe eine Augenbraue hoch. »Wirklich?«

Ich habe Demi strikte Anweisung gegeben, Derek nicht zu erzählen, dass ich bei ihr bin, und ich bat sie, seinen Namen in meiner Gegenwart nicht zu erwähnen, es sei denn, es wäre unbedingt nötig. Ich wollte das Ganze nicht noch schwerer machen, als es schon war.

»Yep.« Demi verzieht die Mundwinkel. »Er meinte, er müsse ein wenig raus. Nachdenken. Und lass dir sagen, das ist *nicht* mein Bruder. Er läuft nicht einfach so weg. Etwas muss ihm wirklich an die Nieren gehen.«

»Wo ist er denn hin?«

»New York City.« Demi atmet aus, legt den Kopf schief und sieht mich todernst an. »Und, Serena?«

»Ja?«

»Mein Bruder *hasst* die City.«

33. KAPITEL

Derek

Mehrere Tage in Manhattan sind nicht meine Vorstellung von Urlaub, aber ich bin mir nicht zu gut dafür zuzugeben, dass ich in der Hoffnung hinfuhr, ihr zufällig zu begegnen.

Ich konnte ein Hotel mit Wellnessbereich finden und habe den größeren Teil meines Aufenthalts damit verbracht, mich massieren zu lassen und in diesen albernen Yoga-Meditations-Sitzungen, die in meinem Wellnesspaket inbegriffen waren, »meine Mitte zu finden«.

Ich kam mir vor wie ein Idiot, und es könnte sein, dass ich die ganze Zeit Witze gemacht habe, aber nach allem, was in den letzten zwei Wochen passiert ist, dachte ich mir, ich könnte eine gewisse Ruhe in meinem Leben gebrauchen.

Bei der Abreise fühlte ich mich einigermaßen erholt und erfrischt. Und den größten Teil des gestrigen Tages war ich mal nicht mit allem Möglichen um Serena Randall beschäftigt.

Am Sonntagmorgen um elf Uhr halte ich vor dem Haus meiner Eltern. Sie rechnen nicht mit mir, aber ich kenne die Routine. Schon seit ich denken kann, serviert Mom immer um diese Zeit Brunch, und meine jüngsten Schwestern sind auch gerade in der Stadt.

Zeit mit der Familie sollte mir guttun.

Ich sehe Demis Auto an der Straße parken, als ich den Fußweg hochgehe, und mein Vater grüßt mich von den roten Adirondack-Stühlen auf der Veranda. Royal sitzt neben ihm und prüft offenbar gerade Baseballstatistiken auf seinem Handy.

»Derek.«

»Oh, hey«, sage ich. »Habe euch gar nicht gesehen. Wieso seid ihr nicht drinnen?«

»Wir sind gerade hier raus, um ein wenig Ruhe und Frieden zu haben.«

Royal verdreht die Augen. »Das da drin ist ein Haufen Klatschtanten.«

Dad hebt die Hand und macht eine »sprechende« Geste damit. Seine schmalen Augen richten sich auf mich, und er grinst. »Und es hilft auch nicht gerade, dass heute noch ein Bonusmitglied dabei ist. Das ist ja wie eine regelrechte Schwesternschaft da drin.«

Ich sehe erst Royal und dann Dad an und runzele die Stirn. Royal sieht Dad an, und meine Geduld schwindet.

»Was verschweigt ihr mir?« Ich stemme die Hand in die Hüfte, und in dem Moment geht die Haustür auf.

»Ich soll euch sagen, dass der Brunch fertig ist.« Serena sieht mich und erstarrt auf der Stelle.

Und mir bleibt das Herz stehen.

Bevor ich überhaupt reagieren kann, ist sie weg. Die Tür geht zu.

»Da hast du deine Antwort.« Royals Tonfall ist halb trocken, halb amüsiert.

»Was macht sie hier?« Ich richte meine Frage an sie beide und wende mich dann an meinen Vater. »Und wieso ist das okay für dich?«

Dad steht schulterzuckend auf. »Offenbar hat sie sich die letzten zwei Wochen bei Demi und Royal verkrochen.«

»Willst du mich verarschen, Royal?« Ich spucke seinen Namen förmlich aus. »Und du konntest dir nicht die Mühe machen, mir das mitzuteilen?«

»Ich hatte strenge Anweisungen.« Er zieht die Augenbrauen hoch. »Sie wollte nicht, dass du weißt, wo sie ist. Das musste ich respektieren.«

Dad kommt zu mir, mustert mich prüfend und sieht so aus, als würde er mir gleich auch noch einen Vortrag halten.

Doch dann atmet er nur tief ein, hakt eine Hand in seine Gürtelschlaufe, legt mir die andere auf die Schulter und drückt sie.

»Ich habe nicht immer mit allem recht«, sagt er und schiebt die Lippen vor. »In den meisten Dingen schon. Aber nicht in allen. Und wie ich feststellen musste, als ich älter wurde, gebe ich nicht immer die besten Ratschläge, wenn es um Herzensangelegenheiten geht.«

Damit geht er hinein, und ich bleibe allein mit Royal zurück.

»Was in aller Welt soll das heißen?«, frage ich.

Royal schüttelt den Kopf und zuckt mit den Schultern. »Er ist *dein* Dad. Das Rätsel musst *du* knacken.«

Mein Vater, der offenbar noch hinter der Tür stand, kommt wieder heraus.

»Sie ist ein nettes Mädchen«, sagt er und fährt sich mit den Fingern über den Schnurrbart. Er späht über meine Schulter, blickt links und rechts über die Straße und schnalzt dann mit der Zunge. »Es ist nicht ihre Schuld, dass du Mist gebaut hast.«

Damit verschwindet er.

»Mit anderen Worten, das Ganze ist allein *deine* Schuld.« Royal grinst, und ich könnte ihm eine verpassen.

Aber sie haben recht.

Es ist alles meine Schuld.

Ich habe das Ganze aus dem Ruder laufen lassen.

Und ich habe sie gehen lassen.

Die Frauen sitzen schon um den Tisch, als wir hereinkommen.

»Derek!« Mom drückt sich die Hände aufs Herz, als sie mich sieht. »Wir hatten gar nicht mit dir gerechnet, mein Lieber. Komm herein und setz dich.«

»Wurde auch Zeit.« Meine jüngste Schwester Daphne steht auf, als sie mich sieht, und umarmt mich. »Habe dich vermisst, *idiotus majorkus.*«

Ich setze mich neben sie.

Ihr gegenüber sitzt Delilah … die neben Serena sitzt … die mich keines Blickes würdigt.

»Was, keine Liebe für mich?« Delilah beugt sich vor, und ihr dunkles Haar fällt auf ihr Tischset. Dann schiebt sie ihren Stuhl nach hinten. »Na gut. Dann komme ich und hole mir deine Begrüßung, da du offenbar allergisch gegen diese Tischseite bist.«

Delilah umarmt mich von hinten und erwürgt mich damit praktisch, und Mom bedeutet Royal, dass er sich neben sie setzen soll.

»Können wir jetzt essen?«, fragt Dad schnaubend am Kopfende des Tisches.

»Ja, Robert.« Mom sieht mich an, als sie spricht, und ich kann sie nicht durchschauen. Ich bin nicht sicher, was sie weiß. Was über mich gesprochen wird. Was sie über Serena denkt. Aber ich bin sicher, dass ich es herausfinden werde. »Royal, würdest du das Tischgebet sprechen?«

Ich lache leise. In meiner Kindheit hat Royal es immer gehasst, wenn Mom ihn bat, das Tischgebet zu sprechen. Er ist wahrscheinlich der am wenigsten religiöse Mensch an diesem Tisch, aber das Letzte, was er je wollen würde, wäre, Bliss Rosewood zu enttäuschen. Sie hat ihn praktisch aufgezogen, und sie ist die einzige echte Mutterfigur, die er je gekannt hat.

Eine Minute später wird das Essen herumgereicht, und das Klappern von Besteck auf Porzellan erfüllt den Raum.

»Also, Serena«, fragt Mom mit einem warmen Lächeln. »Demi erzählte mir, dass Sie auf der Wellesley waren?«

»Stimmt«, antwortet sie. »Ich habe Politikwissenschaft und Internationale Beziehungen studiert.«

Ich hätte sie nie für eine Politikwissenschaftlerin gehalten. Es erklärt auf jeden Fall, wie sie sich zu diesem Idioten Keir Montgomery hingezogen fühlen konnte.

»Sie sind sehr mutig, wenn Sie in der Politik Karriere machen wollen«, meint Dad und trinkt einen Schluck Orangensaft. »Das ist nichts für schwache Nerven.«

»Um ehrlich zu sein, bin ich nicht sicher, was ich mir dabei gedacht habe.« Sie lacht leise. »Im Rückblick war es ein wenig töricht von mir, mich in diese Richtung zu orientieren. Ich schätze, ich folgte meinen Interessen zu der Zeit und dachte nicht langfristig. Ich glaube nicht, dass ich im derzeitigen Klima ein Leben in der Politik ertragen könnte.«

»*C'est la vie.*« Daphne seufzt und stochert in ihrem Essen herum.

»Leben und lernen«, meint Demi. »Es gibt immer noch die Graduiertenschule.«

»Serena, Demi erzählt auch, dass Sie in der City leben«, fährt Mom fort. »Wie gefällt Ihnen das Leben in New York?«

Als sie darauf antwortet, stelle ich fest, dass ich auf meinen leeren Teller starre. Ich habe mein Essen hinuntergeschlungen wie ein totaler Wilder, in meinem schwachen Versuch, mich auf irgendetwas anderes zu konzentrieren als die Tatsache, dass Serena nur ein paar Fuß von mir entfernt sitzt.

»New York ist eine sehr lebhafte Stadt«, erzählt Serena. »Schnelllebig. Mörderisch. Ein Ort, an dem man sich selbst finden und wieder vollkommen verlieren kann.«

Daphne lehnt sich zurück und legt sich die Hand aufs Herz. *»Poétique.«*

»Ich glaube, für die hier brauche ich den Google-Translator.« Royal deutet auf Daphne.

»Oh, sei still.« Mom gibt Royal einen Klaps auf den Arm. »Sie liebt diese Sprache schon, seit sie ein kleines Mädchen war.«

»Und zwei Semester später haben wir unsere ganz eigene ausländische Austauschstudentin«, kichert Delilah.

Aus dem Augenwinkel sehe ich, wie Serena sich zu Daphne beugt, ihr die Hand auf den Arm legt und zwinkert. *»J'aime Paris.«*

Ich schenke mir ein zweites Glas Orangensaft ein, das ich eigentlich gar nicht möchte, und beiße für den Rest des Essens die Zähne zusammen. Als alle fertig sind und die Küche sich in ein Schlachtfeld aus Geschnatter, aufgetürmtem Geschirr und laufendem Wasser verwandelt, verschwinde ich in den Keller, in mein ehemaliges Kinderzimmer.

Als Kind kam es mir größer vor.

Ich sitze auf dem Boden, mit dem Rücken zu den Schranktüren, und klimpere auf der Akustikgitarre herum, um die ich mit vierzehn gebettelt hatte. Dad hat drei Jahre lang Unterrichtsstunden bezahlt, aber in der Highschool, als Sport wichtiger für mich wurde, habe ich das Spielen aufgegeben.

Ich schlage einen einfachen Akkord an und genieße die Tatsache, dass er mir so mühelos wieder eingefallen ist. Ich schätze, mein Kopf ist wohl doch nicht so voll mit Recht und Gesetz.

Die Tür geht auf, und ich blicke auf. Royal schlüpft herein, schließt die Tür hinter sich und setzt sich auf den Bettrand.

»Versteckst du dich?«, fragt er.

»Nein. Ich wollte nur etwas Ruhe und Frieden.«

»Hm hm.« Ich merke, dass er mich mustert. »Was spielst du da?«

»Nichts. Nur Akkorde.«

»Das Ding war mal doppelt so groß wie du. Und jetzt sieht es in deinen Armen wie eine kleine Ukulele aus.« Royal schnaubt. »Klingt jedenfalls richtig schön.«

Ich lege die Gitarre weg, stelle sie auf ihren Ständer, hebe die Hände hinter den Kopf und verschränke die Finger.

Vor der Tür sind Frauenstimmen zu hören, und Royal und ich wechseln einen Blick.

»Wieso kommen sie jetzt hier herunter?« Ich verziehe das Gesicht. Das fühlt sich ja wieder ganz wie Highschool an.

Der Keller war immer mein Reich, aber meine Schwestern und ihre geschwätzigen Freundinnen verloren keine Zeit, ihre Ansprüche anzumelden. Nach mehreren Auseinandersetzungen erklärten meine Eltern das Familienzimmer als neutrales Territorium für alle – eine bittere Niederlage, über die ich nie recht hinwegkam, bis es zu spät war, um noch wichtig zu sein.

»Dritte Tür rechts«, höre ich Delilah rufen.

Eine Sekunde später schwingt die Tür auf, und eine wie erstarrte Serena steht mit offenem Mund in der Tür.

»Ich wollte zur Toilette«, sagt sie nach einigen Sekunden sprachlosen Schweigens.

»*Dritte* Tür«, sage ich und deute mit dem Finger. »Hier ist die zweite.«

Sie bleibt weiter stehen, gefangen in meinem Blick.

Royal blickt von ihr zu mir, streicht dann mit den Händen über seine Oberschenkel und steht auf. »Tja, das ist der Moment, an dem ich euch mal allein lasse, damit ihr klären könnt, was auch immer ihr zu klären habt. Tut mir leid, Leute, aber dieser Brunch war in jeder Hinsicht peinlich, und daran gebe ich euch beiden die Schuld.«

Er quetscht sich hinter Serena vorbei, sodass sie in mein Zimmer treten muss, und zieht dann hinter ihr die Tür zu.

»Es tut mir leid«, sagt sie. »Ich hatte keine Ahnung, dass du heute hier sein würdest. Demi meinte …«

»Mach dir deshalb keine Sorgen.«

Serena kaut an ihrer Unterlippe, hält sie zwischen den Zähnen und sieht mich an, als hätte sie mich ein Jahr lang nicht gesehen.

»Ist es wahr?«, fragt sie dann. »Warst du wirklich in New York?«

Ich stehe auf, denn es fühlt sich unglaublich unreif an, eine Unterhaltung dieser Art zu führen und dabei auf dem Boden zu sitzen. Wir sind schließlich nicht mehr auf der Highschool.

Serena beobachtet mich, und ihr stockt der Atem, als ich näher komme.

»Ich verweigere die Aussage«, sage ich.

»Du hast nach mir gesucht.« Das war keine Frage. »Warum?«

»Um vollkommen ehrlich zu sein«, ich reibe mir übers Kinn und komme noch näher, »ich weiß nicht, warum ich dich finden wollte oder was ich tun wollte, falls ich dich finde. Ich denke, ich musste dich einfach ein letztes Mal sehen.«

»Ein letztes Mal?« Sie legt den hübschen Kopf schief und sieht mir in die Augen.

»Was immer wir hatten, endete an dem Tag, als du gingst und nicht wiederkamst«, sage ich. »Ich wollte nur sehen, ob ich noch dasselbe empfinde, wenn ich dich wiedersehe.«

»Dasselbe wie wann?«

»Dasselbe wie damals, als ich dich zum ersten Mal sah«, antworte ich. »Und ich musste wissen, ob ich mir das alles nur eingebildet habe. Ob das alles nur in meinem Kopf war.«

Sie schiebt das Kinn vor, verdreht die Augen und gibt ein Lachen von sich. »Du hast dir gar nichts eingebildet, Derek. Es war echt. Alles.«

»Woher willst du das wissen? Woher willst du wissen, dass es nicht um chemische Reaktionen, Ego und die Art Bullshit geht, die intelligente Menschen dazu bringt, dumme Dinge zu tun?«

»Das liegt am Schmerz.« Sie hebt den Blick zu mir. »An dem körperlichen Schmerz, zu wissen, dass man jemanden verletzt hat, der einem wichtig ist. Das bedeutet, dass es echt ist.«

Ich atme langsam aus und atme dann den berauschenden Duft ihres süßen Zitrusparfüms ein, das von ihrer süßen, weichen Haut ausgeht.

Ich *will* einen Kuss.

Ich *brauche* einen Kuss.

Ich brauche *sie*.

Bevor ich mich davon abhalten kann, sind meine Finger in ihrem Haar, und meine Lippen liegen auf ihren. Das Einzige, was ich in diesem Moment tun kann, ist, meine Gedanken zum Schweigen bringen und tun, was sich natürlich anfühlt.

Sie wehrt sich nicht. Sie schmilzt dahin. Ihr Körper gibt nach und akzeptiert die Macht des Kusses, als wir rückwärts zu dem Bett in der Mitte meines alten Kinderzimmers stolpern.

»Du bist ein Dummkopf.« Serena streicht mir durchs Haar, und ich fühle die Form ihrer hübschen Lippen, als sie mich küsst. »Ein richtiger Dummkopf.«

Ich widerspreche ihr nicht.

Wenn es mich zu einem Dummkopf macht, mich in sie zu verlieben, dann bin ich schuldig im Sinne der Anklage.

»In dem Moment, als ich dich sah, wusste ich, dass du mir gehören wirst.« Ich hauche die Worte, während meine Lippen auf ihren liegen. Meine Hand gleitet über ihre Leggings nach unten und umfasst ihren perfekt gerundeten Po. »Ich konnte nicht atmen. Das machst du mit mir, Serena.«

Ihre Finger gleiten an meinen Nacken, und sie löst sich von mir. Ihre funkelnden blauen Augen ruhen auf meinen und richten sich dann auf meinen Mund, bevor sie mich für einen weiteren Kuss an sich zieht.

»Ich habe dich vermisst«, flüstert sie und bedeckt mich mit Küssen vom Mund bis an mein Ohr. Sie zieht mein Ohr zwischen die Zähne, saugt daran und lässt dann los. Diese Frau ist hungrig nach mir. Ausgehungert. »Ich wollte nicht, dass Demi von dir spricht. Ich wollte nicht wissen, was du tust oder ob du mich vermisst. Es hätte alles nur noch schwerer gemacht.«

Mit der Bewegung meiner Hüften spreize ich ihre Beine, und sie stöhnt auf und zieht die Lippe zwischen ihre Zähne.

»Ich habe mir solche verdammten Sorgen um dich gemacht.« Ich küsse sie aufs Schlüsselbein, und sie stößt die Luft aus und packt mein Hemd. »Tu das nicht wieder, Serena. Lauf nicht wieder so weg.«

»Anwalt?« Sie lächelt, ihre Lippen rot und geschwollen.

»Ja?«

»Hör auf zu reden und tu etwas, was wir beide wahrscheinlich wieder furchtbar bereuen werden.«

34. KAPITEL

Serena

Derek hämmert sich in mich, mit harten und kraftvollen Stößen. Gierig. Besitzergreifend. Mit jedem wundervollen Eindringen fühle ich die warme Reibung unserer Körper. Wir könnten die ganze Nacht lang so weitermachen, aber das Lachen und Plaudern jenseits seiner unverschlossenen Tür bedeutet, dass wir schnell machen müssen.

Unsere Lippen sind versiegelt, und unsere Hände kennen keine Grenzen.

Sein Geschmack auf meiner Zunge, sein Körper an meinem – reiner Himmel.

Minuten später spannt sich mein ganzer Körper an, als die aufgebaute Erlösung durch mein Innerstes rast und meine zitternden Beine schwächt. Ich stöhne in seinen Mund, und er kennt meinen Körper. Seine pochende Härte füllt mich, dringt immer schneller in mich, während ich den süßesten Rausch meines Lebens erfahre.

Als ich fertig bin, mein Körper schlaff und immer noch im Taumel, löst er sich von mir und massiert seinen Schaft, bis er kommt. Ich blicke zu ihm auf, und meine Mundwinkel ziehen sich nach oben. Meine Miene ist ganz bestimmt wie im Fieberwahn.

»Du bringst mich zu Fall, Serena«, sagt er. »Und ich weiß nicht, wie ich es aufhalten kann.«

»Ich liebe deine Familie.« Es ist später Sonntagabend, und ich liege in Dereks Bett, in Dereks Armen. Wir haben das Haus seiner Eltern gemeinsam verlassen, und er ist mit mir bei Demi vorbeigefahren, um meine Sachen zu holen.

Niemand hat Fragen gestellt. Niemand hat Witze gemacht oder uns zu lange Seitenblicke zugeworfen. Es ist, als hätten alle gewusst, dass es so kommen würde, noch lange bevor wir es wussten.

Und so albern es auch klingt: Demi ist eine der besten Freundinnen geworden, die ich je hatte. Beste Freundin im Sinne von liebenswerteste, freundlichste und selbstloseste. Nach dem Wochenende in der City und allem, was mit Keir war, musste ich mit meiner letzten noch übrigen Freundin brechen. Obwohl ich nicht annehme, dass ich Poppy nach all dem überhaupt noch eine Freundin nennen könnte.

Sie war bestürzt, flehte mich um Verzeihung an und entschuldigte sich mit der Behauptung, sie habe nicht gewusst, dass Veronica Keir zu allem angestiftet hatte, aber sie hätte mich von vornherein nie in diese Lage bringen dürfen. Sie hätte mich nie für ein »Mädchenwochenende« in die City locken dürfen, wenn sie mich doch nur zurück in Keirs Pfad aus Chaos und Zerstörung zerren wollte.

Am Ende unserer Unterhaltung sagte ich ihr, dass sie von meinem Anwalt hören würde, wenn sie noch ein einziges Mal mit *Page Six* redet.

Danach legte sie auf, und in den Tagen darauf schienen die Klatschartikel abzuklingen.

Oder zumindest hat Demi das gesagt.

Ich wollte es mir gar nicht ansehen.

»Du bist ein Glückspilz«, sage ich. »Alles, was du hast, ist alles, wovon ich als Kind immer geträumt habe.«

»Ich schätze, sie sind ganz in Ordnung.« Er streicht mit

den Fingerspitzen über meinen Arm und starrt an die Decke.

Meine Wange liegt an seinem nackten Oberkörper, und ich habe seinen leisen Herzschlag im Ohr.

»Ich wünschte, du müsstest morgen nicht arbeiten«, sage ich mit einem niedergeschlagenen Seufzen und streiche mit den Fingern über seine Bauchmuskeln. »Wir könnten den ganzen Tag im Bett bleiben und alle möglichen ungezogenen Sachen machen.«

Er atmet mit einem leisen Lachen aus.

»Führe ich dich in Versuchung?«, ziehe ich ihn auf.

»Ich gehe morgen nicht zur Arbeit«, sagt er. »Ich bin bezahlt beurlaubt.«

Ich schieße hoch und drehe mich zu ihm um. »Was? Wieso?«

»Jemand hat uns gemeldet.« Sogar im Dunkel sehe ich, dass sich seine Kinnmuskeln anspannen.

»Gemeldet weswegen?«

»Eine sexuelle Beziehung mit einer Klientin anzufangen, während man sie vertritt, ist ein Grund für ein Disziplinarverfahren«, erklärt er. »Jeder kann so etwas an die Anwaltskammer des Bundesstaates melden. Alle Behauptungen müssen untersucht werden. Bezahlte Beurlaubung ist Protokoll in unserer Firma.«

»Was passiert als Nächstes?«

Derek atmet aus, und sein Mundwinkel zuckt. »Bestenfalls gibt es eine private Verwarnung. Schlimmstenfalls werde ich vorübergehend gesperrt. Oder endgültig.«

»Mein Gott, Derek.« Ich drücke die zitternden Finger an meinen Mund. »Das ist alles meine Schuld.«

»Ich werde nicht gesperrt«, sagt er.

»Woher willst du das wissen?«

»Mit dir zu schlafen verletzt den *Ehrenkodex* und die *Standesregeln* meines Berufes, aber es ist kein Grund für einen Ausschluss. Es wird nur gern erwähnt, um den Leuten Angst zu machen.«

»Könntest du vorübergehend gesperrt werden?«

»Vielleicht.« Er richtet die Kissen hinter sich, als ihm unvermittelt unbehaglich wird. »Mehr als wahrscheinlich werde ich einen öffentlichen Tadel kassieren. Man wird mir einen schriftlichen Verweis zukommen lassen, der in meine Akte in der Firma kommt, und es wird einen öffentlichen Vermerk geben. Jeder, der meinen Namen sucht oder meine Akte anfordert, wird Zugriff auf dieses Schreiben haben. Jeder wird wissen, was ich getan habe.«

»Das ist genauso schlimm. Es wird dich für den Rest deiner Karriere verfolgen.« Noch nie habe ich mich so schrecklich gefühlt. »Es tut mir leid, Derek. Ich wollte nur Spaß mit dir. Ich wusste nicht, dass es so weit kommen würde …«

»Ich habe versucht, dich zu warnen.« Er nimmt meine Hand, hebt sie an seine Lippen und drückt einen Kuss darauf. Als er mich an sich zieht, schmiegt er sich in mein Haar, und ich spüre seinen Atem warm an meinem Ohr. »Ich will nicht mehr darüber reden, Serena. Was getan ist, ist getan.«

Nur Minuten später ist Derek eingeschlafen, aber ich kann mich nicht entspannen. Mein Verstand ist beschäftigt mit schuldbeladenen Gedanken, die nicht verschwinden wollen.

Er sieht so friedlich aus, wenn er schläft, aber hinter der verträumten Fassade steckt ein Mann, der gerade durch die Hölle geht …

… und alles meinetwegen.

Mir dreht sich der Magen um, und mir rutscht das Herz in die Hose. Mir wird ganz schlecht dabei, was ich ihm angetan habe. Er hatte eine wunderbare Karriere vor sich, und ich habe das alles ruiniert, habe seine Arbeit in den Dreck gezogen. Und das hat er nie verdient.

Ich streiche mit einem Finger um sein Kinn, streife vorsichtig über seine Lippen und dann über seine gerade, perfekte Nase.

Ich kann mich selbst mit diesem Mann sehen. Ich kann mir vorstellen, ihn zu heiraten, seine Kinder zu bekommen und mich am Rande einer wunderschönen, verschlafenen Kleinstadt wie Rixton Falls niederzulassen. Zum ersten Mal überhaupt kann ich mir vorstellen, glücklich zu sein.

Wenn ich Derek Rosewood ansehe, sehe ich meinen ganz persönlichen weißen Ritter und das »Glücklich bis ans Lebensende«, das ich nie zu finden gedacht hätte.

Aber nichts davon ist wichtig.

Ich habe diesen Mann aus reiner Selbstsucht zerstört.

Ich habe seine undurchdringlichen Mauern durchbrochen, als wären sie gar nichts, nur weil ich neugierig und einsam war und unbedingt eine Ablenkung wollte.

Ich habe ihn überredet, seine Berufsethik zu verletzen, und jetzt zahlt er den höchsten Preis dafür.

Ich hätte diesen Mann so sehr lieben können.

Und vielleicht war ich auf bestem Wege dazu …

Aber nichts davon ist jetzt noch wichtig.

Er braucht meine Last nicht. Er muss nicht mit einer Frau zusammen sein, die die Hälfte der Zeit nicht weiß, was sie will oder wohin sie steuert. Er würde nie einen Fuß in meine große City setzen wollen, in ein Leben mit Paparazzi sowieso nicht, und ich würde ihn nicht dazu zwingen wollen.

Die Nacht heute war ein Irrtum – ein wundervoller, leichtsinniger Irrtum.

Aber das darf nicht wieder passieren.

Derek verdient etwas Besseres als mich. Er verdient mehr, als ich ihm geben kann. Er verdient eine Frau, die ihn nicht beugt, bis er bricht, weil sie nie etwas anderes getan hat mit jedem Mann, der es je gewagt hat, ihr auch nur ein klein wenig Zuneigung zu zeigen.

»Lebe wohl, Derek«, flüstere ich einen endgültigen Abschied an den schönsten Mann, den ich je kennengelernt habe, und schlüpfe hinaus in die finstere Nacht.

35. KAPITEL

Derek

Zwei Monate später

Regentropfen prasseln auf die Frontscheibe meiner gemieteten Stretchlimousine, und mein Chauffeur schaltet die Scheibenwischer ein. Sie fahren quietschend über das Glas, also fahre ich die Trennwand hoch und beiße angespannt die Zähne zusammen in der Vorahnung auf das, was kommen wird.

Draußen vor dem Tweed Courthouse in Manhattan haben sich mehrere Mitglieder der *Associated Press* unter schwarzen Regenschirmen versammelt.

Ich behalte den Haupteingang im Auge und warte auf das Mädchen, das mein Herz mehrfach vernichtet hat.

Gestern früh stieß ich zufällig auf einen Online-Artikel über Veronica Kensington-Randall und den mutmaßlichen Vermögensbetrug. Offenbar ist Serena, nachdem sie mich verlassen hatte, in die City zurückgekehrt und hat einen verdammt guten Anwalt angeheuert, der keine Zeit verloren und den Fall gegen Serenas Stiefmutter aufgebaut hat.

Laut den Artikeln gibt es eine Vielzahl an Zeugenaussagen von früheren Bediensteten sowie stützende Aussagen von Keir Montgomery, Eudora Darcy und Julia May. Der Arzt, Kevin Rothbart, der Veronica half, verlor seine Lizenz, entging aber einer Gefängnisstrafe im Austausch dafür, dass er gegen das bösartige Miststück aussagte.

Heute ist der Tag der Anklageerhebung, und ich bin mir zu einhundert Prozent sicher, dass Serena mit ihrem Anwalt hier sein wird.

Die Blitzlichter der Kameras erregen meine Aufmerksamkeit, als eine Gruppe Anzugträger aus dem Gerichtsgebäude kommt und dem Schwarm der Medienleute entgegentritt.

Ich sehe sie innerhalb von Sekunden, denn ihre leuchtend rote Mähne hebt sich in dem Meer aus Schwarz ab.

Ich steige aus dem Wagen, hebe die Hand und rufe ihren Namen. Ich sehe, wie ihr Blick suchend über die Straße gleitet, als sie meine vertraute Stimme hört.

Als unsere Blicke sich treffen, rechne ich halb damit, dass sie die Flucht ergreift. Darin ist sie erstaunlich gut. Doch stattdessen formen ihre Lippen ein halbes Lächeln, und die Welt scheint stehen zu bleiben.

Das Gedränge der Medienleute verblasst in den Hintergrund, und das Blitzen der Kameras macht mir nichts aus. Ich sehe nur sie.

Ich habe lange auf diesen Moment gewartet. Zwei Monate, um genau zu sein.

Aber ich hatte gedacht, es wäre anders.

Ich dachte, ich würde wütend werden, auf sie zulaufen, nur um sie mit Vorwürfen zu überschütten, weil sie das einzig Gute zerstört hat, das sie und ich je gekannt haben.

Stattdessen stehe ich hier wie ein liebeskranker Idiot und versuche, mich daran zu erinnern, wie sich ihre Lippen auf meinen angefühlt haben. Sehne mich nach ihrem weichen Haar zwischen meinen Fingern. Ihrem nackten Bauch unter meiner Berührung. Dem Klang ihres Atems in meinem Ohr, wenn sie um mehr bettelt und meinen Namen seufzt.

Mit einem Schirm über dem Kopf steuert sie durch die Menge und kommt auf mich zu.

»Was machst du denn hier?« Ihre Augen schimmern, sogar an einem wolkigen Junimorgen wie diesem.

»Ich habe online von der Anklageerhebung erfahren«, sage ich. »Dachte, du könntest etwas Unterstützung gebrauchen.«

Ihre Mundwinkel gehen hoch.

»Das, und ich versuche dich schon seit Monaten ausfindig zu machen.« Ich gehe zu ihr, und sie hebt den Schirm über uns beide. Ich nehme ihn ihr ab, schließe ihn und öffne die Beifahrertür zu meiner Limo.

»Steig ein.«

Sie steht vollkommen reglos da, und die Absätze ihrer roten Schuhe bohren sich förmlich in den Asphalt, als eine Menschenmenge uns umschwärmt.

»Serena, alles in Ordnung?« Ein Mann drängt sich durch die Menge an ihre Seite. Er kommt mir bekannt vor, und gerade als ihre Miene ernst wird, wird mir klar, wieso.

»Ja, Keir«, sagt sie stirnrunzelnd.

»Ich bin hergekommen«, sagt er. Zwei Männer in schwarzem Anzug und Sonnenbrille flankieren ihn. »Ich wollte dich unterstützen, und ich hatte gehofft, wir könnten reden. Vielleicht gehen wir irgendwohin? Nur wir beide? Ich habe versucht, dich zu erreichen … dein Anwalt sagte, du wärst außer Landes.«

Ich kann nicht glauben, dass dieser Arsch die Dreistigkeit besitzt, sie mir vor der Nase wegnehmen zu wollen, und ich will verdammt sein, wenn ich das zulasse.

Ich lege die Hand an ihren Rücken, geleite sie näher an meinen Wagen und werfe ihm noch einen finsteren Blick zu.

»Sie kommt mit mir«, verkünde ich.

Keir tritt näher, als er seine Felle davonschwimmen sieht. »Serena, falls du irgendetwas brauchst, bin ich hier. Ich würde sehr gern reden. Du brauchst einen Schlussstrich. *Wir* brauchen einen Schlussstrich.«

»Steig ein.« Ich nicke zum Wagen.

Sie sieht erst ihn, dann mich an. Offenbar schätzt sie mich als das kleinere Übel ein, denn nach einem Moment des Nachdenkens steigt sie ein.

»Hasst du mich jetzt?« Ihr Blick sucht meinen, als ich neben ihr Platz nehme.

»Nein.«

Wie könnte ich?

»Ich musste gehen.« Sie verschränkt die Hände im Schoß und starrt zu Boden, als sie die Frage beantwortet, die ich in zwei Monaten schlafloser Nächte nicht mit Sinn erfüllen konnte. »Ich hatte schon genug Schaden angerichtet. Du hast Besseres verdient. Wir waren sorglos. Leichtfertig. Du und ich zusammen war eine gefährliche Kombination.«

»Gefährlich?«

»Ja. Wir machten ständig Ausnahmen und brachen unsere eigenen Regeln.« Sie seufzt. »Deine Karriere stand auf dem Spiel wegen dem, was wir taten. Wir haben nicht nachgedacht.«

Eine Horde Paparazzi umringt uns, um mit dem Blitzlicht ihrer Kameras die dunklen Fenster um uns zu durchdringen.

»Und dann das alles.« Sie deutet nach draußen. »Mit mir zusammen zu sein bedeutet, dass du dein Leben unter einem Mikroskop verbringen wirst. Das hast du nicht verdient. Du verdienst ein ruhiges Leben in Rixton Falls, weg von dem monströsen Zirkus, zu dem mein Leben geworden ist.«

»Bin ich dir wichtig, Serena?« Meine Nasenflügel beben, als ich ausatme.

»Natürlich bist du mir wichtig. Was ist das denn für eine Frage?«

»Wieso willst du mich diese Entscheidung dann nicht selbst treffen lassen?« Ich hebe die Fingerspitzen an meine Schläfen, als ich aus dem Fenster blicke, vorbei an den Kameras und den rufenden Fotografen. »Ich kann diese Mistkäfer ignorieren. Sie machen mir nichts aus. Was mir etwas ausmacht, ist, wenn jemand sich das Recht herausnimmt, mir mein gottgegebenes Recht zu verweigern, meine eigenen Entscheidungen zu treffen.«

Sie verschränkt die Arme und sieht an mir vorbei. »In Ordnung. Verständlich. Aber ich werde mich nicht dafür entschuldigen, dass ich getan habe, was ich in dem Moment für richtig hielt. Mir lagen nur deine Interessen am Herzen, und mir ist egal, ob du mir das glaubst oder nicht.«

»Wo bist du gewesen?«, stelle ich die nächste Frage, die mir die letzten acht Wochen lang auf der Seele brannte.

»In einem kleinen Cottage außerhalb von London«, sagt sie. »Da fahre ich hin, um allem zu entfliehen.«

»Hör. Auf. Wegzurennen. Immer wenn es schwierig wird.« In mir brodelt es, aber das ist mir egal. Sie wirkt kein bisschen eingeschüchtert von mir. »Komm nach Hause, Serena.«

»Nach *Hause?*« Sie schnaubt und wirft mir einen ungläubigen Blick zu. »Und wo soll das sein?«

»Bei mir.« Ich nehme ihre Hand und streiche mit dem Daumen über ihre glatten polierten Nägel in dem opulentesten Farbton von Kaschmirgrau, den ich je gesehen habe. »Du gehörst nach Rixton Falls. Zu mir. Zu Haven. Zu meiner Familie. Wir wollen dich bei uns haben. Du bist *erwünscht* dort, Serena.«

Sie schaut aus dem Fenster, ihre Hand weiter in meiner, und ich sehe, wie ihr Blick feucht wird.

»Ist es nicht das, wonach du suchst? Eine Richtung im Leben? Ein Ort, an den du gehörst? Menschen, die dich nicht benutzen oder mit Dreck bewerfen, nur für eine gottverdammte Story?« Ich lege meinen Fall dar. »Ich bin hier, um dir zu sagen, dass du das gefunden hast. Du musst nicht weitersuchen. Denn, Serena, du gehörst zu mir.«

Serena richtet den Blick auf mich, und ihre Schultern sinken herab, als sie ausatmet.

»Du musst verstehen«, sagt sie, »wenn du mit mir zusammen sein willst, wird das Leben, wie du es kennst, nie mehr dasselbe sein.«

Ich zögere nicht. »Mein Leben ist nicht mehr dasselbe, seit dem Augenblick, als ich dich zum ersten Mal sah.«

Ich nehme ihre andere Hand und ziehe sie auf meinen Schoß, während der Chauffeur sich in den Verkehr einreiht.

»Und ich glaube auch nicht, dass ich dahin zurück könnte, wenn ich es versuche«, sage ich. »Tatsache ist, ich will nicht dorthin zurück. Was auch immer in mir zerbrochen war, fing an zu heilen, deinetwegen.«

Ich hebe die Hand an ihre Wange und ziehe ihre Lippen an meine.

»Ich habe das sehr lange nicht mehr gesagt.« Meine Lippen bewegen sich zwischen unseren Küssen an ihren. »Aber, Serena, irgendwo auf unserem Weg habe ich mich in alles an dir verliebt.«

Ich fühle ihr Lächeln und ihre Finger, die sich an meinen Nacken legen, als sie sich von mir löst und mir in die Augen sieht. »Ich liebe dich auch.«

»Komm mit mir nach Hause.« Ich bitte nicht darum. Ich fordere. Denn ich bin todsicher nicht nach New York City gekommen, um ein »Nein« als Antwort zu akzeptieren.

»Ich weiß nicht.« Ihre Antwort ist ein müdes Seufzen.

»Was weißt du nicht?«

»Ich weiß nicht, ob ich bin, was du brauchst.«

»Das zu entscheiden ist nicht an dir.« Ich lehne mich näher zu ihr. »Und außerdem sage ich dir ja: Du *bist*, was ich brauche. Du bist das *Einzige*, was ich brauche.«

Sie kaut an ihrer Unterlippe, holt tief Luft und nickt dann. »Ja. Ich komme mit dir nach Hause, Derek.«

»Versprich mir eins«, sage ich.

»Alles.« Goldrotes Haar hängt über ihr liebliches Gesicht, aber ich sehe nur ihre glitzernden blauen Augen auf dem dämmrigen Rücksitz.

»Wenn es schwierig wird, und du weißt, das wird es, denn ich will gern zugeben, dass ich nicht einfach zu lieben bin«, sage ich. »Was immer du tust, lauf nicht weg.«

»Versprochen.«

»Und kein Bullshit. Keine Mauern. Nur du und ich gegen die Welt. Wenn es schwierig wird, arbeiten wir uns gemeinsam durch alles durch.«

»Das gefällt mir.« Sie stiehlt mir einen süßen Kuss und legt dann den Kopf an meine Schulter. »Das ist genau das, was ich brauche.«

Meine Handflächen gleiten ihre Oberschenkel hinauf, umfassen ihren perfekten Hintern, und ich ziehe ihre Unterlippe zwischen meine Zähne.

»Ich kann es nicht erwarten, dich nach Hause zu bringen. Wohin du gehörst. In *unser* Bett.« Meine Worte sind ein kehliges Knurren, und mein Schwanz ist eine tickende Zeitbombe. »Du bist das Großartigste, was ich je gesehen habe, Serena. Und ich werde dich nie loslassen.«

EPILOG

Serena

Fünf Jahre später

Das Knirschen von Schotter unter Reifen zeigt mir Dereks Rückkehr von der Arbeit an. Es ist halb sechs Uhr. Das Abendessen ist im Herd, und die Mädchen laufen hinten im Garten herum und jagen kichernd Schmetterlinge.

Haven ist eine wundervolle große Schwester für Hadley, und die beiden sind an den besten Tagen unzertrennlich. An den schlimmsten Tagen zanken sie sich wie alle Schwestern, und wir können uns dann nur mit Mühe ein Lachen verkneifen.

Derek ist so gut mit ihnen. Er versteht sie. Und er ist geduldig, weise und weichherzig. Sie haben ebenso viel Glück, ihn ihren Vater nennen zu können, wie ich Glück habe, ihn meinen Mann zu nennen.

Derek ist an die Streitereien der Mädchen gewöhnt, und einigen seiner Geschichten über seine jüngeren Schwestern nach zu urteilen, kann ich sehen, wieso.

Ich – ich liebe den Lärm. Das Chaos. Das Lachen. Die Tränen. Ich würde das alles für nichts eintauschen wollen, denn das – *das* ist es, worum es im Leben wirklich geht.

Mein Ehemann seit vier Jahren schlendert über den Rasen unseres renovierten Farmhauses und bleibt stehen, um unserer süßen Tochter Harper einen Kuss zu geben, bevor er mich auf die Stirn küsst.

»Hallo, mein Lieber«, begrüße ich ihn. In seiner Gegenwart kann ich einfach nie die Stirn runzeln, denn nach allem, was passiert ist, ist Derek Rosewood immer noch mein Glück.

Niemand hat je so für mich gekämpft wie er. Er war immer da. Durch alle Höhen und Tiefen. Er blieb bei mir, nachdem die Vorwürfe gegen ihn nachgewiesen wurden, und er gab mir nicht ein einziges Mal die Schuld, als er eine nicht öffentliche Verwarnung erhielt. Er jubelte an meiner Seite, als Veronica sich bei ihrem Prozess schuldig bekannte und der Richter der Bitte ihres Anwalts um eine milde Gefängnisstrafe nicht stattgab. Derek war auch da, als Veronica nach dem Prozess meinen Vater verließ, als ihr klar wurde, dass sie nicht einen roten Heller vom Vermögen bekommen würde, und er war da an dem Tag, als mein Vater in einem nahe gelegenen Hospiz friedlich einschlief.

Wir sind unanständig reich. Auf unseren Bankkonten liegen Hunderte Millionen Dollar – die wir größtenteils zu spenden vorhaben. Aber unsere Liebe? Dieses wundervolle Leben, das wir geschaffen haben? Das ist unbezahlbar.

»Was gibt es zum Abendessen?«, fragt er.

»Lasagne«, antworte ich. »Das Rezept von Bliss. Demi und Royal kommen auch vorbei. Ich habe Kyla gesagt, sie soll nicht vor sieben Uhr kommen. Ich will, das Haven vor ihrem Wochenende mit ihrer Mom noch eine gute Mahlzeit bekommt.«

Kurz nachdem Derek und ich unsere Beziehung offiziell gemacht haben, beantragte er das alleinige Sorgerecht für Haven und gewann. Ich hatte die Rosewoods noch nie so glücklich gesehen, aber ich glaube, die glücklichste kleine Seele war Haven. Sie gehört zu Derek.

Zu uns beiden.

»Gute Idee.« Er lächelt und sieht mich an, als hätte er gerade im Lotto gewonnen. Aber das ist nichts Neues. Das tut er schon seit dem Tag vor vier Jahren, als er mir am Mariposa Waterfall einen Heiratsantrag gemacht hat.

»Was ist?«, frage ich.

»Warum bist du so gut zu mir?« Derek lehnt sich zu mir und gibt mir einen Kuss. Ich bin sicher, dass ich nach roter Soße und Knoblauch schmecke, aber er beschwert sich nicht.

»Daddy, Daddy!« Mein dreijähriges, rothaariges Mini-Ich Hadley rennt zu Derek und schlingt die Ärmchen um seine Beine.

Er stellt die Aktentasche auf den Boden und hebt sie hoch. Ihre kleinen Arme legen sich um seinen Nacken, und sie küsst ihn auf die Wange, während die neunjährige Haven sich an seine Seite wirft, sodass er fast umfällt.

»Hi, Daddy.« Haven umarmt ihn von der Seite, und er wuschelt durch ihr federiges blondes Haar. »Wir haben dich vermisst.«

»Ich euch auch, Baby.« Er drückt sie an sich und sieht mich wieder an. »Ich habe euch alle vermisst.«

»Wir lieben dich, Daddy.« Haven reibt ihr Gesicht an seiner Anzugjacke und strahlt ihn zahnlückig an.

»Ich liebe euch auch«, sagt er. »Lasst uns hineingehen. Wascht euch die Hände zum Abendessen. Tante Demi und Onkel Royal werden bald hier sein.«

Die Sonne geht früh unter an diesem späten Herbstfreitag und taucht den Himmel in warmes Pink, Orange und Gelb. Erst als ich aufs Land zog, fand ich zu einer ganz neuen Wertschätzung für Sonnenuntergänge.

Über die letzten fünf Jahre ist mir klar geworden, dass es vieles gab, das ich in meinem Leben verpasst habe. Den Geruch von Regen auf Gras. Ungehindertes Sonnenlicht, das morgens durch die Rollläden hereindringt. Gemütliche Spaziergänge und das Winken der Nachbarn. Köstliche Mahlzeiten von

Grund auf selbst kochen, weil es praktischer ist, als bei einem trendigen Restaurant zu bestellen und dann zwei Stunden auf die Lieferung zu warten.

Derek hakt sich an meinem Ellbogen ein und hält mich zurück, um noch einen kurzen Kuss zu stehlen.

»Ich liebe dich«, flüstert er mit den Lippen an meinen.

»Ich dich noch mehr.«

Wir vier gehen hinein, wo unser Mops Munch schnarchend in seinem Hundebett am Kamin liegt. Die Küche riecht nach der Lasagne meiner bezaubernden Schwiegermutter Bliss, und die Mädchen setzen sich ungeduldig an den Tisch, während Derek behutsam eine sehr müde Harper in ihr Bettchen legt.

Demi und Royal treffen genau rechtzeitig ein, und die Mädchen stehen vom Tisch auf und laufen zur Tür, um sie mit Kichern und Quietschen zu begrüßen. Sie können Demis schwellenden Babybauch kaum umfassen, und das Geburtsdatum steht kurz bevor. Sie erwarten einen kleinen Jungen, der jeden Tag zur Welt kommen kann. Sie wollen ihn Beckett nennen, und die Mädchen hatten einen Mordsspaß dabei, Plüschfrösche und blaue Strampler für Demis Babyparty nächste Woche auszusuchen.

Der Timer am Herd piept, und ich kümmere mich um das Abendessen, während die anderen Platz nehmen.

Das ist jetzt mein Leben.

Ich liebe jeden perfekten, herausfordernden und unvollkommenen Moment davon.

Und ich würde es nicht gegen die ganze Welt eintauschen.

Leseprobe

WINTER RENSHAW

Heartless

Aidy

»Du musst es zurückgeben.« Wren wirft mir einen missbilligenden Blick zu, wie ihn nur eine große Schwester draufhat, und dreht sich dann wieder zu ihrem Schminkspiegel um. »Mensch, Aidy, es ist schon eine ganze Woche her!«

»Wir wissen doch gar nicht, ob er es überhaupt sucht.« Ich sitze im Schneidersitz auf ihrem Bett, drücke mir das tabakfarbene Notizbuch an die Brust und sauge begierig seinen Leder- und Aftershaveduft in mich auf.

»Du weißt nicht mal, ob es wirklich einem Mann gehört.« Sie drückt einen kirschgroßen Klecks Sonnencreme auf ihre Fingerspitzen und verreibt ihn zwischen den Handflächen.

»Die Handschrift verrät es«, widerspreche ich. »Es gehört definitiv einem Mann. Daran gibt es gar keinen Zweifel. Und das Ding ist voll mit Geschwafel zum Thema Liebe. Er schreibt auf eine Art über Frauen, wie es nur Männer können.«

»Jetzt bist du also auch noch Literaturexpertin?«

Ich blättere durch die verwitterten Seiten bis zu einer Stelle, die mit einem Eselsohr markiert ist, und lasse die Finger über die mit schwarzer Tinte geschriebenen Sätze gleiten.

Nach einem Räuspern lese ich laut vor: »*Tränen fielen in ihr Champagnerglas, als sie sich über das Balkongeländer beugte. Sie war allein, so wie es in diesen Tagen häufig der Fall war. Die Frau war gleichzeitig der Inbegriff von Trauer und Schönheit; Glitzer in den Haaren, Tränen in den Augen und die Lippen zu Unrecht ungeküsst, während der Rest der Welt das neue Jahr einläutete.*«

»Das ist ja deprimierend.« Wren drückt einen Klecks Concealer auf ihren Handrücken und greift nach einem kleinen Pinsel. Während der nächsten zwanzig Minuten wird sie sich zu einer Art Ehrenmitglied der Kardashian-Familie verwandeln und dann zu einem Vorstellungstermin gehen, bei dem irgendeine Realityshow-Schauspielerin aus L.A. eine Visagistin für New York sucht. L.A.-Makeup und New-York-Makeup sind zwei vollkommen verschiedene Paar Schuhe, und eine begabte Visagistin in einer Stadt voller talentierter Mitbewerber muss eben auch wissen, wann man wie eine auszusehen hat.

»Das ist nicht deprimierend. Es ist bittersüß.« Ich blättere die Seiten durch und inhaliere den Duft nach Papier, der mein Gesicht streift. »Und romantisch.«

»Der Typ ist völlig von dieser Frau besessen«, findet Wren. »Auf eine absolut ungesunde Art.«

»Es ist eine wunderschöne tragische Liebesgeschichte, Wren. Er ist bis über beide Ohren in eine Frau verliebt, mit der er niemals zusammen sein kann, und dieses gesamte Tagebuch steckt voller Liebesbekenntnisse und dokumentiert all ihre gestohlenen Momente.« Seufzend blättere ich weiter bis zu einem anderen Abschnitt. »*An diesem Abend habe ich einen Blick von ihr gestohlen, doch sie stahl mein Herz. Es war das Vorspiel zu einem Krieg der Liebenden, den keiner von uns beiden gewinnen würde.*«

»Gruselig«, trällert Wren.

Ich suche eine andere Passage heraus, um ihr meinen Standpunkt zu beweisen: *»Heute Abend hätten wir uns beinahe geküsst. Ich habe ihre weichen Hände in meine genommen und fühlte mich unglaublich zu ihr hingezogen, während unsere Lippen voreinander schwebten, nur durch wenige Zentimeter und ein unausgesprochenes Was-wäre-wenn getrennt.«*

»Gib mir das Ding.« Wren entreißt mir das Tagebuch und schlägt es willkürlich irgendwo auf. *»Heute Abend habe ich meinen Nachbarn dabei beobachtet, wie er sein Dienstmädchen an der raumhohen Glasscheibe seiner Penthouse-Bar gevögelt hat. Bei jedem Stoß wippten ihre Brüste auf und ab, während die beiden ihre Hemmungslosigkeit über die schneebedeckten Straßen der Stadt unter ihnen regnen ließen. Er umfasste mit der Hand ihr Kinn und flüsterte ihr Worte ins Ohr, die nur sie beide jemals wissen werden.«*

Sie reicht es mir zurück, mit gekrauster Nase und seitlich aus dem Mund herausgestreckter Zunge.

»Du hast den Rest nicht gelesen«, verteidige ich den Fremden. »Er sinniert anschließend darüber, warum ein Mann wohl etwas besitzen will, auf das er kein Anrecht hat. Ist es lustgesteuert? Primitiv? Seine Sichtweise ist faszinierend.«

»Er ist fasziniert von Männern, die Frauen begehren, die sie nicht haben können.« Mit einem Schulterzucken widmet sich Wren wieder dem Spiegel.

»Nein«, widerspreche ich. »Er versteht die Liebe, Wren. Er akzeptiert ihre chaotischen, komplizierten und unvollkommenen Seiten und erkundet sie. Er versucht herauszufinden, warum er diese Frau so sehr liebt und ob es möglich ist, von ihr zu lassen, denn wenn er mit ihr zusammen wäre, würde er dadurch Menschen verletzen, an denen ihm etwas liegt.«

»Ich stelle ernsthaft deine Entscheidung infrage, in meine Fußstapfen zu treten, Schwesterherz.« Wren lässt eine Puderrougedose aufschnappen und tupft sich ein wenig pfirsichpink auf die Wangen. »Bist du dir sicher, dass du nicht lieber Literatur studieren willst? Ich meine, du analysierst das hier ziemlich tiefschürfend. Es ist nur ein Tagebuch voller Geschwafel von einem gestörten Typen, und du stellst es hin wie die Wiedergeburt von Romeo und Julia.«

»Bring nicht meine kleine romantische Blase zum Platzen. Ich möchte daran glauben, dass das hier echt ist.« Ich umklammere den vorderen Einband des Buches. »Ich habe dieses Bild von ihm in meinem Kopf – er ist attraktiv und breitschultrig. Dunkle Haare. Grüblerischer Blick. Die Art von Mann, der dir ohne besonderen Anlass Blumen mitbringt, Liebesbriefe auf dein Kissen legt und dich mit einer Intensität liebt, dass es beinahe körperlich wehtut.«

»Schön, wie du deinen Traummann in die Liebesgeschichte von jemand anderem projizierst.«

»Aha, jetzt gibst du also zu, dass es sich um eine Liebesgeschichte handelt?«

Meine Schwester verdreht die Augen und versucht, ihr Lächeln zu unterdrücken. »Meinetwegen.«

»Ich hoffe nur, dass die beiden inzwischen zusammen sind. Vielleicht haben sie einen Weg gefunden und sind jetzt glücklich miteinander. Die Liebe hat gesiegt. Denn so sollte es sein, die Liebe sollte immer siegen.«

»Sag das mal meinem Ex«, murmelt Wren, wirft einen Blick auf ihr Handy und lässt das Display aufleuchten. »Shit, ich komme zu spät. Wenn ich um drei noch nicht fertig bin, kannst du dann Enzo von der St. Anthony abholen?«

»Na klar. Schick mir einfach eine Nachricht.« Ich holte meinen Neffen gern von der Schule ab. Er ist acht, also ist es ihm noch nicht peinlich, und er steckt noch so voller Staunen und herrlicher Kleine-Jungen-Lächeln. Wenn er mich sieht, leuchtet sein sommersprossiges Gesicht jedes Mal auf, obwohl wir sechsundzwanzig Tage im Monat zusammenwohnen. Enzo weiß, dass Tante Aidy mit ihm auf dem Weg nach Hause immer zum Brezelstand *und* in den Park geht. »Viel Glück heute. Obwohl du das gar nicht brauchst.«

Wren streicht mit den Händen über ihr hochtailliertes Kleid und zieht sich ein paar leuchtend gelbgrüne Ballerinas an. Sie ist perfekt konturiert und gehighlighted, mit frischer Haut und punktgenau sitzenden Wimpern. Meine Schwester gehört zu den Menschen, die immer makellos aussehen, mit Schminke oder ohne. Ich nehme an, ihre innere Schönheit ist dafür verantwortlich. Manchmal ist ihre äußere harte Schale ziemlich schwer zu knacken, doch innerlich steckt sie voller sanfter Mondstrahlen und glitzerndem Sternenstaub, und sie würde alles für jeden tun.

Auf dem Nachttisch pingt mein Handy und ich strecke mich übers Bett danach aus. »Super. Ich hab gerade über die App einen neuen Termin reinbekommen. Halb eins am Freitag.«

Wren streckt den Daumen hoch und sucht nach ihrer Tasche. Vor einigen Monaten haben wir eine App auf den Markt gebracht, Glam2Go, mit der Kunden hier vor Ort sich eine Visagistin nach Hause bestellen können, damit die sie für ihren großen Auftritt oder ein wichtiges Date oder was auch immer zurechtmacht. Der Bekanntheitsgrad der App wächst kontinuierlich, und wir haben inzwischen eine solide Kundenbasis aufgebaut, mit dem einen oder anderen B-Promi darunter.

Etwas Beständiges und Dauerhaftes wäre schön, aber wir kommen gut zurecht. Wren übernimmt gern die Tagestermine, damit sie nach der Schule bei Enzo sein kann, und ich übernehme die Abende und Wochenenden. Zweimal pro Monat übernachtet Enzo bei seinem Dad in Brooklyn, dann unterstützt mich Wren. Inzwischen haben wir schon für einige Wochen im Voraus Terminanfragen, und bald werden wir weitere Visagistinnen anstellen müssen.

»Hast du heute was vor?«, fragt Wren und hängt sich den Träger ihrer Tasche über die Schulter.

»Nur das Übliche …« Ich zucke mit den Schultern. »Wahrscheinlich ins Fitnessstudio gehen. Mal nach dem Blog schauen. Mein nächstes Tutorial planen. Material bestellen. Eventuell ein kleines Nickerchen machen …«

»Du führst ein echt hartes Leben«, witzelt sie und zwinkert mir zu. Im Türrahmen dreht sie sich noch einmal um. »Bring das Tagebuch zurück. Es gehört dir nicht. Leg es einfach wieder dorthin, wo du es gefunden hast. Ansonsten … Karma.«

Letzte Woche bin ich an einem trüben Montagnachmittag die Lexington Avenue entlangspaziert, als es zu nieseln begann. Innerhalb von Sekunden hatte der Wind aufgefrischt und die Regentropfen trafen mich von der Seite, sodass meine Klamotten im Nullkommanichts durchweicht waren. Es hätte nicht mehr viel gefehlt und ich hätte ausgesehen wie eine ersoffene Ratte, daher stellte ich mich schnell auf der überdachten Vortreppe eines Stadthauses unter.

Während ich dort darauf wartete, dass der Sturm vorüberzog, fiel mir ein ledergebundenes Tagebuch ins Auge, das zwischen den Steinstufen und einem ungeschnittenen Buchsbaum im Zedernmulch lag. Der Einband war feucht und die Seiten kräuselten sich schon, also hab ich mich gebückt und es aufgehoben, ehe die Naturgewalten noch mehr Schaden anrichten konnten.

Als der Regen endlich aufhörte und die Sonne durch die Wolken brach, klingelte mein Handy. Ich plauderte mit meiner Mutter über ihre kürzlich gemachte Kreuzfahrt nach Alaska, ging die Straße hinunter und vergaß dabei völlig das Notizbuch unter meinem Sweatshirt.

»Schön.« Ich atme aus. »Ich bringe es zurück.«

»Heute noch.« Wren deutet mit dem Finger in meine Richtung.

»Ja, *Mom*.«

Wren verschwindet und nur wenige Sekunden später höre ich das Klicken der Eingangstür. Ich lasse mich zurück auf ihr Bett fallen, halte das Tagebuch über meinen Kopf und blättere es auf.

»Ich liebe diese Frau. Mehr, als ich je zuvor jemanden geliebt habe. Ich liebe sie so sehr, dass es mir Angst macht. Ich fürchte mich davor, dass ich eine Dummheit begehen könnte, damit sie mir gehört, und ich fürchte mich davor, was ich tun würde, sollte ich sie jemals für immer verlieren.«

Ich verziehe die Mundwinkel nach oben. Ich hoffe inständig, dass ich eines Tages jemanden finde, der mich auch nur halb so sehr liebt wie dieser Mann diese Frau liebt.

Ich rolle mich auf die Seite, blättere um, und lese noch eine Seite und noch eine. Jede einzelne verschlinge ich wie kleine, süchtig machende Kartoffelchips mit Liebesgeschmack.

»Heute Abend hat sie in meinen Armen geweint. Ich habe sie getröstet, weil er nicht da war, um es zu tun. Das ist er nie. Trotzdem liebt sie ihn. Sie liebt ihn, obwohl er sie nicht verdient. Ansonsten wäre er hier und würde ihr dabei helfen, ihr gebrochenes Herz zu kitten.«

Ich streiche über einige der Tintenwörter. Eine Seite gestatte ich mir noch, dann werde ich mich auf den Weg zur Lexington Avenue machen, das Haus suchen und das Tagebuch auf der Eingangstreppe ablegen.

Noch einmal atme ich den Lederduft ein. *»Ich erwarte nicht, dass irgendjemand diese Liebe versteht, die für mich selbst so unverständlich ist. Aber trotzdem versuche ich es mit aller Kraft. Ich versuche zu verstehen, wie die Sonne in ihren Augen auf- und unter-*

gehen kann. Warum es mir unmöglich ist, auch nur eine Stunde lang nicht an diese Frau zu denken. Wie ich überhaupt existieren konnte, bevor sie meine Welt betreten hat. Es wird immer nur sie geben, das wusste ich schon, als wir noch Kinder waren. Sie hat sich für den falschen Mann entschieden, aber das ändert nichts an der Tatsache, dass ich sie immer noch liebe. Ich liebe sie, ich liebe sie, ich liebe sie.«

Ich blättere weiter, den Blick auf die Wörter geheftet, und tue so, als ob ich sie gerade zum allerersten Mal lese.

»Ich spüre, dass sie sich von mir zurückzieht. Sie sagt, es ist nicht richtig. Sie will nicht, dass jemand verletzt wird. Aber sie ist mein Lebenselixier, ich brauche sie. Ohne sie kann ich nicht überleben. Ich würde eine bemitleidenswerte und einsame Existenz führen. Ich würde niemals wieder lieben. Und nicht, weil ich es nicht versuche. Doch wenn man erst einmal eine so reine Liebe erlebt hat, gibt es nichts Vergleichbares mehr.«

»Mein armer, lieber Romeo.« Ich lege die Wange auf das wellige Papier und schließe die Augen. »Ich hoffe, du hast dein Happy End gefunden.«

Ich werde das hier vermissen, diese Wörter. Das Kaleidoskop der Emotionen, die damit einhergehen. Noch nie war ich gleichzeitig so begeistert und am Boden zerstört. Manchmal ertappe ich mich dabei, dass ich kurz davorstehe, mich in einen vollkommen Fremden zu verlieben. Beziehungsweise in meine Vorstellung von ihm. Oder vielleicht bin ich in die Art und Weise verliebt, auf die er liebt.

Sie kann sich sehr glücklich schätzen, diese Frau, weil sie so sehr geliebt wird.

Für den Großteil des Nachmittags verliere ich mich zum letzten Mal in diesen Worten. Danach raffe ich mich auf, schnüre meine Turnschuhe zu und begebe mich mit dem Tagebuch in der Hand auf einen Spaziergang in Richtung Lexington Avenue.

Aidy

Dieses Haus war es, da bin ich mir sicher.

942 Lexington Avenue.

Ich erkenne die Fassade aus texanischem Kalkstein und die schwarze Markise über der Treppe mit dem kleinen Riss in der Ecke wieder.

Eine Brise fährt in die Blätter der Bäume, die den Gehweg säumen, und die Frau in einem weißen Hosenanzug vor mir, die ihren fluffigen Zwergspitz ausführt, plappert unentwegt in ihr Handy.

Ein Fahrradkurier saust durch die Straßen und zwischen geparkten Taxen hindurch, und ein Müllauto arbeitet sich durch die Nachbarschaft.

Auf vielerlei Weise ist es einfach nur ein ganz normaler Montag, an dem die Leute sich um ihren Kram kümmern. Ich umklammere das Lederbuch, das ich in der Hand halte, und werde plötzlich unsicher. Wenn mich irgendjemand dabei beobachtet, wie ich hier an diesem Haus vorbeilaufe, ein Buch auf die Treppe lege und dann einfach weitergehe, so als wäre es keine große Sache, würde er mich vermutlich für eine Irre halten, die aus der Klapsmühle ausgebrochen ist.

Aber ich muss es tun.

Mir bleibt keine Wahl.

Hinter den Fenstern des Hauses ist es dunkel, was einen starken Kontrast zu den hellen Fassadensteinen bildet. Ich bleibe am Fuß der Treppe stehen, atme tief ein und fixiere die schwarze Eingangstür vor mir.

Dahinter wohnt mit großer Wahrscheinlichkeit der Besitzer dieses Buches.

Der Autor dieser Worte.

Der Mann, dessen Worte mich tief berührt haben.

Auf der anderen Seite dieser Tür existiert eine vollkommen andere Welt.

Eine mit einem Mann, der eine Frau so sehr liebte, dass es ihn vollkommen auffraß.

Es hat ihn zerbrochen, für alle anderen Frauen verdorben.

Mit einem stummen *Auf Wiedersehen* bücke ich mich und lege das Buch auf die unterste Stufe. Dort kann man es nicht übersehen. Der Besitzer des Hauses wird es auf jeden Fall entdecken. Ich richte mich auf, stecke die Hände in die Taschen meiner grauen Jogginghose und drehe mich in Richtung Central Park, denn heute brauche ich unbedingt einen langen Lauf, um den Kopf freizukriegen.

»Hey!« Hinter mir dröhnt die Stimme eines Mannes. »Hey, Sie da!«

Gleichgültig drehe ich den Kopf und suche aus dem Augenwinkel nach der Person, die da einer anderen nachbrüllt. Das geht hier in der Stadt dauernd so. Ständig schreien sich die Leute wegen irgendetwas an. Meistens blende ich das aus, weil es nie an mich gerichtet ist, aber als ich bemerke, dass mich ein großer, breitschultriger Mann mit dunklen Haaren und einem dichten, dunklen Bart, der sein halbes Gesicht bedeckt, ins Visier genommen hat, bleibe ich wie angewurzelt stehen.

»Lady!«, ruft er.

Ich schnalle nicht sofort, dass er versucht, meine Aufmerksamkeit zu erregen. Es dauert einen Moment. Ich sehe nichts weiter als mit dicken Muskeln bedeckte Schultern, die in einem von diesen Baseball-T-Shirts stecken, mit weiß blauen Ärmeln, die nur bis zum Unterarm reichen. Seine Haare sind lang und mit irgendwas zurückgegelt, das sie feucht und schimmernd aussehen lässt, die Seiten sind kurz rasiert. Obwohl sein Gesicht zur Hälfte von dem Bart verdeckt wird, kann ich sogar von hier aus sehen, dass er markante Züge hat. Seine Brauen sind dunkel und hochgezogen, während er mich mit so intensivem Blick mustert, dass ich kaum einen klaren Gedanken fassen kann.

»Meinen Sie mich?« Ich deute auf meine Brust.

Er nickt und geht mit langen Schritten auf mich zu. Am Fuß der Treppe bleibt er stehen, bückt sich, hebt das Tagebuch auf und kommt entschlossen zu mir herüber.

Ich beobachte jede seiner Bewegungen. Mir fällt auf, wie aufrecht seine Haltung beim Gehen bleibt, wie er den Blick keine Sekunde von mir nimmt und wie er die Lippen zusammenpresst. Er streckt mir das Buch entgegen.

»Ich will das nicht«, sagt er. »Keine Ahnung, was es ist, aber ich will es nicht. Sie können nicht einfach Zeug vor meine Tür legen.«

Falls es sich bei ihm um den Mann aus dem Tagebuch handelt, dann hat er die Frau ganz offensichtlich nicht bekommen, denn sonst hätte er nicht so eine wütende Grundstimmung.

»Ich habe das Buch letzte Woche hier vor Ihrem Haus gefunden«, erkläre ich und bemühe mich um einen feinfühligen Ton. Mein Herz blutet für den Mann, der vermutlich kein Happy End erleben durfte. »Es hat geregnet und es wurde nass. Ich wollte nicht, dass es kaputtgeht. Eigentlich wollte ich es schon früher zurückbringen, aber ich bin bisher nicht wieder in diesen Stadtteil gekommen.«

Der Mann streckt mir immer noch das Buch entgegen, aber jetzt starrt er mit zusammengezogenen Brauen darauf.

»Ich hab das hier noch nie zuvor gesehen.«

Ich lasse die Schultern sinken und zögere einen Moment, ehe ich das Tagebuch entgegennehme. »Haben Sie vielleicht eine Idee, wem es gehören könnte? Ich habe es unmittelbar vor Ihrem Haus gefunden, im Mulch bei den Büschen, als wäre es von Ihrer Treppe gefallen …«

Er starrt mich ungläubig an und verzieht den Mund zu einem abfälligen Lächeln. »Ehrlich? Das soll ich Ihnen glauben?«

Ich zucke zusammen. »Ich verstehe nicht ganz, worauf Sie hinauswollen.«

»Wissen Sie, wie viele Leute hier vorbeikommen und verrückten Kram auf meine Treppe legen? Zeug, das ich signieren soll, Nacktfotos, Briefe mit Telefonnummern …«

Ich lache verunsichert. »Tut mir leid, ich verstehe nicht.«

»Ich gebe keine Autogramme mehr«, sagt er. »Da müssen Sie schon auf eBay suchen.«

»Ich will kein Autogramm von Ihnen«, widerspreche ich und erwähne absichtlich nicht, dass ich nicht die geringste Ahnung habe, wer er ist.

»Und was soll dann das hier sein? Denn für mich sieht es verdammt noch mal sehr nach einem dieser kleinen Autogrammbücher aus.« Er schlägt das Buch auf und seufzt. »Himmel, was ist das denn? Ihr Tagebuch? Hören Sie, ich fühle mich geschmeichelt, aber ich habe absolut kein Interesse daran, Ihre kleinen Fantasien zu lesen. Vielleicht glauben Sie, in mich verliebt zu sein, keine Ahnung, aber der ganze Scheiß, den Sie hier aufgeschrieben haben, wird niemals passieren.«

Mir fällt die Kinnlade herunter und mein Lächeln verblasst. Alle Anspannung verschwindet und ich werde so wütend, dass ich ihm das Buch aus der Hand reiße.

»Wenn Sie alle Ihre Fans so behandeln«, sage ich, »dann sind Sie herzlos.«

»Da erzählen Sie mir nichts Neues«, schnaubt er und hält meinen Blick fest. »Also geben Sie zu, dass Sie ein Fan sind.«

Durch zusammengepresste Zähne erwidere ich ruhig: »Wie gesagt, ich habe das hier nicht geschrieben. Ich habe es vor Ihrem Haus gefunden und wollte es zurückbringen.«

Er lacht humorlos auf, die Hände in die schmale Taille gestützt. Der Mann überragt mich um gut zwanzig Zentimeter und die tief auf seinen Hüften sitzende Jeans schmiegt sich an seine langen, muskulösen Beine.

Ich klemme mir das Notizbuch unter den Arm und spüre, wie mir glühende Röte ins Gesicht steigt. Auf der Zunge brennt mir eine ganze Menge, was ich ihm am liebsten sagen würde. »Und übrigens, Sie glauben vielleicht, dass ich wegen eines Autogramms hier bin, aber ich habe nicht die geringste Ahnung, wer Sie sind, also ficken Sie sich ins Knie.«

Ich drehe mich um und will gehen, gleichzeitig froh und stinksauer. Ich kann an einer Hand abzählen, wie oft ich das Wort »ficken« bisher außerhalb meines Schlafzimmers benutzt habe. Wenn man in der Kleinstadt Red Fern in Missouri aufwächst, wird einem beigebracht, dass man so nicht mit Leuten spricht. Probleme klärt man bei einem Stück Bananenbrot am Küchentisch und mit Umarmungen und Küssen. Die Kincaid-Frauen lösen ihre Probleme nicht mit Schimpfworten und Gereiztheit, sondern mit Würde.

Aber heute ist mir meine Würde total egal, denn dieser Mann, dieser Idiot, hat es verdient, ganz egal, wer er ist.

»Blödes Arschloch«, murmele ich vor mich hin, als ich um die Ecke gehe, und zwar schnell, weil ich gar nicht rasch genug von ihm wegkommen kann. Meine Hände zittern vor Wut und ich ringe ein wenig nach Luft.

Aber wenigstens habe ich das Tagebuch, und da ich seinen rechtmäßigen Besitzer niemals ausfindig machen kann, gehört es jetzt wohl offiziell mir.

Für immer.

Was vermutlich aber gleichzeitig bedeutet, dass ich niemals das Gesicht des Mannes hinter den Worten sehen werde, und niemals erfahre, ob er am Ende doch mit seiner einzigen Liebe zusammengekommen ist.

Mit dem Buch unter dem Arm mache ich mich auf den Weg zum Park für meinen Lauf, und danach werde ich nach Hause zu Wren und Enzo gehen, den am wenigsten arschlochigen Menschen, die ich kenne.

Auf Nimmerwiedersehen, verrückter Blödmann.

Für so was ist mir meine Zeit zu schade.

... wo das Glück wartet.

Winter Renshaw
FEARLESS
Aus dem amerikanischen
Englisch von
Jeannette Bauroth
288 Seiten
ISBN 978-3-7363-0842-8

Ausgerechnet in der Nacht, in der Maren ihre glückliche Scheidung feiern will, trifft sie auf den Mann, der ihr Leben auf den Kopf stellt: Dante Amato. Er zeigt Maren deutlich, was er will – und er will sie! Die Leidenschaft und die Hingabe, mit der er sie umgarnt, wecken dabei Gefühle in Maren, die sie längst vergessen glaubte. Dante schafft es, ihre Mauern einzureißen. Doch in dem Moment, in dem sich Maren ihm vollständig hingibt, lässt Dante eine Bombe platzen, die alles verändert ...

»Ein wundervoller zweiter Band um die Amato-Brüder, der mehr als nur Spaß beim Lesen bereitet!« WORDS ... I NEED WORDS

LYX

Lesejury